BESTSELLER

Biblioteca
ARTURO PÉREZ-REVERTE

Falcó

DEBOLS!LLO

Papel certificado por el Forest Stewardship Council®

MIXTO
Papel procedente de
fuentes responsables
FSC® C117695

Primera edición con esta presentación: julio de 2020

© 2016, Arturo Pérez-Reverte
© 2016, 2020, Penguin Random House Grupo Editorial, S. A. U.
Travessera de Gràcia, 47-49. 08021 Barcelona

Printed in Spain – Impreso en España

ISBN: 978-84-663-5102-7
Depósito legal: B-6.497-2020

Impreso en Black Print CPI Ibérica
Sant Andreu de la Barca (Barcelona)

P 3 5 1 0 2 7

Penguin
Random House
Grupo Editorial

No creo en ésos que tienen una casa, una cama, una familia y amigos.
Charles Plisnier, *Falsos pasaportes*

El infierno, en realidad, es un poderoso estimulante.
John Dos Passos, *Años inolvidables*

1. Trenes nocturnos

La mujer que iba a morir hablaba desde hacía diez minutos en el vagón de primera clase. Era la suya una conversación banal, intrascendente: la temporada en Biarritz, la última película de Clark Gable y Joan Crawford. La guerra de España apenas la había mencionado de pasada en un par de ocasiones. Lorenzo Falcó la escuchaba con un cigarrillo a medio consumir entre los dedos, una pierna cruzada sobre la otra, procurando no aplastar demasiado la raya del pantalón de franela. La mujer estaba sentada junto a la ventanilla, al otro lado de la cual desfilaba la noche, y Falcó se hallaba en el extremo opuesto, junto a la puerta que daba al pasillo del vagón. Estaban solos en el departamento.

—Era Jean Harlow —dijo Falcó.

—¿Perdón?

—Harlow. Jean... La de *Mares de China,* con Gable.

—Oh.

La mujer lo miró sin pestañear tres segundos más de lo usual. Todas las mujeres le concedían a Falcó al menos esos tres segundos. Él aún la estudió unos instantes, apreciando las medias de seda con costura, los zapatos de buena calidad, el sombrero y el bolso en el asiento contiguo, el vestido elegante de Vionnet que contrastaba un poco, a ojos de un buen observador —y él lo era— con el físico vagamente vulgar de la mujer. La afectación era también un indicio revelador. Ella había abierto el bolso y se retocaba labios y cejas, aparentando unos modales y educación de los que en realidad carecía. La suya era una cobertura razonable, concluyó Falcó. Elaborada. Pero distaba mucho de ser perfecta.

—¿Y usted, también viaja hasta Barcelona? —preguntó ella.

—Sí.

—¿A pesar de la guerra?

—Soy hombre de negocios. La guerra dificulta unos y facilita otros.

Una fugaz sombra de desprecio, reprimida en el acto, veló los ojos de la mujer.

—Entiendo.

Tres vagones más adelante, la locomotora emitió un largo silbido, y el traqueteo de los bogies se intensificó cuando el expreso entró en una curva prolongada. Falcó miró el Patek Philippe en su muñeca izquierda. Faltaba un cuarto de hora para que el tren parase cinco minutos en la estación de Narbonne.

—Disculpe —dijo.

Apagó el cigarrillo en el cenicero del brazo de su asiento y se puso en pie, alisando los faldones de la chaqueta tras ajustarse el nudo de la corbata. Apenas dedicó un vistazo al baqueteado maletín de piel de cerdo que estaba con el sombrero y la gabardina en la red portaequipajes, sobre su cabeza. No había nada dentro, excepto unos libros viejos para darle algo de peso aparente. Lo necesario —pasaporte, cartera con dinero francés, alemán y suizo, un tubo de cafiaspirinas, pitillera de carey, encendedor de plata y una pistola Browning de calibre 9 mm con seis balas en el cargador— lo portaba encima. Llevarse el sombrero podría despertar las sospechas de la mujer, así que se limitó a coger la gabardina, dirigiendo un apesadumbrado y silencioso adiós al impecable Trilby de fieltro castaño.

—Con su permiso —añadió, abriendo la puerta corredera.

Cuando miró a la mujer por última vez, antes de salir, ésta había vuelto el rostro hacia la noche exterior y su perfil se reflejaba en el vidrio oscuro de la ventanilla. La última ojeada la dedicó Falcó a sus piernas. Eran bonitas, concluyó ecuánime. El rostro no era gran cosa y debía mucho al maquillaje, pero el vestido moldeaba formas sugerentes y las piernas las confirmaban.

En el pasillo había un hombre de baja estatura, vestido con un abrigo largo de pelo de camello, unos zapatos de dos colores y un sombrero negro de ala muy ancha. Tenía los ojos saltones y un vago parecido con el actor americano George Raft. Cuando Falcó se detuvo a su lado con aire casual, percibió un intenso olor a pomada para el pelo mezclado con perfume de agua de rosas. Casi desagradable.

—¿Es ella? —susurró el hombrecillo.

Asintió Falcó mientras sacaba la pitillera y se ponía otro cigarrillo en los labios. El del abrigo largo torció la boca, que era pequeña, sonrosada y cruel.

—¿Seguro?

Sin responder, Falcó encendió el pitillo y siguió camino hasta el final del vagón. Al llegar a la plataforma se volvió a mirar atrás, y vio que el individuo ya no estaba en el pasillo. Fumó apoyado en la puerta del lavabo, inmóvil junto al fuelle que unía el vagón con el siguiente, escuchando el traqueteo ensordecedor de las ruedas en las vías. En Salamanca, el Almirante había insistido mucho en que no fuera él quien resolviera la parte táctica del asunto. No queremos quemarte, ni arriesgar nada si algo sale mal, fue el dictamen. La orden. Esa mujer viaja de París a Barcelona, sin escolta. Limítate a dar con ella e identificarla, y luego quítate de en medio. Paquito Araña se encargará de lo demás. Ya sabes. A su manera sutil. A él se le da bien esa clase de cosas.

De nuevo sonó la sirena en cabeza del convoy. El tren disminuía la velocidad y empezaban a verse luces que discurrían cada vez más despacio. El traqueteo de los bogies se hizo pausado y menos rítmico. El revisor, uniformado de azul y con la gorra puesta, apareció al extremo del pasillo, anunciando «Narbonne, cinco minutos de parada», y su presencia puso alerta a Falcó, que lo observó, tenso, mientras se acercaba y pasaba por delante del compartimiento que había abandonado. Pero nada llamó la atención del revisor —lo previsible era que Araña hubiese bajado las cortinillas—, que llegó junto a Falcó tras repetir lo de «Narbonne, cinco minutos de parada», y se dirigió por el fuelle al vagón contiguo.

Había poca gente en el andén: media docena de viajeros que bajaban del tren con sus maletas, un jefe de estación de gorra roja y farol en la mano que caminaba sin prisa hacia la locomotora, y un gendarme de aire aburrido, cubierto con capa corta, que estaba junto a la puerta de salida, las manos cruzadas a la espalda y los ojos fijos en el reloj suspendido de la marquesina, cuyas agujas marcaban las 0.45. Mientras iba hacia la salida, Falcó dirigió una breve mirada al vagón que acababa de abandonar: por el lado del pasillo, las cortinas del departamento donde estaba la mujer se veían bajadas. En el mismo vistazo advirtió que Araña también había dejado el tren por la puerta de otro vagón y se movía media docena de pasos detrás de él.

En cabeza del convoy, el jefe de estación balanceó el farol e hizo sonar un silbato. La locomotora dejó escapar un resoplido de vapor y se puso en marcha, arrastrando el tren. Para entonces Falcó ya entraba en el edificio, cruzaba el vestíbulo y salía a la calle, bajo el resplandor amarillento de las farolas que iluminaban un muro cubierto de carteles publicitarios y un automóvil Peugeot junto al bordillo un poco más allá de la parada de taxis, allí donde se suponía que debía estar. Se detuvo Falcó un momento, justo el tiempo necesario para que Araña lo alcanzase. No tuvo necesidad de volverse, pues le anunció la proximidad del otro su inconfundible olor a pomada capilar y agua de rosas.

—Era ella —confirmó Araña.

Al mismo tiempo que decía eso, le pasó a Falcó una pequeña cartera de piel. Después, con las manos en los bolsillos del abrigo y el sombrero inclinado sobre los ojos, el hombrecillo caminó con pasitos cortos y rápidos entre la vaga luz amarillenta de la calle hasta perderse en las sombras. Por su parte, Falcó se dirigió al Peugeot, que tenía el motor en marcha y una silueta negra e inmóvil en el lugar del conductor. Abrió la puerta trasera y se instaló en el asiento, poniendo la gabardina a un lado, con la cartera sobre las rodillas.

—¿Tiene una linterna?

—Sí.

—Démela.

El conductor le pasó una lámpara eléctrica, metió la primera marcha y arrancó el automóvil. Los faros iluminaron las calles desiertas y luego las afueras de la ciudad, enfilando una carretera donde los troncos de los árboles estaban pintados con franjas blancas. Falcó pulsó el interruptor, dirigiendo el haz de luz al contenido de la cartera: cartas y documentos mecanografiados, una agenda con teléfonos y direcciones, dos recortes de prensa alemana y una acreditación con fotografía y sello del gobierno de la Generalidad catalana a nombre de Luisa Rovira Balcells. Cuatro de los documentos llevaban sellos del Partido Comunista de España. Volvió a guardarlo todo en la cartera, puso la linterna a un lado y se acomodó mejor en el asiento, cerrados los ojos, apoyada la cabeza en el respaldo tras aflojar el nudo de la corbata y cubrirse con la gabardina. Ni siquiera ahora, relajado por el sueño creciente, su rostro anguloso y atractivo, en el que empezaba a despuntar la barba tras varias horas sin afeitar, llegaba a perder su expresión habitual, que solía ser divertida, simpática, aunque con un rictus de dureza cruel que podía enturbiarla de modo inquietante; como si su propietario estuviese en presencia continua de una broma tragicómica, universal, de la que él mismo formara parte.

Los árboles pintados de blanco seguían desfilando a la luz de los faros, a uno y otro lado de la carretera. El último pensamiento de Falcó antes de quedarse dormido con el balanceo del automóvil fue para las piernas de la mujer muerta. Lástima, concluyó al filo del sueño. El desperdicio. En otro momento no le habría importado pernoctar sin prisas entre aquellas piernas.

—Hay un nuevo asunto —dijo el Almirante.

A su espalda, al otro lado de la ventana, se alzaba la cúpula de la catedral de Salamanca más allá de las ramas, todavía desnudas, de los árboles de la plaza. Moviéndose en el contraluz, el jefe del SNIO —Servicio Nacional de Información y Operaciones— fue hasta el gran mapa de la península que ocupaba media pared, junto a unos estantes con la enciclopedia Espasa y un retrato del Caudillo.

—Un turbio y puñetero nuevo asunto —repitió.

Dicho eso, extrajo un arrugado pañuelo del bolsillo de su chaqueta de lana —nunca vestía de uniforme en su despacho—, se sonó ruidosamente y miró a Lorenzo Falcó como si éste fuera culpable de su resfriado. Después, mientras se guardaba el pañuelo, dirigió un vistazo rápido a la parte inferior derecha del mapa antes de señalarla con ademán vago.

—Alicante —dijo.

—Zona roja —comentó innecesariamente Falcó, y el otro lo miró primero con atención y luego con desagrado.

—Pues claro que es zona roja —respondió, agrio.

Había advertido la insolencia. Falcó llevaba sólo un día en Salamanca, tras un incómodo viaje por el sur de Francia hasta pasar la frontera por Irún. Y antes de eso había llevado a cabo una misión difícil en Barcelona, que estaba en zona republicana. Desde la rebelión militar no había tenido un día de reposo.

—Ya descansarás cuando estés muerto.

Rió un poco el Almirante, oscuro y como para sí mismo, de su propia broma. Y es que a menudo, pensó Falcó, el humor de su jefe rondaba lo siniestro; y más desde que su único hijo, un joven alférez de navío, había sido asesinado a bordo del crucero *Libertad* con los otros oficiales, el 3 de agosto. Ese talante ácido y un punto macabro era su marca de la casa, incluso cuando mandaba a un agente del Grupo Lucero —operaciones especiales— a hacerse despellejar vivo en una checa, tras las líneas enemigas. Así tu viuda sabrá por fin dónde duermes, era capaz de decir, y otras bromas semejantes, que maldita la gracia tenían. Pero a esas alturas, con cuatro meses de guerra civil y una docena de agentes perdidos un poco por aquí y un poco por allá, aquel tono bronco y cínico se había convertido en estilo propio del servicio. Hasta las secretarias, los radioescuchas y los encriptadores lo imitaban. Además, le iba como un guante al jefe: gallego de Betanzos, flaco, menudo, con espeso pelo gris y un mostacho amarillento de nicotina que le cubría por completo el labio superior, el Almirante tenía la nariz grande, las cejas hirsutas y un ojo derecho —el izquierdo era de cristal—

muy negro, severo y vivo, de extrema inteligencia, donde las palabras *rojo* o *enemigo* suscitaban siempre un tranquilo rencor. Descrito en corto, el responsable del núcleo duro del espionaje franquista era pequeño, listo, malhumorado y temible. En el cuartel general de Salamanca lo apodaban *el Jabalí*. Pero nunca en su cara.

—¿Puedo fumar? —preguntó Falcó.

—No, carallo. No puedes fumar —miró melancólico un tarro de tabaco de pipa que había sobre la mesa—. Tengo un gripazo enorme.

Aunque su jefe estaba de pie, Falcó seguía sentado. Eran viejos conocidos desde los tiempos en que el Almirante, entonces capitán de navío y agregado naval en Estambul, había organizado los servicios de información para la República en el Mediterráneo Oriental, poniéndolos luego a disposición del bando franquista al estallar la contienda civil. Los dos se habían encontrado por primera vez en Estambul, mucho antes de la guerra; en torno a un asunto de tráfico de armas destinadas al IRA irlandés, del que en ese momento Falcó actuaba como intermediario.

—Encontré algo para usted —dijo Falcó.

Mientras lo decía, sacó un sobre del bolsillo de la chaqueta y lo puso en la mesa, cerca del Almirante. Éste lo observaba, inquisitivo. El ojo de cristal era de un color ligeramente más claro que el auténtico, y eso daba a su mirada un extraño estrabismo bicolor que solía inquietar a sus interlocutores. Tras un instante, abrió el sobre y extrajo de él un sello de correos.

—No sé si tiene ése —dijo Falcó—. Año mil ochocientos cincuenta.

El Almirante le daba vueltas entre los dedos, mirándolo al trasluz en la ventana. Al cabo fue hasta un cajón del escritorio lleno de pipas y latas de tabaco, sacó una lupa y estudió el sello con detenimiento.

—Negro sobre azul —confirmó, complacido—. Y sin matasellos. El número uno de Hannover.

—Eso me dijo el filatélico.

—¿Dónde lo compraste?

—En Hendaya, antes de pasar la frontera.

—Por lo menos vale cuatro mil francos en catálogo.

—Pagué cinco mil.

Fue el Almirante hasta un armario, sacó un álbum y metió el sello dentro.

—Añádelo a tu nota de gastos.

—Ya lo hice... ¿Qué pasa con Alicante?

El Almirante cerró despacio el armario. Después se tocó la nariz, miró el mapa y volvió a tocársela.

—Hay tiempo. Un par de días, por lo menos.

—¿Tendré que ir allí?

—Sí.

Era extraño cómo aquel monosílabo podía resumir tantas cosas, pensó irónico Falcó. Un cruce de zona, la familiar incertidumbre de saberse otra vez en territorio enemigo, el peligro y el miedo. Tal vez, también, la prisión, la tortura y la muerte: un amanecer gris frente a un paredón, o un tiro en la nuca en la lobreguez de un sótano. Un cadáver anónimo en una cuneta o una fosa común. Una paletada de cal viva, y en eso acabaría todo. Por un momento recordó a la mujer del tren, pocos días atrás, y con una mueca resignada, fatalista, advirtió que empezaba a olvidar su rostro.

—Aprovecha, mientras —aconsejó el Almirante—. Relájate.

—¿Cuándo me pondrá usted al corriente?

—Esta vez lo haremos por partes. La primera toca mañana, con la gente del SIIF.

Enarcó una ceja Falcó, contrariado. Aquéllas eran las siglas del Servicio de Información e Investigación de la Falange, la milicia paramilitar fascista. La gente más ideologizada y dura del llamado Movimiento Nacional que presidía el general Franco.

—¿Qué tiene que ver la Falange con esto?

—Algo tiene. Ya lo verás. Tenemos que reunirnos a las diez con Ángel Luis Poveda... Sí, no pongas esa cara. Con ese animal.

Falcó borró la mueca de su rostro. Poveda era el jefe del SIIF. Un camisa vieja de la línea dura, sevillano, que se había hecho una reputación en Andalucía durante los primeros días de la sublevación, fusilando a sindicalistas y maestros de escuela bajo las órdenes del general Queipo de Llano.

—Creí que siempre operábamos solos. Por nuestra cuenta.

—Pues ya ves que no. Son órdenes directas del Generalísimo... Esta vez vamos coordinados con los falangistas, y eso no es todo: también mojan los alemanes, y ruego a Dios que no intervengan los italianos. Hace un rato he estado con Schröter, tratando el asunto.

Falcó iba de sorpresa en sorpresa. No conocía personalmente a Hans Schröter —rebautizado Juanito Escroto por la eterna guasa española—, pero sabía que era el jefe del servicio de inteligencia nazi en la España nacional, y que tenía línea directa con el almirante Canaris, en Berlín. Todo el cuartel general franquista en Salamanca era un hormigueo de agentes y servicios nacionales y extranjeros: paralelo a los alemanes del Abwehr operaba el Servizio Informazioni Militare italiano, además de los múltiples organismos de espías y contraespías españoles que se hacían la competencia y a menudo se entorpecían unos a otros: los falangistas del SIIF, los militares del SIM, el servicio de inteligencia de la Armada, la red de espionaje civil conocida como SIFNE, el MAPEBA, la Dirección de Policía y Seguridad y otros servicios menores. En cuanto al SNIO, dirigido por el Almirante, dependía del cuartel general, supervisado directamente por Nicolás Franco, hermano del Caudillo. El servicio estaba especializado en infiltración, sabotaje y asesinatos de elementos enemigos, tanto en zona republicana como en el extranjero. En él se encuadraba el llamado Grupo Lucero, al que pertenecía Lorenzo Falcó; un reducido equipo de élite, hombres y mujeres, que en jerga de los servicios secretos locales era conocido como Grupo de Asuntos Sucios.

—Esta noche hay una fiesta en el Casino para recibir al embajador italiano. Su legación va a instalarse en el piso de arriba, y acudirá mucha gente. Lo mismo te apetece ir.

Falcó lo estudió con atención. Sabía que le caía bien a su jefe —«Te pareces un poco a mi hijo», se le había escapado una vez—, pero éste no era hombre al que le preocuparan sus diversiones sociales ni las de ningún otro subordinado. Interpretando la mirada, el Almirante moduló una sonrisa llena de aristas.

—Hans Schröter también estará allí... Os he preparado una pequeña reunión, cosa de unos minutos. En privado. Quiere conocerte, pero sin llamar la atención. Sin visitas a despachos y tal.

—¿Qué debo decirle?

—Nada —el Almirante volvió a sonarse con el pañuelo—. Conversación de nivel bajo. Tú callas, te dejas mirar y no sueltas prenda. Es sólo un tanteo. Ha oído hablar de ti, y quiere catar el melón.

—Comprendido. Ver, oír y callar.

—Eso mismo... Y por cierto, estará allí otro alemán al que tú y yo conocemos: Wolfgang Lenz.

—¿El de la Rheinmetall?

—Ése. Con su mujer, me parece... Ute, se llama. O Greta. Algo así. Un nombre corto. O a lo mejor es Petra.

—La conozco.

El Almirante le dedicó una sonrisa torcida, dispuesto a no sorprenderse en absoluto. Llevaban demasiado tiempo juntos.

—¿Bíblicamente?

—No. Sólo de refilón. Coincidimos con ella y el marido en una cena, en Zagreb. El año pasado. ¿Recuerda?... Usted también estaba.

—Me acuerdo, claro —la mueca del otro se convirtió en risa despectiva—. Una rubia grandota, con un escote en la espalda que le descubría hasta el culo. Tan puta como todas las alemanas... Conociéndote, me extraña que no toreases en esa plaza.

Falcó sonrió evasivo, como si se disculpara.

—Triscaba en otros pastos, Almirante.

—Ya supongo —lo miraba distraído, pensando en otra cosa—. Pues ahora están de visita, a ver qué material pueden colocarnos. Invitados muy especiales y toda esa murga.

—¿Tiene que ver con el asunto de Alicante?

Un dedo índice apuntó a Falcó como una pistola cargada.

—Yo nunca he mencionado Alicante... ¿Lo captas, muchacho?

—Lo capto.

El ojo derecho se había tornado más duro y severo.

—Todavía no he mencionado ése ni ningún otro puñetero lugar.

—Por supuesto que no.

—Entonces deja de hacerte el listo, levanta de esa silla y lárgate de aquí. Te veré mañana a las diez menos cuarto, en la calle del Consuelo, para ver a Poveda... Ah. Y procura ir de uniforme.

—¿De uniforme?... ¿Habla usted en serio?

—Pues claro. Todavía lo tienes, supongo, si no se lo zampó la polilla.

Falcó se puso en pie, lentamente. Estaba sorprendido. Él no era militar, sino todo lo contrario. En 1918 había sido expulsado con deshonor de la Academia Naval tras un escandaloso asunto con la mujer de un profesor y una pelea a puñetazos con el marido en el aula, en plena clase sobre torpedos y armas submarinas. Sin embargo, al estallar la guerra el Almirante había conseguido para él una graduación provisional de teniente de navío de la Armada, a fin de facilitar su trabajo. No había nada que abriese tantas puertas en la España nacional como unos galones o unas estrellas en la bocamanga.

—A esos falangistas les impresionan mucho los uniformes —dijo el Almirante cuando Falcó ya salía del despacho—. Así que vamos a empezar con buen pie.

En la puerta, Falcó remedó, exagerando, el ademán de cuadrarse.

—¿Cuando vaya de uniforme debo decir a sus órdenes, Almirante?

—Vete al carallo.

Olía a loción Varón Dandy y estaba peinado hacia atrás, con fijador y raya muy alta, mientras se colocaba pausadamente, ante el espejo de la habitación de hotel, el cuello y los puños postizos de la camisa de smoking. La pechera era inmaculada, y los tirantes negros sostenían los pantalones que caían con raya perfecta sobre los relucientes zapatos de charol. Durante un momento, Lorenzo Falcó permaneció inmóvil estudiando el reflejo, satisfecho de su aspecto: rasurado impecable a navaja, patillas recortadas en el punto exacto, los ojos grises que se contemplaban a sí mismos, como al resto del mundo, con tranquila e irónica melancolía. Una mujer los había definido en cierta ocasión —siempre correspondía a las mujeres definir esa clase de detalles— como ojos de buen chico al que le fueron mal las cosas en el colegio.

Pero en realidad las cosas no le habían ido mal en absoluto, aunque a menudo le resultara útil aparentarlo, sobre todo con una mujer delante. Falcó provenía de una buena familia andaluza vinculada a las bodegas, al vino y a su exportación a Inglaterra. Los modales y la educación adquiridos en la infancia le habían ido bien más tarde, cuando una juventud poco ejemplar, una carrera militar truncada y una vida vagabunda y aventurera pusieron a prueba otros resortes de su carácter. Ahora tenía treinta y siete años y una densa biografía a la espalda: América, Europa, España. La guerra. Trenes nocturnos, fronteras cruzadas bajo la nieve o la lluvia, hoteles internacionales, calles oscuras e inquietantes, abrazos clandestinos. También tenía, allí donde la memoria reciente se le mezclaba con las sombras, lugares y recuerdos turbios cuya cantidad, al menos por ahora, no le importaba seguir aumentando. La vida era para él un territorio fascinante; un coto de caza mayor cuyo derecho a transitarlo estaba reservado a unos pocos audaces: a los dispuestos a correr el riesgo y pagar el precio, cuando tocara, sin rechistar. Dígame cuánto le debo, camarero. Y quédese con el cambio. Había premios inmediatos y tal vez castigos atroces que aguardaban su hora, pero estos últimos estaban todavía demasiado lejos. Para Falcó, palabras como patria, amor o futuro no tenían ningún sentido. Era un hombre del momento, entrenado para serlo. Un lobo en la sombra. Ávido y peligroso.

Después de ponerse la corbata de pajarita, el chaleco negro y la chaqueta, se abrochó la correa del reloj —los puños de la camisa, que sobresalían tres centímetros exactos, llevaban gemelos de plata lisa en forma de óvalo— y ocupó los bolsillos con los objetos que tenía cuidadosamente dispuestos sobre la cómoda: un encendedor de plata maciza Parker Beacon, una pluma estilográfica Sheaffer Balance verde jade, un lápiz con funda de acero, un cuadernito de notas, un pastillero de plata con cuatro cafiaspirinas, una cartera de piel de cocodrilo con doscientas pesetas en billetes pequeños, y algunas monedas sueltas para propinas. Luego cogió veinte cigarrillos de una lata grande de Players —los conseguía a través de Lisboa, mediante la estafeta del SNIO— y llenó con ellos las dos caras interiores de su pitillera de carey, que guardó en el bolsillo derecho de la chaqueta. Después, palpándose a fin de comprobar que todo estaba como debía estar, se volvió hacia la pistola que había dejado sobre la mesita de noche, junto a la cama. Era su arma favorita, y desde julio de aquel año no solía alejarse de ella. Se trataba de una semiautomática Browning FN modelo 1910, fabricada en Bélgica, de triple seguro, acción simple y recarga activada por retroceso, con un cargador de seis cartuchos: un arma muy plana, manejable y ligera, capaz de enviar una bala de calibre 9 mm a la velocidad de 299 metros por segundo. Había dedicado un buen rato de la tarde, antes de meterse en la bañera, a desmontarla, limpiar y aceitar cuidadosamente sus piezas principales y a comprobar que el muelle recuperador que rodeaba el cañón funcionaba libre y sin trabas. Ahora la sopesó un momento en la palma de la mano, comprobó que el cargador estaba lleno y bien encajado y la recámara vacía y, tras envolverla en un paño, la ocultó sobre el armario. No era cosa, se dijo, de ir artillado a la fiesta del Casino; aunque allí, fruto de la temporada, iban a menudear uniformes, correajes y pistolas.

Dirigió un último vistazo en torno, cogió el abrigo, la bufanda blanca y el sombrero flexible negro, y apagó la luz antes de salir de la habitación. Mientras caminaba por el pasillo, el recuerdo placentero de que la Browning 1910 había sido el modelo de arma utilizada por el serbio Gavrilo

Princip para asesinar al archiduque Francisco Fernando en Sarajevo, desencadenando la Gran Guerra, le arrancó una sonrisa cruel. Además de la ropa cara, los cigarrillos ingleses, los objetos de plata y de cuero, los analgésicos para el dolor de cabeza, la vida incierta y las mujeres hermosas, a Lorenzo Falcó le gustaban las cosas salpimentadas con detalles. Con solera.

2. Suspiros de España

Una orquesta militar tocaba *Suspiros de España* cuando Lorenzo Falcó se adentró en el salón. El patio cubierto del Casino, situado en un palacio del siglo XVI, estaba iluminado con un esplendor que desmentía la austera economía de guerra predicada por los mandos nacionales. Como esperaba, vio muchos uniformes, correajes, botas lustradas y relucientes fundas de pistola coquetamente llevadas al cinto por sus propietarios. Los militares, observó, eran en su mayor parte de graduaciones superiores, de capitán para arriba, y casi todos lucían insignias de Estado Mayor o Intendencia, aunque no faltaban algún brazo en cabestrillo y condecoraciones recientes, ganadas en el campo de batalla durante aquellos días en que los periódicos venían llenos de noticias bélicas y los combates en torno a Madrid se desarrollaban con extrema dureza. Sin embargo, pese a esos recordatorios, a los uniformes y al toque marcial de la concurrencia, todo parecía demasiado lejos del frente. Las señoras, aún con el recato que se había puesto de moda en el bando nacional —la mujer como ser delicado, sostén del combatiente, novia, esposa y madre—, iban bien vestidas, con elegancia propia de las revistas de moda más actuales, y alguna de ellas se las ingeniaba para combinar de modo eficaz las nuevas orientaciones morales con el atractivo de su sexo. En cuanto a los hombres, aparte de los uniformes se veían algunos smokings más o menos correctos y muchos trajes oscuros, varios de ellos con la camisa azul de Falange y corbata negra. Había rumor de conversaciones, camareros militares de chaquetilla blanca circulando con bandejas llenas de bebidas, y una tabla de bar al fondo, en el lado opuesto a la orquesta. Nadie bailaba. Falcó saludó superficialmente a algún conocido, dirigió una mirada en torno y se detuvo junto a la ancha escalinata adornada con la bandera rojigualda —había sido recobrada por los nacionales unas semanas atrás, eliminando la franja morada de la República— para encender un cigarrillo.

—¿Qué haces aquí, Lorenzo?... Te creía en el extranjero.

Alzó la vista sin llegar a abrir la pitillera. Un hombre y una mujer se habían detenido a su lado. El hombre se llamaba Jaime Gorguel e iba de uniforme, con estrellas de capitán en la bocamanga e insignias de infantería en los picos de la guerrera. La mujer, morena, delgada y desconocida, vestía de raso cachemir con reflejos plateados. Un vestido caro y bueno, concluyó Falcó. Si no le fallaban el ojo y la experiencia.

—Y yo a ti te creía en el frente —respondió.

—De ahí vengo —el militar se indicó una sien, donde bajo el cabello alisado con brillantina se advertía el hematoma de una contusión—. Conmoción cerebral, dijeron.

—Vaya... ¿Algo serio?

—No. Un rebote de metralla, que por suerte amortiguó la gorra. En Somosierra. Me dieron una semana para reponerme. Me reincorporo pasado mañana.

—¿Cómo andan las cosas?

—De maravilla. Estamos a menos de veinte kilómetros de Madrid, y avanzando. Dicen que el gobierno rojo ha evacuado la capital y se ha ido a Valencia; así que, con algo de suerte, todo habrá acabado para Navidad... ¿Conoces a Chesca, mi cuñada?

Un aroma de Amok. Perfume caro, elegante, difícil de encontrar en aquellos días —*Una locura de Oriente*, según las revistas de moda—. Falcó miró con detenimiento a la mujer: tenía los ojos claros, la nariz grande, los senos perfectos y el cuerpo armonioso. Tipo modelo de Romero de Torres, decidió. Cierto vago aire agitanado no le quitaba el estilo, sino que lo acentuaba. Y era guapa por encima de la media. Muy por encima.

—No tengo el gusto.

—Bueno... Él es Lorenzo Falcó, un viejo amigo del colegio. Estuvimos unos años juntos en los Marianistas de Jerez... María Eugenia Prieto, esposa de mi hermano Pepín. Todos la llamamos Chesca.

Asintió Falcó, estrechando la mano que le tendía ella. Conocía de vista al marido: José María Gorguel, conde de la Migalota. Un tipo seco, estirado y elegante, sobre los cuarenta, aficionado a los caballos de carreras. Durante un tiempo habían frecuentado los mismos tablaos flamencos y los mismos burdeles de lujo en Sevilla y en Madrid.

—¿Y cómo está tu hermano? —preguntó a Jaime Gorguel, más por cortesía que por interés real, aunque la miraba a ella. Siempre resultaba instructivo, y útil, observar las reacciones de una mujer casada cuando se mencionaba al marido ausente.

—Bien, que yo sepa —respondió el otro—. Se incorporó el 18 de julio y le han dado una compañía de regulares. Está en algún lugar del frente de Madrid. Por Navalcarnero, me parece... Y suena bien eso, ¿no? Como en los viejos tiempos. Un grande de España al mando de una compañía de moros... La España eterna que resucita de nuevo, para barrer toda esa chusma marxista.

—Realmente épico —apuntó Falcó.

Al mirar a la mujer comprendió que ella advertía la sorna. Pero no tuvo tiempo de considerar si eso era tácticamente bueno o malo, porque también advirtió, por encima de su hombro —la piel desnuda velada por una gasa sutil a tono con las nuevas costumbres—, que alguien, más allá, reclamaba su atención. Era Marili Granger, secretaria de confianza del Almirante. Le sorprendió verla allí, hasta que cayó en la cuenta de que Marili estaba casada con un oficial del cuartel general de la Armada en Salamanca, y por tanto era lógico que asistiera a la recepción. Nada más natural y discreto que ella oficiara de enlace. Entre las columnas del fondo, cerca de la mesa de los camareros, distinguió la cabeza rubia de Hans Schröter dirigiéndose hacia la puerta de un saloncito privado.

—Disculpadme —dijo.

Cuando Marili cerró la puerta y los dejó solos, Schröter miró detenidamente a Lorenzo Falcó. El alemán tenía una copa de coñac en una mano y un cigarro habano en la otra. Su nuez era prominente y destacaba sobre el cuello duro y la pajarita negra del smoking. Una cicatriz horizontal bajo el pómulo izquierdo le endurecía la expresión. Era alto y enjuto, con una mandíbula cuadrada afeitada con esmero y unos ojos inexpresivos de color azul ártico.

—Celebro conocerle —dijo en buen español, aunque arrastrando las erres.

—Lo mismo digo.

Se quedaron en pie uno frente a otro, estudiándose en silencio mientras el alemán daba chupadas a su cigarro y de vez en cuando mojaba los labios en el coñac. Sólo se oía la música lejana de la orquesta militar. Al cabo de un instante, Schröter miró hacia la puerta.

—Agradable fiesta —dijo.

—Sí.

—Creo que las noticias que llegan del frente son buenas... Los marxistas se baten en retirada y Madrid está a punto de caer.

—Eso dicen.

El comentario escéptico de Falcó pareció incrementar la curiosidad del alemán, que volvió a beber su coñac mientras lo miraba con más atención.

—¿Sabe quién soy? —preguntó al fin.

—Claro.

—¿Qué le dijo su jefe, el Almirante?

—Que usted quería verme de cerca, para algo relacionado con una misión.

Se contrajeron las pupilas del otro.

—¿Qué clase de misión?

—Eso no me lo dijo.

Schröter seguía mirándolo con fijeza, escrutador. Había sillones en el saloncito, pero ninguno de los dos hizo ademán de ocuparlos.

—¿Habla alemán?

La pregunta la había hecho en ese idioma. Con una sonrisa, Falcó le respondió en alemán.

—Pasablemente. Viví algún tiempo en Europa central.

—¿Qué otros idiomas conoce?

—Francés e inglés. Y chapurreo el italiano... También conozco todas las malas palabras, los insultos y las blasfemias en turco.

La broma resbaló en el rostro impasible de Schröter. Miró la ceniza de su cigarro, dirigió una ojeada alrededor en busca de un cenicero inexistente, y con un leve toque del dedo índice la dejó caer en la alfombra.

—Ahora que habla del idioma turco... Usted mató a un compatriota mío hace un año, en Estambul.

Falcó le sostuvo en silencio la mirada.

—Es posible.

La cicatriz de la mejilla pareció ahondarse un poco.

—Se llamaba Klaus Topeka y vendía piezas de óptica militar.

—No sé, no me acuerdo —Falcó encogió los hombros—. No sabría decirle.

—¿A tantos mató en Estambul, o en otros lugares, que no lo recuerda?

Falcó no dijo nada. Recordaba perfectamente a Topeka, un traficante privado que también trabajaba para el Abwehr. Noviembre de 1935, antes de la guerra. Se trató de un asunto rápido y limpio: un disparo en la nuca en la puerta de un burdel barato del barrio de Beyoglu. Apariencia de robo. Había recibido orden de eliminarlo, pues Topeka interfería demasiado en un negocio de instrumentos ópticos comprados a la Unión Soviética por cuenta de la República. El propio Almirante, que en esa época todavía era jefe del servicio de inteligencia español en el Mediterráneo Oriental, fue quien le señaló a Falcó el objetivo. Era curioso, pensó, cómo la vida cambiaba las cosas. Las alianzas. Los afectos y los odios.

—Su jefe se refiere a usted como un hombre sólido. Muy de fiar. Y la misión que va a encargarle es delicada... ¿Dice que aún no le ha contado nada sobre ella?

—Sí. Eso he dicho.

Reflexivo, Schröter dio una chupada larga al cigarro.

—Tampoco yo voy a adelantarle casi nada —dijo al fin, dejando escapar el humo—. Pero diré que la Armada de mi país apoyará el asunto. Una embarcación de la Kriegsmarine participará en la operación... Quizá se trate de una unidad de superficie, o tal vez de un submarino. Lo sabremos en los próximos días.

Falcó decidió hacerse de nuevas.

—¿En zona roja?

El otro lo miró sin responder, con aire de estar evaluando lo que Falcó sabía y lo que callaba.

—Hay un cónsul alemán en Cartagena —dijo—. Se llama Sánchez-Kopenick y ha recibido instrucciones. Llegado el momento, se pondrán en contacto.

—Nadie me había hablado de Cartagena hasta ahora.

Los gélidos ojos azules se mantuvieron impasibles.

—Pues yo acabo de hacerlo. En la seguridad, naturalmente, de que usted olvidará el nombre de esa ciudad apenas salga de esta habitación.

Cartagena y Alicante. El Levante republicano español. Falcó reflexionaba a toda prisa, atando cabos. Los pocos que tenía.

—¿Y qué esperan que haga allí? ¿Cuál es la misión?

—Eso se lo dirá su jefe —Schröter dio otra chupada al puro—. No es cosa mía. Creo que mañana tienen una reunión importante sobre el particular. Con terceros.

Hizo Falcó una mueca para sus adentros. Intranquilo. Le gustaba trabajar a su aire, cosa que solía permitirle el Almirante. El Grupo Lucero estaba para eso. Pero aquello, fuera lo que fuese, sonaba distinto. El SNIO, los falangistas y los alemanes, metidos todos en el mismo asunto, distaba de ser buena noticia. Reunión de pastores, decía el antiguo refrán español, oveja muerta. Y no era agradable pensar que la oveja podía ser él.

—¿Qué más? —preguntó.

Dejó Schröter la copa vacía sobre una mesa.

—Nada más.

Falcó estaba sorprendido.

—¿Eso es todo?

—Sí. Quería conocerlo. Verle la cara.

—¿Curiosidad profesional?

—Puede llamarlo así. Me han dicho que asistió usted a la evacuación de Crimea, el año veinte, con el ejército blanco. Y que incluso resultó herido.

Impasible, Falcó le sostenía la mirada.

—Puede ser.

—Yo era oficial naval a bordo del *Mütze*. Pero usted no es ruso... Y era muy joven entonces. ¿Qué se le había perdido allí?

—Negocios.

—Extraña manera de hacer negocios. Aquello fue duro.

—Eso dicen.

—Vendía armas, ¿verdad?... Un poco por aquí y por allá. O trabajaba para quienes las vendían... Esa gente de Zaharoff.

Se permitió Falcó una sonrisa interior. Había conocido a Basil Zaharoff a bordo del *Berengaria,* jugando a las cartas. Cinco días de navegación entre Gibraltar y Nueva York habían hecho que el famoso traficante de armas sintiera simpatía por el aplomo y desenvoltura del joven español al que acababan de expulsar de la Academia Naval y a quien su familia enviaba a América para que rehiciera la vida. Seis meses después, Falcó estaba trabajando para Zaharoff entre México, Estados Unidos y Europa.

—Pues no sé —respondió—. Ya no me acuerdo.

El otro seguía escrutándolo con mucha atención.

—¿Y es verdad que, aparte sus negocios rusos, también traficaba en esa época para los revolucionarios mejicanos y para el IRA?

—De eso me acuerdo incluso menos.

—Ya... Lo comprendo. También ha estado alguna vez en Alemania, me parece... En Berlín, ¿no?

—Eso sí lo recuerdo perfectamente, fíjese. Las fachadas de estuco, las luces de los cabarets y la falsa alegría que dos calles más allá se convertía en tristeza. Con todas aquellas putas de raídos abrigos de piel susurrando: «*Komm, Süsser*».

—Eso era antes.

—¿Antes de qué?

—Del nacionalsocialismo.

—Si usted lo dice...

El alemán había abierto la puerta. Regresaron juntos al salón, donde sobre el rumor de conversaciones la orquesta tocaba el entreacto de *El gato montés*.

—¿Conoce al señor Lenz? —se interesó Schröter.

—Sí.

Se habían detenido junto a una pareja formada por un hombre de pelo rojizo y una mujer rubia y muy alta, casi corpulenta, vestida de satén negro.

—Wolfgang Lenz y su esposa, Greta. Por lo visto ya se han tratado, ¿no?... Él es Lorenzo Falcó.

—Conocemos al señor —confirmó Lenz.

Wolfgang Lenz no llevaba smoking, sino traje oscuro. Su aliento olía a anís, y tenía una copa mediada en las manos. Era regordete y la chaqueta le tiraba un poco del botón abrochado sobre la barriga. Representaba a la fábrica de municiones Rheinmetall en el sur de Europa: Falcó y él se habían cruzado algunas veces en el pasado, profesionalmente. Incluso hicieron un negocio juntos en Bucarest —un cargamento de tres mil fusiles Mauser viejos y defectuosos, sin embargo muy bien colocados— el año 29, con Falcó como intermediario. Y los dos habían ganado buen dinero con eso. En la actualidad, desde el levantamiento militar contra la República, Lenz aprovisionaba a las tropas sublevadas. Vivía con su mujer en un hotel de Salamanca y se le veía entrar y salir, como Pedro por su casa, en el palacio episcopal donde estaba instalado el cuartel general del Caudillo.

—Lo dejo en buena compañía —dijo Schröter, alejándose.

Falcó sacó la pitillera y ofreció cigarrillos. Lenz no quiso fumar, pero sí su mujer.

—¿Ingleses?... Oh, sí. Gracias. Me agradan los cigarrillos ingleses.

Greta Lenz le llevaba una cabeza al marido y tenía unas facciones duras, vulgares, aunque no era en absoluto fea. Media melena lisa cortada a la altura de los hombros. Rojo intenso en la boca. Su vestido de noche moldeaba unas fuertes caderas germánicas y ofrecía un escote bien colmado: un doble contenido pesado y turgente que ninguna española —pensó divertido Falcó—, en aquella católica y pacata nueva España nacionalista, habría osado lucir con tanta desenvoltura.

—Tiene usted amistades interesantes —comentó Lenz, señalando la espalda de Schröter con su copa.

—Negocios —respondió Falcó mientras le encendía el cigarrillo a Greta Lenz, que lo había puesto en una boquilla de ámbar.

El marido bebió un sorbo y miró a Falcó con malicia.

—Patria y negocios van a menudo de la mano.

Falcó encendió su propio cigarrillo y dejó salir el humo por la nariz.

—¿Y cómo van los suyos?

—No me puedo quejar. Ya sabe cómo funciona esto... El general Franco necesita cosas que yo puedo proporcionarle.

—Esas cosas cuestan dinero.

—Claro. Pero hay quien paga por él, así que todos contentos. Alemania e Italia cooperan y pasan sus facturas. O las pasarán. Dicen que ese compatriota de ustedes que vive en Francia, el financiero Tomás Ferriol, corre de momento con buena parte de los gastos... ¿Sabe algo de eso?

—No.

Conversaron un poco más. Greta Lenz abrió el bolso y se empolvó la nariz con aromas de Elizabeth Arden.

Miraba a Falcó con interés, pero eso era algo a lo que él estaba habituado. A las señoras solían gustarles sus maneras elegantes combinadas con el perfil apuesto y la sonrisa simpática y atrevida, calculada al milímetro, probada mil veces, que acostumbraba a utilizar ante ellas como tarjeta de visita. Desde muy joven había aprendido, a costa de algunas rápidas desilusiones propias, una lección crucial: las mujeres se sentían atraídas por los caballeros, pero preferían irse a la cama con los canallas. Era matemático.

—¿Te apetece un anís, querida? —preguntó Lenz.

—No, gracias —ella bajó un poco la voz, con reproche—. Y creo que tú estás bebiendo demasiado.

—Exageras.

El marido se alejó en busca de otra copa, y cuando la mujer volvió el rostro encontró la sonrisa tranquila de Falcó.

—A Wolfgang le encanta España —dijo tras un instante—. Está muy a gusto aquí.

—Ya veo... ¿Y usted?

—Menos que él —hizo un ademán despectivo—. Todo me parece sucio y gris. Los hombres son crueles, vanidosos; y las mujeres, demasiado tristes con tanta misa y rosario... Era más divertido antes: Madrid, Sevilla o Barcelona —le dirigió a Falcó una mirada larga y pensativa—. ¿Dónde nos vimos la última vez?

—En Zagreb. En el hotel Esplanade. Una fiesta de alguien.

Ella cayó en la cuenta, enarcando las cejas. Las llevaba depiladísimas, reducidas a dos finas líneas apenas señaladas por sendos trazos de lápiz marrón. Los ojos eran castaños, con reflejos pajizos.

—Es verdad. Usted estaba con una señora, con un militar español y también con ese escritor italiano, Malaparte... Conversamos un rato en la terraza, pero no hubo ocasión de hablar demasiado.

—Así es —Falcó hizo una pausa breve, muy calculada, para mirarle el escote con insolencia—. Y lo lamenté mucho.

Greta Lenz había encajado el examen con admirable naturalidad. Que la observaran así, concluyó él, debía de ser tan habitual como que le dijeran buenos días. Se la veía muy acostumbrada.

—Pues no parecía lamentarlo —dijo ella tras un instante—. Creo recordar que la mujer que lo acompañaba era muy guapa... Griega o italiana, ¿no?

Sostuvo Falcó su mirada, impasible.

—No recuerdo a ninguna mujer.

—¿En Zagreb?

—En ninguna parte.

Ahora Greta Lenz le contemplaba la sonrisa con irónica atención. Parecía a punto de decir algo cuando vieron regresar al marido, acercándose de lejos entre la gente. Traía otra copa en la mano y se había detenido para hablar con alguien.

—¿Se aloja usted aquí, en Salamanca? —preguntó ella, casi con indiferencia.

—Sí. En el Gran Hotel.

La mujer entornó los párpados entre el humo del cigarrillo.

—Qué casualidad —dijo—. Nosotros también.

Eran las diez y media de la noche cuando Lorenzo Falcó salió a la calle. A partir de las once había toque de queda, pero el hotel estaba cerca, así que fue caminando sin prisas. Era un paseo de diez minutos, y tras el humo de tabaco, las copas y las conversaciones le apetecía despejarse un poco. Hacía un momento había ingerido dos cafiaspirinas —las migrañas frecuentes eran su talón de

Aquiles— y el efecto analgésico de las píldoras empezaba a producirle un grato bienestar. Sentía un poco de frío, intensificado por la humedad del cercano río Tormes. Anduvo sin apresurarse entre los edificios sumidos en las sombras de la calle Zamora —no había salido la luna, y la ciudad estaba oscurecida ante posibles ataques de la aviación republicana— y luego cruzó la plaza Mayor, metidas las manos en los bolsillos del abrigo, la bufanda cruzada al pecho y el sombrero calado hasta las cejas. No se encontró con nadie, y sólo escuchaba el eco de sus propios pasos. Era tan cerrada la noche que casi tuvo que adivinar la embocadura del arco de salida, donde antes de bajar las escaleras se detuvo un momento a encender un cigarrillo. Fue el chispazo del mechero lo que atrajo la atención de un grupo de sombras que salieron de los soportales de abajo.

—¿Quién vive? —interpeló una de las sombras.

—España.

Era la respuesta habitual aquellos días. Un sonido metálico, de cerrojo de arma al montarse, indicó a Falcó que se trataba de una patrulla. Un piquete nocturno de vigilancia por la zona.

—Santo y seña —dijo la misma voz.

Ahora el tono era imperioso. Desabrido y arrogante. Un suboficial malhumorado por pasar la noche en vela, pensó Falcó. O quizá peor, un miliciano falangista de gatillo fácil, con ganas de hacer méritos.

—No conozco el santo y seña.

—Pues apaga el cigarrillo y levanta las manos.

El tuteo no dejaba lugar a dudas: eran falangistas. Falcó torció el gesto en la oscuridad. Un cañón de fusil le tocó el pecho. Obedeció, dócil, y unas manos lo cachearon sin consideración. El foco de una linterna en la cara lo deslumbró de pronto.

—¿De dónde vienes?

—Del Casino.

—¿Adónde vas?

—Al Gran Hotel. Vivo allí.

Falcó oyó cuchichear a las sombras.

—Hay toque de queda —dijo la voz de antes.

—Aún no. Deben de faltar unos quince minutos.

—¿Y ese sombrero tan elegante?

—Los rojos no usan sombrero.

—Documentación.

A la luz de la linterna, el otro examinó los papeles de Falcó. Una simple cédula de identidad nacional, donde bajo su fotografía figuraban un nombre y apellidos falsos, junto a un domicilio ficticio en Sevilla. El haz luminoso le permitió ver brevemente el yugo y las flechas bordados en el brazalete que el falangista llevaba sobre el chaquetón de pana. Había otras dos sombras cerca. Rostros hoscos y reflejos de fusiles. Simpatía inexistente. Todo más frío, comprobó, que el aire de la noche.

—¿Tienes carnet de afiliado a Falange?

—No.

—¿Y a otro órgano del Movimiento?

—Tampoco.

—Un señorito de mierda —comentó uno.

—De fiesta mientras otros luchan —apuntó un segundo.

Falcó estuvo tentado de comentar que también ellos se hallaban a doscientos kilómetros exactos del frente, pero prefirió ser cauto. En las zonas ocupadas por los militares rebeldes a la República, toda la gentuza y todos los oportunistas se apresuraban a vestir la camisa azul y afiliarse al llamado Movimiento Nacional. Con un poco de enchufe y algo de suerte, formar parte de las milicias de Falange en la retaguardia era una forma ideal de mantenerse lejos de los combates. Emboscados, como se decía. Aquellos patriotas de ocasión podían ajustar impunemente cuentas con sus vecinos, delatar a sospechosos, robar en sus casas y hasta pegarles un tiro a la luz de unos faros, en la cuneta de cualquier carretera. Desde los primeros días de la guerra, las autoridades militares delegaban la represión más brutal en esa clase de gente. Poco que ver con las centurias falangistas que combatían de verdad, dejándose la piel en el Norte o en torno a Madrid.

—Tienes que acompañarnos —dijo el jefe.

Falcó sonrió, retorcido. Para sí mismo. Tienes que venir con nosotros a nuestro cuartelillo, era la traducción libre de aquello, para que te demos una paliza y te robemos cuanto de valor lleves encima. Al final, la risa le asomó entre los dientes. Estúpidos aficionados.

—¿De qué te ríes?

Suspiró hondo antes de hablar. Y después lo hizo con mucha calma.

—Me río porque, por más que pienso, sólo se me ocurren dos posibilidades. Una es que yo saque ahora mi pitillera, echemos un cigarro cada uno, y luego cada cual siga su camino, más amigos que cochinos... La otra es que os acompañe, como decís, y una vez estemos donde queráis llevarme, hable con vuestro jefe de centuria y luego llamemos por teléfono al camarada Poveda, jefe del SIIF, o al cuartel general del Caudillo, o al de la Armada, o al de la madre que os parió... Y mañana, a estas horas, estaréis los tres cantando el *Cara al sol* en una trinchera de Navalcarnero, mientras salváis gloriosamente a la patria. Con dos cojones.

Era el tono, seguía sonriendo Falcó en sus adentros. Eran menos las palabras que el modo en el que habían sido dichas. Siguió un silencio largo, espeso, durante el que se dispuso a pelear si el tiro le salía por la culata. Tres adversarios era una cifra respetable, y estaba todo demasiado oscuro para recurrir a la hoja de afeitar Gillette que llevaba oculta en la badana del sombrero. Fríamente, su cabeza trazó de antemano la violenta coreografía del clásico ballet, casi automático, tantas veces practicado antes: uno, dos, tres. Croc. Plaf. Zaca. Un cabezazo al de la linterna —con suerte le rompería la nariz—, una patada al más próximo —con suerte le atinaría entre las piernas—, y luego a por el tercero, improvisando ahí lo que fuese. La oscuridad y la culata de un fusil, si lograba apoderarse de alguno, ayudarían mucho a rematar el asunto. Y si la cosa salía a medias, tenía toda Salamanca a oscuras para correr. La noche era joven.

—¿Qué se ha creído este hijoputa? —masculló uno de los falangistas.

—Cállate, coño —le dijo el jefe.

Hubo otro silencio casi tan largo como el anterior. El haz de la linterna volvió a posarse un instante en el rostro de Falcó. De pronto se apagó la luz y se encontró con su cédula de identidad en la mano.

—Puede irse... ¿Decía en serio eso de los cigarrillos?

Desde el bar americano del Gran Hotel se veía el vestíbulo. Lorenzo Falcó apoyaba un codo en el mostrador y un pie en la barra, y de vez en cuando cogía la copa que estaba junto al codo para beber un sorbo corto. Había cuatro colillas en el cenicero triangular con la publicidad de Cinzano. El bar era agradable, a la moda internacional de antes de la guerra. Había fotos de artistas de cine enmarcadas en las paredes —Douglas Fairbanks, Paul Muni, Loretta Young—, cómodos taburetes altos de cuero, decoración de madera y metal cromado.

—Creo que voy a pedirte otro *hupa-hupa*, Leandro.

—Yo esperaría un poco, don Lorenzo... Lleva usted dos, y tarda en hacer efecto.

—No se hable más. Tú mandas.

Leandro, el barman, era un tipo tranquilo, de cabello gris y rostro melancólico picado de viruela. A esas alturas, Falcó y él eran íntimos; solía ocurrir tratándose de barmans, maîtres, recepcionistas de hotel, encargadas de guardarropa, floristas, botones, limpiabotas y otros subalternos útiles para facilitar la vida. Las batallas —eso también lo había aprendido Falcó muy pronto— se ganaban gracias a los cabos y sargentos, no a los generales. En cuanto a Leandro, su especialidad era el *hupa-hupa*, un cocktail a base de martini, vodka, vermut y unas gotas de naranja. Desde el Alzamiento Nacional, por razones patrióticas o simple prudencia por parte de la dirección del establecimiento, el orujo gallego sustituía al vodka como ingrediente. A Falcó, incluso, le gustaba más así. Con orujo.

Era cerca de la medianoche cuando vio al matrimonio Lenz entrar en el vestíbulo. El marido llevaba el abrigo abierto y el sombrero echado hacia atrás, y caminaba con dificultad apoyándose en la mujer. Al pasar la puerta giratoria estuvo a punto de tropezar en la alfombra. Ella llevaba un abrigo de visón sobre el vestido de noche, y parecía irritada. Cruzaban hacia el ascensor cuando Greta Lenz miró en dirección al bar y vio allí a Falcó. No hizo el menor gesto de reconocimiento, y siguió con su marido hasta perderse de vista.

—Ponme ese otro *hupa-hupa*, Leandro. Y tómate algo tú.

Satisfecho con el sonido de la coctelera que el barman agitaba con vigoroso estilo, Falcó encendió otro Players. El último de la pitillera.

—¿Tienes tabaco?

—Sólo picadura de Canarias, don Lorenzo. Y papel de liar.

—Maldita sea mi estampa.

41

El barman le llenó la copa y vertió el resto de la coctelera en otra para él. Falcó alzó su bebida, mirándola al trasluz.

—Arriba España, Leandro.

—Arriba siempre, don Lorenzo.

—Que les den por saco a Lenin y a Stalin. Y a Douglas Fairbanks.

—Lo que usted diga.

—Rusia es culpable.

—Hasta la bola.

Chocaron las copas y bebieron, sonriendo Falcó en el borde del cristal, serio como siempre el barman. Aún tenía Falcó su copa en los labios cuando Greta Lenz entró en el bar.

No se besaron hasta que Falcó cerró la puerta de su habitación, echando la llave —un marido, por borracho que estuviese, siempre era un marido—. Hasta entonces todo había transcurrido con una fría naturalidad: la corta y banal conversación en el bar, con Leandro discretamente replegado al extremo del mostrador, y luego, sin palabras superfluas ni acuerdo previo, el acabar la mujer su bebida y levantarse del taburete en silenciosa complicidad, caminando ella en primer lugar hacia el ascensor mientras Falcó, inmóvil junto a la barra, observaba alejarse el buen augurio de sus caderas bajo la tela sutil del vestido de noche, la solidez de la fuerte espalda teutona, el cabello liso y rubio cortado a ras de los hombros. Tres minutos después, controlados con exactitud en el reloj que llevaba en la muñeca izquierda, Falcó había puesto dos billetes de cinco pesetas encima del mostrador, y tras cambiar una rápida mirada con el imperturbable barman se encaminó a su habitación. Acababa de quitarse la chaqueta, la pajarita y el cuello duro de la camisa cuando la mujer llamó a la puerta. Y allí estaban, ahora. Estrechando lazos fraternales entre la nueva Alemania y la vigorosa joven España.

Greta Lenz era bastante sucia, comprobó Falcó apenas iniciado el primer asalto. Muy alemana, en eso. Muy eficiente para tal clase de asuntos, como había insinuado el Almirante, que parecía conocer el percal. Manejaba la lengua con una soltura sorprendente, disfrutando realmente de la tarea, y él se vio en apuros para conseguir que la cosa no acabara allí mismo, con una explosión de afectos prematura. Pensó con urgencia en el general Franco, en la misión que le esperaba, en los tres falangistas de hacía un rato, y eso le enfrió algo el ánimo, devolviéndole el control de las circunstancias. Aparte de una boca ávida, ella tenía un cuerpazo colosal, confirmó. A esas alturas del episodio, uno de los tirantes del vestido había caído a un lado, descubriendo el hombro y una carne abundante muy en su punto: libre, trémula y generosa, con pezones oscuros, enhiestos y de un tamaño notable. Una valkiria con las uñas de los pies y las manos pintadas, cuya piel —debía de haberse puesto un buen chorro— olía ahora a Soir de Paris. También, antes de ir a la habitación, ella se había quitado, experimentada y previsora, el sostén, las bragas, el liguero y las medias, lo que en opinión de Falcó era un detalle técnico que facilitaba las cosas. Algo muy de agradecer, pues permitía ir al grano. Le acarició los senos mientras ella deglutía cuanto era posible deglutir en una anatomía masculina. Bajo el satén del vestido, el cuerpo grande y musculado adquiría contornos gloriosos.

—¿Estás fértil o infértil? —inquirió, cortés.

—No seas idiota.

Tranquilizado en ese aspecto, le alzó el vestido hasta las caderas. También allí el paisaje era espléndido. Apenas había un pequeño rastro rubio, rizado, entre los muslos fuertes y blancos. Una buena estructura ósea por debajo. Un Walhalla portátil, concluyó Falcó tras pensar cómo definir aquello. Todo ancho, cálido y confortable. Perfecto. He conocido noches peores.

—Espera —dijo.

Con habilidad, fruto de años de práctica, empezó a desvestirse de abajo arriba con una mano sin dejar de trabajar el material con la otra: zapatos, calcetines, pantalón, camisa. Todo en orden metódico. Riguroso. Al llegar a los últimos botones de la camisa, Greta se retiró un poco. Estaba de rodillas ante él, con el vestido reducido a una arruga de satén en torno a las caderas, y lo miraba complacida. Relampagueaban reflejos pajizos en sus iris castaños.

—Estás bien, españolito —dijo—. Estás muy bien.

—Gracias.

Falcó se arrodilló y le introdujo los dedos en el sexo. Ella sonreía.

—Dime puta.

—Puta.

Se intensificó la sonrisa obscena.

—Ahora dime puerca.

—Puerca.

Quiso tumbarla de espaldas en la alfombra, pero se le escabulló, riendo. Después se dio la vuelta, poniéndose a cuatro patas. Los senos germánicos colgaban grandes y pesados. Sólo faltaba música de Wagner.

—Házmelo por detrás —ordenó ella.

3. Una misión en Levante

La sede del Servicio de Información e Investigación de la Falange estaba en una casa de la calle del Consuelo, cerca de la torre del Clavero. Había un vigilante de camisa azul, correaje y pistola al cinto en el vestíbulo, y otro en la escalera que llevaba al piso superior. En sentido opuesto, la misma escalera bajaba a un sótano de siniestra fama aquellos días, y también a una puerta trasera por la que, de madrugada, sacaban del sótano a prisioneros con las manos atadas —sindicalistas, comunistas, anarquistas y otra gente afecta a la República— que a las pocas horas aparecían fusilados en el monte de La Orbada o junto a las tapias del cementerio. Cadáveres que los forenses locales, poco inclinados a complicarse la vida con sutilezas arriesgadas, solían certificar bajo el eufemismo *Fallecido por arma de fuego*.

—Te sienta bien el uniforme —comentó el Almirante mientras Lorenzo Falcó y él subían por la escalera—. Deberías usarlo más a menudo.

—Soy alérgico a los uniformes —Falcó se pasaba un dedo por el cuello de la camisa blanca, cerrado con impecable corbata negra—. Me salen granitos.

—Pues te aguantas —el Almirante sacó un pañuelo del bolsillo y se sonó con mucho ruido—. En momentos como éste, los uniformes son mano de santo. Además, a ti el azul marino, la gorra, los botones dorados y los dos galones con la coca en las bocamangas te dan aspecto respetable... Está bien que parezcas respetable de vez en cuando, para variar.

—Es usted mi padre, Almirante. Siempre dando ánimos.

—Y ahí dentro, procura no hacer el payaso. Poveda es un tipo peligroso.

—También usted lo es.

—Ese pájaro tiene otra clase de peligro.

Ángel Luis Poveda se levantó para recibirlos en su despacho, bajo un retrato de José Antonio Primo de Rivera, fundador de la Falange. Era un individuo rechoncho de mediana edad, con manos delicadas, rostro afeitado y pelo rizado y gris. Usaba gafas. Sobre la mesa cubierta de expedientes tenía una banderita rojigualda y otra con los colores rojo y negro del partido. Una pistola Astra calibre 9 largo, del modelo llamado Sindicalista, servía como fanfarrón pisapapeles.

—El teniente de navío Falcó —hizo las presentaciones el Almirante, mientras se estrechaban las manos—. Ángel Luis Poveda.

—Mucho gusto. Siéntense, por favor.

Tenía un acusado acento andaluz. El aspecto pacífico de Poveda, pensó Falcó, desentonaba con su currículum. Falangista de los primeros momentos —en jerga del partido se decía *camisa vieja*—, con propiedades rurales en la provincia de Sevilla, el 18 de julio se había sumado al Alzamiento militar. Su primer acto patriótico había sido ejecutar personalmente a cinco de los jornaleros que trabajaban en sus tierras: un tiro en la cabeza a cada uno *pour décourager les autres,* según había comentado a un periodista francés que lo entrevistó más tarde. Con el fundador de la Falange preso en la cárcel republicana de Alicante desde antes del comienzo de la guerra, Poveda formaba parte del consejo director del partido, y a él habían encargado los militares la parte más visible de la actividad represora en la zona nacional, a fin de mantener limpias, en la medida de lo posible, las manos del Ejército y la Guardia Civil. Desde su despacho de la calle del Consuelo, el jefe del SIIF coordinaba tanto ciertas acciones parapoliciales en la retaguardia como la quinta columna falangista que actuaba clandestinamente en la zona roja.

—¿Está el señor Falcó al corriente de la misión? —preguntó Poveda al Almirante.

—Nada en absoluto.

El falangista estudió a Falcó. Tras los cristales redondos de las gafas, sus ojos eran pequeños y desconfiados. Se había sentado al otro lado de la mesa y tamborileaba con los dedos sobre la carpeta verde de un expediente. Era un ademán deliberado. Sin necesidad de acercarse a mirar la etiqueta pegada en él, Falcó supo que ese expediente era el suyo.

—Tiene una biografía interesante —dijo Poveda al cabo de un momento.

—También usted, tengo entendido —repuso Falcó, sintiendo de inmediato la mirada reprobadora del Almirante.

El otro lo estudió en silencio durante unos segundos. Al cabo moduló una mueca que no llegaba a sonrisa. Sin volverse, señaló con el pulgar, a su espalda, el retrato del fundador de la Falange colgado en la pared.

—¿Qué sabe de él?

Falcó disimuló su sorpresa, reprimiendo el impulso de volverse hacia el Almirante. Aquello era por completo inesperado.

—Lo vi alguna vez en Jerez —respondió tras pensarlo un momento—. A él y a sus hermanos.

—¿Lo reconocería si lo viera?

—Claro.

—Me refiero a situaciones extrañas. Poco usuales.

—¿Por ejemplo?

—De noche, con poca luz...

—Supongo que sí, si es que llego a verle la cara.

El otro lo contempló en silencio, valorativo.

—¿Y qué más sabe de él?

—Pues lo que todo el mundo, supongo. Que es abogado, hijo del general Primo de Rivera... Que es culto, guapo, gusta a las mujeres y habla idiomas. Que admira más a Mussolini que a Hitler, que es un fascista convencido y que hace tres años fundó Falange Española. También sé que fue encarcelado por la República en marzo, que en julio el Alzamiento Nacional lo sorprendió preso en zona roja, y que allí sigue. En la cárcel de Alicante.

—¿Simpatiza usted con la causa falangista?

Le sostuvo Falcó la mirada, impasible.

—Yo simpatizo con varias causas.

El otro dirigió una breve ojeada a la carpeta del expediente. Después apoyó un dedo en ella.

—Según tengo entendido, sobre todo con la suya propia... Su causa, sea ésta la que sea.

—Principalmente.

Carraspeó el Almirante. Sacó el pañuelo, se sonó y volvió a carraspear. Su ojo derecho fulminaba al falangista.

—Las simpatías políticas del teniente de navío Falcó no vienen al caso —dijo en tono irritado—. Es por completo afecto al Movimiento Nacional y un elemento adiestrado y valioso, de extrema eficiencia... Desde el dieciocho de julio lleva a cabo importantes servicios, con gran riesgo para su persona. Por eso ha sido designado para esta misión. Eso basta.

—Naturalmente —concedió Poveda—. Pero siempre es bueno saber de qué pie cojeamos.

Falcó había sacado la pitillera y prendía un cigarrillo. Cerró el encendedor con un chasquido.

—Yo cojeo según el pie que me pisen.

—He dicho que es suficiente —zanjó el Almirante; después miró a Poveda—. Vayamos de una vez al asunto... ¿Se lo explica usted o se lo explico yo?

El falangista se echó atrás en el asiento, miró la pistola puesta sobre los papeles y luego a Falcó.

—Vamos a liberar a José Antonio —dijo a bocajarro.

Falcó llevaba diez minutos temiendo oír aquello. Sobre todo, la parte que le iba a tocar a él.

—¿Quiénes? —preguntó.

—Nosotros, la Falange. La España digna y decente. El puesto de nuestro fundador está aquí, en Salamanca. Participando activo en este nuevo amanecer de España. Dirigiendo a sus camaradas.

Cogió un mapa militar que tenía doblado en cuatro a un lado de la mesa y lo desplegó ante él. Era una sección de la costa que incluía Cartagena y Alicante.

—Hay quien dice, con mala intención —prosiguió—, que a Franco le conviene que José Antonio siga preso donde está. Que no le haga sombra. Pero quienes insinúan eso no tienen la menor idea de lo que piensa el Caudillo. Y vamos a demostrarlo... El cuartel general está entusiasmado con el asunto: una operación audaz para liberar a nuestro jefe y traerlo con nosotros —miró al Almirante como solicitando su confirmación—. Nos han ofrecido todo su apoyo.

—Es cierto —apuntó el Almirante, que miraba a Falcó—. Por eso estamos aquí.

Poveda señaló algunos lugares en el mapa.

—Tenemos gente en zona roja. Gente valiente y de fiar. Está previsto el desembarco de una pequeña y selecta fuerza de falangistas que se unirá a los que ya tenemos allí.

—¿Un golpe de mano? —se interesó Falcó.

—Sí. Contra la cárcel de Alicante.

—¿Y la evacuación?

—Por mar.

Asintió el Almirante.

—Colaboran nuestros amigos alemanes e italianos —dijo inclinado sobre el mapa—. Eso aún está perfilándose —indicó un lugar—. Él y sus rescatadores serán recogidos cerca del cabo de Santa Pola.

—¿Y cuál es mi parte?

Poveda le dedicó a Falcó otra de sus medias sonrisas. La segunda. No parecía pródigo en eso.

—Usted es el enlace principal. Cruzará las líneas y se pondrá en contacto con nuestra quinta columna en Cartagena, que es la base de operaciones prevista. Allí se está planificando todo. Les llevará las instrucciones y supervisará los preparativos. Después irán por tierra a Alicante para el asalto a la prisión. En la noche del ataque se les unirá el grupo de desembarco.

—¿Dónde será eso?

El Almirante señaló un punto del mapa.

—Posiblemente, aquí —dijo—, al resguardo de unos pinares extensos que hay en esta zona. Una hondonada cubierta de pinos que llaman El Arenal.

—¿Qué armamento utilizaremos?

—Bombas de mano, pistolas y fusiles ametralladores —respondió Poveda—. Hay complicidades dentro de la cárcel. Funcionarios y guardianes. Gente ganada para nuestra causa... ¿Conoce Cartagena?

—Sí.

—¿Y Alicante?

—También.

—Excelente. Ya he dicho que su trabajo será de coordinación y enlace. Ponerlo todo a punto.

—¿Y por qué no se encarga de eso un falangista?

Poveda miró un momento al Almirante y luego a Falcó.

—Ustedes los del SNIO tienen medios, contactos y experiencia. Nuestros camaradas sobre el terreno aún están muy verdes. Así que será usted quien coordine la fase previa a la operación... El jefe de nuestro grupo de asalto sólo tomará el mando para el ataque a la prisión. Excepto la acción militar, lo demás será cosa suya.

Sonrió Falcó, dejando salir despacio una bocanada de humo.

—También la responsabilidad, si algo sale mal... Imagino.

—Obviamente.

—¿Quién mandará su grupo de asalto?

—Un camarada de extrema confianza, que ahora está volviendo del Alto del León... Un héroe de guerra. Se llama Fabián Estévez y lo conocerá esta tarde o mañana, en cuanto llegue a Salamanca. Hay prevista una reunión entre ustedes, para los detalles —miró el reloj—. Yo no podré asistir porque viajo dentro de un rato a Sevilla.

—¿Y qué haré cuando embarquen con el rescatado, si todo sale bien?

—Podrá elegir entre regresar con ellos o hacerlo por su cuenta. Su trabajo habrá terminado.

Asintió Falcó mientras dirigía una breve mirada al Almirante. Esperaba de él alguna palabra, o un gesto cualquiera. Algo que rematase la conversación. Pero el jefe del SNIO permanecía inexpresivo y silencioso. Y aquel silencio lo inquietaba.

Se estaba bien al sol en la terraza del café Novelty. Sentado bajo uno de los arcos de la plaza, muy cerca del

Ayuntamiento, de cuyo balcón colgaba la bandera nacional, Lorenzo Falcó escuchaba al Almirante. Era la hora del aperitivo, así que habían pedido vermut y aceitunas. Las mesas cercanas hormigueaban de botas lustradas y uniformes caquis de oficiales, chaquetas de cuero sobre camisas azules, boinas rojas de requetés carlistas, gorras de plato y gorros legionarios con borla. Apenas dejaron el despacho de Poveda, Falcó había intentado ir a su hotel, que quedaba a un paso, para cambiarse de ropa; pero su jefe se lo impidió. Quiero tomarme algo contigo mientras sigues vestido de uniforme, dijo. Nunca se ve gente de la Armada en Salamanca, así que vamos a pasear un poco el pabellón. Que vean que también nosotros, los marinos, contribuimos a liberar a España de la barbarie marxista, la masonería liberal y otros perniciosos etcéteras.

—Yo sólo soy marino accidental.

—Tú eres, de momento, lo que yo te diga.

Ahora, en voz baja, con medias palabras y dando sorbos a su vermut entre chupadas a una pipa vacía, el Almirante suministró a Falcó algunos detalles adicionales. Había un antiguo funcionario del penal de Alicante: uno que fue subdirector y a quien el Alzamiento lo había sorprendido en zona nacional, visitando a su familia. Ahora estaba en la cárcel de Salamanca, por filiación socialista. Seguramente acabaría fusilado, pero antes podía ser útil para contarles cómo era la prisión de Alicante por dentro. Trazarles un plano detallado.

—Si lo van a fusilar, no creo que coopere —opinó Falcó.

—Tiene familia. Será fácil apretarle por ese lado.

—¿Cuándo iré a verlo?

—Mañana, cuando ya esté aquí el falangista. Iréis juntos.

—¿Y qué sabemos de ese Fabián Estévez?

—Sus jefes lo avalan a ciegas. Es joven y tiene fama de tenerlos bien puestos. No es de esos emboscados de retaguardia que acuden en socorro del vencedor. Éste estudiaba Derecho y era de los que vendían el periódico de Falange en los barrios obreros, con un ejemplar en una mano y la otra en el bolsillo donde llevaban la pistola. Carnet del partido número treinta y tantos... Participó en el Alzamiento en Toledo, y cuando allí fracasó la sublevación estuvo resistiendo en el Alcázar, con el coronel Moscardó, hasta que los liberaron. Entonces, en vez de pasear por los cafés contando batallitas como hacen otros, se fue voluntario al frente, batiéndose como un tigre en Guadarrama.

—Suena bien para el asunto.

—Pues claro. A él no le tocará pensar, sino ponerlo todo patas arriba. Y eso seguro que lo hará bien. El resto es cosa tuya.

Falcó se quedó callado un momento. Intentaba encajar piezas, pero algunas se le escapaban.

—¿Por qué yo? —inquirió al fin.

—Eres lo mejor que tengo.

Se sostuvieron un instante la mirada. Se conocían desde que Falcó traficaba por su cuenta y el Almirante había tenido que optar entre liquidarlo o incorporarlo a su servicio. Al fin, tras una noche de vodka, cigarros y conversación en el puerto rumano de Constanza —cerca del barco donde Falcó estaba a punto de estibar un cargamento de veinte ametralladoras Maxim rusas—, el Almirante había decidido reclutarlo para la entonces joven República; así como más tarde, en vísperas del 18 de julio, lo reclutó para la sublevación contra esa misma República. Sabiendo, por supuesto, que si las lealtades del propio Almirante hubieran sido otras, igual habría podido convencerlo para unirse al bando contrario. El único comentario de Falcó al plantearle lo del golpe militar había sido: «¿Estamos a favor o en contra?».

—No te he preguntado cómo te fue con Schröter —dijo el Almirante.

—Fue bien.

—¿De qué hablasteis?

La mirada estrábica y bicolor del Almirante lo estudiaba con interés. Y también con cautela, creyó advertir Falcó.

—De la misión, aunque sólo un poco —repuso—. Me confirmó que la Kriegsmarine está en el ajo... Incluso se interesó por mis años jóvenes, cuando yo hacía negocios con los rusos blancos y todo eso. Por lo visto él también andaba entonces por el Mar Negro, en uno de los barcos de la fuerza internacional.

—Qué casualidad.

—Eso parece.

El Almirante mostró un destello de irónico interés.

—¿Fue cuando te hirieron en la retirada hacia Sebastopol, y estuviste a punto de dejarte coger por los rojos como un idiota?

—La gente habla mucho —Falcó sonreía con una inocencia que habría convencido a un fiscal—. Y cuenta cualquier cosa.

Sonrió el otro en torno al caño de su pipa.

—Ésa es la parte menos conocida de tu biografía de hampón elegante. Es normal que algunos sientan curiosidad.

Falcó hizo un ademán impreciso.

—No hay secreto ninguno... Cuando me expulsaron de la academia mis padres me mandaron lejos, con unos parientes, a ver si sentaba la cabeza. Y, bueno, no la senté demasiado. Todo eso lo sabe usted de sobra.

—Ya. Pero a veces te miro esa cara de falso buen muchacho y se me olvida. Hasta a mí me vendes la burra teñida, de vez en cuando.

—Me ofende usted, señor —sonrió Falcó.

—Cierra el pico, o te meto un paquete que te vas a ir por la pata abajo. Juro que te encierro en un castillo, con grilletes.

—¿Quién iba entonces a bailar con la más fea?

—Que lo cierres, te digo.

—A sus órdenes.

En el ojo derecho del Almirante latía un brillo de extraña inteligencia. Falcó se inclinó un poco hacia su jefe.

—¿Hay algo que no me haya dicho, y que yo deba saber?

El otro estuvo un momento en silencio. Primero negó con la cabeza y luego bajó la voz.

—El Caudillo está personalmente interesado en esto... Ayer estuve con él y con su hermano Nicolás en el cuartel general, y me lo dejó claro. Quiere traer aquí al ilustre preso. A toda costa. Por lo visto Mussolini, que simpatiza con la Falange, lo está presionando mucho.

—Muy noble por su parte —ironizó Falcó—. Sobre todo si al final debe acabar cediéndole el poder.

El Almirante contemplaba la última aceituna que quedaba en el plato. Pensativo.

—De eso ya no estoy seguro. El general Franco es gallego.

—Como usted mismo.

—Más o menos —sonrió el Almirante.

—De ésos que no sabe uno, cuando se los cruza en la escalera, si suben o bajan.

Se acentuó la sonrisa del otro.

—Con el Caudillo ni siquiera sabes si sube, baja o está parado.

Falcó cogió un palillo, pinchó la aceituna y se la metió en la boca. Una nube había oscurecido la plaza.

—Y con usted tampoco, Almirante.

Vio de lejos a Chesca Prieto cuando estaban a punto de levantarse. Cruzaba la plaza viniendo de los soportales cercanos al café, pasó por delante de las mesas y Falcó la siguió con la vista, interesado. Vestía un gabán de paño beige con solapas de terciopelo, muy elegante, y se tocaba con un sombrero de ala corta casi masculino, adornado con una pluma. El Almirante sorprendió la mirada de Falcó. Su forma de descruzar las piernas y quedarse inmóvil.

—¿La conoces?

—Nos presentaron anoche, en el Casino. Conozco a su cuñado.

—¿Y al marido?

—Vagamente —Falcó se puso en pie, ajustándose la corbata—. Discúlpeme, señor.

El Almirante seguía observándolo desde su silla mientras chupaba la pipa vacía. Ahora parecía divertido.

—Ella es caza mayor, muchacho.

—¿Cómo de mayor?

—Le conozco dos amantes... Uno es comandante de aviación, primo del teniente coronel Yagüe; y el otro, marqués de algo.

—¿Siguen en activo?

—De eso no tengo datos. Pero Pepín Gorguel, su marido, es un mal bicho. Y lleva pistola.

—Está en el frente de Madrid —dijo Falcó—. Salvando a la patria.

Se estiraba la chaqueta azul marino. Luego se inclinó ligeramente la gorra a un lado, sobre los ojos. Sonreía.

—¿Qué aspecto tengo, Almirante?

Lo estudió el otro con ojo crítico.

—Hasta de uniforme —concluyó— tienes pinta de chulo de putas.

—Mejor me iría en ese oficio que en éste.

—Lárgate de aquí.

Apresuró el paso hasta alcanzarla en la embocadura del pasaje y ella se mostró sorprendida al principio. La abordó con naturalidad, quitándose la gorra para ponérsela bajo un brazo antes de estrechar la mano enguantada en piel fina que ella le tendía. Qué casualidad, qué hermoso día de sol y todo el resto. Falcó desgranó el ritual social oportuno con impecable cortesía, mientras la mujer se mostraba complacida por el encuentro. Sus ojos de trigo verde sonreían luminosos, clareando bajo la luz de la mañana. Hacían un bello contraste, decidió Falcó, con la piel morena y con aquella nariz atrevida que le daba aspecto de gitana elegante, venida a más desde el colmado donde bailaba la bisabuela, refinada tras un par de generaciones de hermosas hembras amadas en estudios de pintor, patios de cortijo con azulejos y salones lujosos de capital de provincia. Pensó en el comandante de aviación y en el marqués a los que se había referido el Almirante, y luego en el marido que mandaba una compañía de regulares en el frente de Madrid, y sintió una punzada urgente en la que se mezclaban desordenadamente los celos, la emulación y el deseo.

—¿Adónde va, Chesca?

—Al Auxilio Patriótico. Tengo cosas que hacer allí.

—Admirable... ¿Contribuye usted al esfuerzo de la Cruzada Nacional?

—Por supuesto —sonreía burlona, como si la pregunta la hubiera ofendido un poco—. ¿Qué española no debe hacerlo?

—Tiene razón. Me gustaría acompañarla.

—Nada se lo impide.

Caminaron hacia la calle Bordadores, despacio. Ella le miraba el uniforme.

—Usted también contribuye al esfuerzo de la Cruzada, por lo que veo.

—Un poco.

—Sin embargo, el mar más cercano está a trescientos kilómetros.

—Bueno... Hoy en día las distancias no son lo que eran.

—Ya —se volvía a estudiarlo de vez en cuando, valorativa—. De cualquier modo, ese uniforme le sienta muy bien.

—No suelo usarlo a menudo.

—Eso supuse. Anoche concluí que parece más a gusto dentro de un smoking. Y mi cuñado me lo confirmó.

—El buen Jaime... ¿Qué le dijo de mí?

—Que es usted un bala perdida, en resumen.

—¿Y en detalle?

—Que es de buena familia. Que es descarado y mujeriego. Que lo expulsaron de todos los colegios e instituciones donde estuvo. Que sus padres lo mandaron al extranjero para quitárselo de encima, y que luego se le perdió la pista en cuanto a actividades, aunque se suponen dudosas... Lo que no dijo Jaime es que fuera usted oficial de la Armada.

—Sólo es de forma provisional. Mientras dure la guerra.

—Poco tiempo, entonces. Todos dicen que Madrid caerá antes de Navidad.

—Y regresará su marido, supongo.

Un relámpago verde cruzó los ojos de la mujer. Fugaz. Imposible averiguar si era de diversión o de cólera.

—¿Siempre es usted así?

—¿Cómo es así? —sonrió Falcó.

—Tan engreído. Tan seguro de sí mismo. Tan seguro de todo.

—Va por días.

—¿Y hoy es uno de esos días?

La miró con cara de buen chico. Directo a los ojos.

—Depende de usted.

—Me halaga.

—Eso pretendo.

Se habían detenido un momento. Inclinó el rostro, pensativa, abrazó el bolso en el regazo y caminaron de nuevo.

—Quiero verla, Chesca.

Ella seguía mirando el suelo, ante sus botines de tacón alto.

—Ya me está viendo.

—Quiero verla luego. Después de que acabe en el Auxilio Patriótico. Hoy. Déjeme invitarla a comer.

—Imposible. Tengo un compromiso.

—Pues veámonos esta tarde.

—También imposible. He quedado con unas amigas para ver *Nobleza baturra* en el Coliseum... Me encantan Imperio Argentina y Miguel Ligero.

—Usted ya ha visto esa película. Toda España la ha visto veinte veces.

Cuando ella alzó por fin el rostro, Falcó vio ironía en los reflejos esmeralda.

—¿Y qué me ofrece como alternativa?

—Una copa en algún lugar agradable —tras pensarlo un segundo, decidió arriesgarse un poco—. El barman del Gran Hotel prepara unos cocktails magníficos.

El tiro había caído lejos.

—¿Se ha vuelto loco?... No puedo ir con usted al bar del Gran Hotel.

—Si lo prefiere, puedo acompañarla de uniforme, como ahora. Eso le daría a todo un aspecto respetable.

—Usted no tiene aspecto respetable ni de uniforme, señor Falcó. Más bien lo contrario.

—Llámeme Lorenzo, por favor.

—No pienso llamarlo de ninguna manera —ella indicó el edificio donde estaba el Auxilio Patriótico—. Ya hemos llegado.

Falcó no se dio por vencido. Sabía interpretar miradas de mujer. Sabía espigar en sus silencios.

—Hay un merendero agradable junto al puente romano, sobre el río —dijo con mucha sangre fría—. Y hace buen tiempo. Podríamos dar un paseo hasta allí y ver la puesta de sol.

—Vaya —ahora lo miraba con sorna—. También es usted un romántico.

Retomó la expresión de buen chico. Había observado que ella no le estudiaba los ojos, sino la boca. Y a veces también las manos.

—No crea —repuso—. Eso va por días. O por momentos.

La mujer emitió una carcajada abierta, casi luminosa.

—¿No le fatiga un poco ejercer siempre de seductor?

—¿No le duele a usted la cara de ser tan guapa?

Se puso seria, de pronto; pero los ojos de trigo verde seguían riendo.

—Oiga, señor Falcó...

—Lorenzo.

—Esto se parece mucho al acoso y derribo, señor Falcó.

—El acoso acabo de hacerlo... Ahora me falta el derribo.

Por un segundo temió que le cruzara el rostro con una bofetada. Pero ella se limitó a mirarlo con mucha fijeza, inmóvil, durante un rato tan largo que él llegó a darlo todo por perdido. Al fin ella apretó más el bolso contra el regazo e hizo un movimiento extraño con la cabeza, como si acabara de escuchar un sonido remoto que intentase identificar.

—Vaya al merendero mañana al mediodía —dijo con voz opaca.

—Allí estaré... ¿A qué hora irá usted?

—Yo no he dicho que vaya a ir.

Asintió Falcó, asumiendo las reglas.

—Es cierto. No lo ha dicho.

4. Verdugos inocentes

La cárcel provincial de Salamanca había sido construida para un centenar de presos, pero desde el 18 de julio habían ingresado más de mil. Y se notaba. El hacinamiento era enorme. Los consejos de guerra y las ejecuciones que a menudo les seguían despejaban un poco las celdas, pero las plazas libres volvían a cubrirse en el acto. La nueva España nacional y católica tenía prisa por arrancar la mala simiente izquierdista, y a ello contribuían los llamados *traslados:* un grupo de falangistas o requetés se presentaba con la orden escrita de llevar a determinados reclusos a otra prisión, a la que éstos no llegaban nunca, pues acababan en una cuneta, en una dehesa o en un pozo —aquello también era conocido como *dar el paseo*—. Lorenzo Falcó sabía todo eso mientras cruzaba el recinto de seguridad exterior, observando las garitas desde las que asomaban los fusiles de la Guardia Civil.

—Triste lugar —dijo Fabián Estévez.

Falcó lo miró con curiosidad. Se habían conocido tres horas antes, en el despacho del Almirante. Los dos vestían de paisano. Estévez tenía la mandíbula cuadrada y la mirada al tiempo enérgica y distante, velada por años de tensión y clandestinidad a las que en los últimos meses se habían sumado las penalidades y la guerra. Llevaba el cabello, negro y engominado, peinado hacia atrás sobre una frente amplia, con entradas, y eso acentuaba cierto parecido con su líder, José Antonio Primo de Rivera. A Falcó le había caído bien. Era un chico educado, sobrio, poco hablador. Había atendido respetuoso las indicaciones del Almirante, discutido con Falcó los detalles de la operación, y se había mostrado, sin reservas, dispuesto a todo cuanto se esperaba de él. Uno de los detalles que habían suscitado la simpatía de Falcó era el hecho de que, a diferencia de otros falangistas, Estévez no llevaba la camisa azul bajo la chaqueta y el abrigo, sino una simple camisa blanca con corbata de punto de lana. No hacía alarde de su condición ni su grado —era jefe de una centuria de tropas de choque—, como tampoco había dicho una sola palabra sobre su participación reciente en la defensa del Alcázar de Toledo y en los durísimos combates que se libraban en torno a Madrid.

—Hay que sanear España, supongo —dejó caer Falcó para tantearlo, y lo miró de reojo.

—Prefiero sanearla en el frente. Esto huele a revancha y a vergüenza.

—Pues me temo que estamos al comienzo, como quien dice. Según la radio y los periódicos, los rojos corren y se rinden en masa.

—Eso es mentira. Yo vengo de allí... Pelean con tesón. Defienden su terreno palmo a palmo, y cuando caen lo hacen luchando con mucho coraje.

Falcó seguía mirándolo con curiosidad.

—¿Nada de acabar por Navidad?

—Claro que no. Eso es propaganda.

—¿Será largo y sangriento, entonces?

—Imagínese. La mejor infantería del mundo contra la mejor infantería del mundo.

Los recibió el director de la prisión, acompañándolos a través de una galería en la que una larga fila de ventanales iluminaba, en el muro opuesto, una escalera con pasarela de hierro y dos pisos con puertas de celdas. No había calefacción y el frío allí dentro era intenso. Se oía rumor de voces lejanas, sonido de rejas al cerrarse, y el ruido de los pasos tenía ecos siniestros. De camino, el director los puso al corriente del currículum del hombre al que visitaban: afiliado al Partido Socialista, antiguo subdirector de la cárcel de Alicante, sorprendido por el Alzamiento en zona nacional mientras visitaba a su familia. Había intentado huir a Portugal, pero lo detuvieron en Béjar. Ahora estaba en una celda con otros quince hombres, en espera del consejo de guerra que establecería sus responsabilidades.

—Su madre vive en Alba de Tormes y es viuda de un diputado socialista. Está bajo vigilancia, claro... Un hermano se ha alistado en la Falange, suponemos que para protegerse un poco.

El preso se llamaba Paulino Gómez Silva y aguardaba en una habitación de muros grises cuyo único mobiliario consistía en una mesa, tres sillas y un retrato del Caudillo colgado en la pared. El director los dejó solos con él y cerró la puerta. Gómez Silva era un individuo menudo, demacrado, con cara de hurón y ojos miopes y asustadizos. Vestía un traje gris sucio y lleno de arrugas, zapatos sin cordones y una camisa desprovista de cuello, muy rozada en los puños. Tomaron asiento los tres y, sin más preámbulos, Fabián Estévez se desabotonó el abrigo, sacó del bolsillo interior un plano plegado en cuatro y lo extendió sobre la mesa.

—¿Reconoce esto?

El otro miró el plano y luego alzó la vista hacia ellos. Sorprendido y suspicaz.

—¿Quiénes son ustedes?

—Eso no le importa. Responda a la pregunta que le hacemos. ¿Reconoce el sitio?

Parpadeó confuso Gómez Silva.

—Pues claro. Es la prisión de Alicante.

—Descríbanosla con detalle y señale cada sitio en el plano.

—No tengo mis gafas. Me las rompieron al detenerme.

—Acérquese. Yo le iré diciendo.

Lo hizo, dócil, con toda precisión, respondiendo a cada pregunta que le formulaban. Puerta principal, puerta secundaria, distancias, muros, patios, galerías, celdas. Al hablar le temblaban las manos y la barbilla mal afeitada en la que despuntaban pelos grises. Los dedos con los que tomó el cigarrillo que le ofrecía Falcó mostraban las uñas largas y sucias. Durante un segundo pasó una luz de agradecimiento por sus ojos de animal apaleado.

—¿Mucho tiempo sin fumar? —se interesó Falcó.

—Tres meses.

—Debe de ser duro.

El otro dirigió una rápida mirada a Fabián Estévez y otra hacia la puerta.

—No es lo más duro aquí.

—Ya.

El falangista había sacado una libreta de hule y un lápiz y tomaba notas: la entrada, los tres cuerpos de edificios, los ocho patios, la capilla, las rejas y la altura de los muros. Todo lo consignaba fríamente, con croquis y una letra apretada, minuciosa. De vez en cuando, el preso miraba a Falcó con una interrogación muda en los ojos. Cuando acabó de fumar el cigarrillo, éste le ofreció otro.

—Creo que es suficiente —dijo Estévez guardándose la libreta.

—¿No necesitan de mí nada más?

—No.

Falcó y el falangista se pusieron en pie. Gómez Silva seguía sentado, mirándolos con cara de desconcierto.

—¿Me beneficiará esto de alguna forma?

—Seguramente —mintió Falcó.

—Llevo tres meses esperando juicio. Temo que cualquier día me saquen y me lleven sin más, como a otros.

—Tranquilícese. Lo suyo seguirá un curso completamente legal. Tiene nuestra garantía.

Gómez Silva se aferraba a la esperanza. O quería hacerlo. El cigarrillo le temblaba entre los dedos.

—Yo soy afecto al Movimiento Nacional, no les quepa duda. Reconocí mis errores políticos... Incluso un hermano mío milita en Falange.

Mientras Estévez llamaba a la puerta, Falcó vació su pitillera de cigarrillos y los puso en manos del preso, que le devolvió una mirada de agradecimiento. Afuera aguardaba el director, quien los acompañó de nuevo por los patios y galerías hasta la puerta.

—Hay un detalle —le dijo Estévez cuando se despedían—. Por razones de alta importancia, conviene que el preso no vuelva con sus compañeros durante una temporada... Recomiendo la incomunicación.

—Veré lo que puedo hacer. Ya han visto que aquí no sobra espacio, y esto va a peor.

—Mis órdenes están respaldadas por la jefatura de Falange y por el cuartel general del Caudillo. Hay que evitar que ese individuo hable con otros reclusos. Nada de lo que se ha dicho ahí dentro debe comentarse.

Fruncía el entrecejo el director.

—¿Cuánto tiempo debe durar eso?

—Cuatro semanas como mínimo.

El otro pareció aliviado.

—Oh, en tal caso no hay problema. Precisamente me llegaron ayer los papeles. Lo juzgan dentro de tres días. Y con sus antecedentes...

No hablaron en el automóvil durante el regreso. Ni sobre la suerte que aguardaba a Paulino Gómez Silva ni sobre ninguna otra cosa. Sentados en el asiento trasero —el conductor era un soldado de paisano, joven e indiferente—, Estévez consultaba su libreta y Falcó miraba por la ventanilla. Cuando bajaron en la calle Toro se quedaron callados uno frente al otro, mirándose, las manos en los bolsillos de los abrigos. Falcó llevaba sombrero y el otro no. Pocos falangistas lo usaban.

—¿Cuándo se va usted? —preguntó Estévez.

—Mañana.

—¿Viaja por tierra?

—Sí.

—Cruzar las líneas es peligroso.

—No será la primera vez.

—Sí. Eso me han dicho.

Estévez sonreía un poco, y aún parecía más joven al hacerlo. La sonrisa era triste, como la de quien había visto demasiadas cosas en breve tiempo. Un tipo melancólico, pensó Falcó, con el pasado y el futuro pintados en la cara. Aquél no era, concluyó, de los que sobrevivían.

—¿Y qué más le han dicho?

—Lo suficiente. Como a usted de mí, creo.

—Conviene saber con quién se la juega uno.

—Y que lo diga.

Iba a sacar la pitillera cuando recordó que estaba vacía. El otro miraba más allá, como si la cabeza se le hubiera ido hacia cosas distantes. El día anterior, el Almirante le había contado a Falcó que en la defensa del Alcázar de Toledo, cuando los rojos lograron poner pie y una bandera en las ruinas de la fachada norte, Estévez había sido uno de los cinco voluntarios que, sólo con pistolas y trepando por escaleras de mano empalmadas con cuerdas, habían subido allí para desalojar al enemigo.

—Como dije en la reunión con su jefe —comentó el falangista tras un momento—, los camaradas con los que usted contactará son de primera clase. Gente sólida y valiente.

—Tienen que serlo, para actuar donde están —admitió Falcó.

—Saben lo que arriesgan. Puede confiar por completo en los dos hermanos de que le hablé, Ginés y Caridad Montero... Los conozco personalmente.

Había hablado con una fe segura, casi vibrante, de las que no admitían vacilaciones ni dudas. Un tono en cierto modo ingenuo, pensó Falcó, hecho de lealtades y de camisas bordadas con el yugo y las flechas en tiempos pretéritos, o en raros lugares donde ser falangista no era todavía un medio de medrar y ajustar cuentas, sino un azar clandestino y peligroso. Un ritual de elegidos y creyentes, camisas viejas que se soñaban héroes un minuto antes de ser engullidos por los oportunistas y los canallas. Algo tan viejo como el mundo.

—Nos veremos en esa playa —dijo Falcó—. Procuraré que todo esté en orden cuando usted desembarque.

—Eso espero.

—Será pronto, supongo.

—También espero eso —el otro miraba alrededor con gesto incómodo—. Éste no es lugar para mí —sorprendió la mirada de Falcó y esbozó la misma sonrisa triste de antes—. Usted quizá lo comprenda... Yo soy un soldado.

Siguió un silencio tan largo que casi se hizo incómodo. Permanecían uno frente a otro, como si dudaran en despedirse. En su próximo encuentro, pensó Falcó, no iban a tener tiempo para confidencias.

—Buena suerte, Fabián.

—Buena suerte.

Se estrecharon la mano. Un apretón firme por ambas partes. Después, Estévez giró sobre sus talones y se fue calle arriba mientras Falcó lo miraba alejarse. Con las manos en los bolsillos del largo abrigo oscuro, la cabeza descubierta y el aire melancólico, el falangista caminaba envuelto en el aura que rodeaba a los héroes, los mártires y los verdugos inocentes. Que, según experiencia de Falcó, eran los verdugos más peligrosos.

La cafiaspirina empezaba a hacer efecto, disipando el dolor de cabeza de Falcó, y también le producía una sensación de lucidez optimista mientras contemplaba el paisaje. Más allá del puente romano, el Tormes describía una curva que reflejaba en tonos de nácar y plata el azul nuboso del cielo. La vieja Salamanca de siempre, eclesiástica y universitaria bajo torres, cúpulas y campanarios —también castrense y patriótica desde hacía unos meses, con los alumnos combatiendo en el frente y los catedráticos denunciándose unos a otros—, se asomaba a la orilla opuesta del río, abigarrada en tonos ocres y pardos. Había visto venir a Chesca Prieto de lejos, cruzando el puente en dirección al merendero, tras haber aparcado el Renault Cabriolet de dos plazas que ella misma conducía. Vestía de cuadros grises y verdes con una capita corta sobre los hombros, boina gris, zapatos de tacón medio, un toque discreto de *rouge* en los labios, lápiz de cejas. El maquillaje justo. Moviéndose tranquila y segura de sí, de su belleza y posición social. Acudiendo a la cita como la mayor parte de las mujeres acudían a la primera cita: más por curiosidad y desafío que por deseo.

—Todavía no me ha explicado qué hace un oficial de la Armada en Salamanca.

No iba a ser fácil, concluyó Falcó al cabo de quince minutos de conversación. No en aquella primera campaña, desde luego. Ella sabía sobre él, o al menos de la parte de su pasado que podía considerarse pública. Sin duda el cuñado, que aquella misma mañana había vuelto a incorporarse a la guerra, la había ilustrado un poco más al respecto. Eso, naturalmente, intensificaba la curiosidad de la mujer, pero extremaba sus reservas. Le hacía adoptar una táctica muy femenina basada en la suave agresión defensiva. Tanteo del enemigo y estudio de reacciones; nada nuevo en el añejo manual de la vida. Pero como era una mujer inteligente, ella arriesgaba lo bastante para dejar huecos en las trincheras: invitaciones a penetrar por esos huecos, a riesgo y beneficio de quien lo intentara.

—Sí, se lo dije.

—No es cierto. No me dijo nada. Además, tengo entendido que lo expulsaron de la Marina cuando era joven.

—El Alzamiento cambió las cosas. Necesitaban gente. Me readmitieron.

—Según mi cuñado Jaime, muy desesperados deben de estar para readmitirlo. No era un chico ejemplar, me dijo riéndose. Asuntos de faldas e indisciplina.

—¿Y qué más dijo?

—Que luego anduvo usted por América y Europa, mezclado en negocios turbios.

—Su cuñado es un bromista.

—No crea. Estos meses en el frente le han quitado las ganas de broma.

Había una frasca de vino blanco y dos vasos sobre la mesa. Ella bebió un sorbo del suyo, pensativa. En la mano izquierda lucía una alianza de oro junto a un anillo sencillo con un pequeño diamante.

—Quizá no lo sepa, pero nos cruzamos en dos ocasiones —dijo tras un momento.

—Imposible. La recordaría.

—Hablo en serio... Una fue en el *grill* del Palace, en Madrid. Yo estaba con unos amigos, usted cenaba en una mesa próxima y alguien que lo conocía mencionó su nombre.

—¿En qué términos?

—Simpático, viajado y poco de fiar. Ésas fueron las palabras.

—Vaya... ¿Y dónde me vio por segunda vez?

—Frente al casino de Biarritz, en el parque. Hace cosa de un año. Vestía chaqueta azul, sombrero panamá y pantalón blanco, y daba el brazo a una mujer.

—Espero que fuera una mujer guapa.

—Lo era. Y tampoco los comentarios que usted suscitó fueron elogiosos. Esta vez se trataba de Pepín, mi marido... ¿Lo conoce?

Asintió Falcó, cauto. Terreno delicado.

—Vagamente.

—Eso tengo entendido —sonreía casi cruel—. Aquel día en Biarritz, él no pareció mostrarle mucho aprecio.

—No se puede ganar siempre. Ni con todo el mundo.

—Claro. Aunque no tiene aspecto de ser de los que pierden.

—Hago lo que puedo.

Ahora Chesca lo miraba de un modo diferente. Como si buscara grietas en la estructura. Cruzó las piernas, y Falcó pensó que una mujer como era debido sabía cruzar las piernas, fumar y tener amantes con la elegancia adecuada. Sin darle importancia. Y aquélla, sin duda, sabía.

—¿Es imprescindible que sean guapas? —preguntó ella al fin, a bocajarro.

—¿Perdón?

—Me refiero a las mujeres de su vida.

Falcó siguió sosteniéndole impávido la mirada. Si la apartaba, sabía de sobra, el pez rompería el sedal y se zambulliría con un coletazo.

—No recuerdo a ninguna mujer que lo fuera tanto como usted.

—Eso ya me lo dijo ayer. Seguro que dispone de más respuestas.

Lo pensó un instante. Apenas dos segundos.

—Ya que todas requieren el mismo esfuerzo —dijo al fin—, es preferible que valga la pena.

—¿Quiere decir que por el mismo precio desea obtener el mejor producto?

—Más o menos.

—¿Y dónde sitúa a las mujeres inteligentes?

—Eso y ser guapa es compatible.

—¿Y de no ser así?

—Entonces prefiero a la guapa.

Ella había alargado de nuevo la mano hacia el vaso, pero no llegó a tocarlo.

—¿Siempre es tan brutalmente sincero?

—Sólo cuando además de guapa la mujer es inteligente.

Vio que apoyaba despacio la mano sobre la mesa. La de los anillos.

—Señor Falcó...

—Lorenzo, por favor. Ya le dije. Lorenzo.

—No va a acostarse conmigo.

—¿Ahora, quiere decir?

—Nunca.

—Concédame, al menos, el derecho a intentarlo.

—Yo en sus derechos no me inmiscuyo —seguía manteniendo la mano sobre la mesa, ante sus ojos—. Pero soy una mujer casada.

—Eso no tiene por qué ser obstáculo. Al contrario.

—¿Al contrario?... ¿Nos prefiere casadas?

—Según. A menudo una mujer casada tiene cosas que perder. Es más cuidadosa. Más prudente.

—¿No le complican a usted la vida, quiere decir?

No respondió a eso. No debía. Así que cogió la pitillera que estaba sobre la mesa y se la ofreció, abierta. Ella tomó un cigarrillo, pero negó con la cabeza cuando él, tras ponerse otro en la boca, le acercó la llama del encendedor.

—¿Y dónde deja los sentimientos?... ¿Dónde el amor y el afecto?

—Nada de eso queda excluido —Falcó encendió su propio cigarrillo y la miró entre la primera bocanada de humo—. Lo que pasa es que nunca vi la necesidad de hacer lo que hacen ustedes... Casi todas toman la precaución de enamorarse antes.

—¿Para protegernos?

—Para justificarse.

—Santo Dios. Qué descaro. Nunca escuché planear con tanta frialdad un adulterio.

Había dejado el cigarrillo sin encender sobre la mesa, cual si fuese un objeto deleznable, antes de ponerse en pie.

—¿Se marcha?

—Naturalmente.

—La acompaño hasta su coche.

—No se moleste.

—Insisto.

Dejó una buena propina sobre la mesa, ante la mirada desconcertada de la moza del merendero, y se levantó también. Caminaron en silencio incómodo por la milenaria estructura de piedra. El puente romano estaba desierto. Salamanca se alzaba al otro lado, monumental y casta.

—Estaré un tiempo fuera —dijo él—. De viaje.

—Me da igual dónde esté.

—No. No le da igual.

Se había detenido, y ella también lo hizo. El rostro parecía impasible, pero entreabría un poco los labios y la barbilla le temblaba muy levemente. Con súbita lucidez, siguiendo el instinto del momento —a veces aquello era como jugar al ajedrez—, Falcó alzó una mano, cauto, y le puso dos dedos en el cuello, como si estuviera tomándole la temperatura o el pulso en la arteria. La mujer se dejó hacer, inmóvil. Y cuando él comprobó que por los ojos verdes cruzaba un destello de ternura y calor, deshelándolos, acercó su boca a la de ella.

—Me voy mañana —dijo en voz baja, al retirarse—. Y ojalá estés aquí cuando regrese.

—Hijo de puta —dijo ella.

—Sí.

Leandro, el barman del Gran Hotel, dejó de agitar la coctelera y vertió su contenido en la copa de Lorenzo Falcó. Éste la miró un momento al trasluz, después la alzó un poco más y tocó con el cristal el vaso del Almirante, que bebía un escocés con hielo y sin agua.

—A su salud, señor.

—A la tuya, que va a necesitarlo más.

Bebieron sin prisas, en silencio.

—Es bueno —comentó el Almirante, satisfecho, chasqueando la lengua—. No ese matarratas que falsifican en Oporto.

Vestían de paisano, como de costumbre, y ocupaban dos taburetes del rincón de la barra más próximo a la puerta. A esa hora el bar estaba frecuentado por la clientela habitual: militares de uniforme, alguna camisa azul, corresponsales extranjeros y propietarios rurales con olor a garrocha campera; felices estos últimos, después de cinco años de zozobras republicanas, de tener a sus jornaleros con la cabeza gacha o pudriéndose en encinares y cunetas.

—¿Cuándo te vas? —quiso saber el Almirante. Había estado demorando la pregunta un buen rato.

Falcó miró el reloj. Tenía hecho ya el equipaje en su habitación: una mochila, ropa y botas de campo, cigarrillos y cafiaspirinas. También la Browning con tres cargadores, una navaja de resorte automático y un libro con una clave numérica y otra alfabética. La cuchilla de afeitar la llevaría oculta en la cara interna del cinturón.

—Dentro de ocho horas pasa un coche a buscarme.

—Madrugaré para venir a despedirte.

—No se moleste.

—No es molestia. Quiero asegurarme de que te largas de verdad... ¿Quién te lleva?

—Paquito Araña. En coche por Sevilla a Granada, y luego me las arreglo solo.

—¿Ya ha vuelto de Francia?

—Ayer.

—Buen elemento... ¿Sabías que, maricón y todo, fue pistolero de Lerroux, en Barcelona? ¿Que fue él quien se cargó al Chiquet del Raval, entre otros?

—Sí. Lo sabía.

—Estuvo bien lo suyo en el tren, en Narbonne. Lo vuestro, quiero decir. Aquella mujer...

Lo dejó ahí, zanjando la cosa con un sorbo.

—No hay diferencia —dijo Falcó tras un instante.

—Lo sé.

Falcó sonreía en el borde mismo de su copa.

—Sólo son complejos viejos, ¿no cree?... Cuando encuentran su sitio, ellas matan y mueren igual que los hombres.

—A veces, incluso mejor.

Hubo un largo silencio. Después el Almirante le preguntó por dónde pensaba atravesar las líneas.

—Cruzaré por el sector de Guadix.

—Ándate con ojo. Si te sorprenden los nuestros, pueden creer que te estás pasando al enemigo y pegarte un tiro sin tiempo para explicaciones. Sobre todo si son los moros: «Tú estar rojo, yo fusila»... Ya sabes.

—En esa parte el frente se encuentra estable —dijo Falcó—. Hay un par de sitios buenos.

El Almirante miraba a un grupo sentado en una mesa, al fondo. Se estaban levantando para despedirse. Uno de ellos llevaba el uniforme verde de la Guardia Civil.

—Mira quién está ahí: Lisardo Queralt. El carnicero de Oviedo.

Falcó se volvió hacia el grupo. El coronel Queralt se había encargado de torturar y fusilar a docenas de mineros durante la siniestra represión del levantamiento de 1934 en Asturias, aunque sus dotes en el campo de batalla no corrían parejas con su capacidad sanguinaria. Durante el Alzamiento había llevado a una columna bajo su mando al más absoluto desastre en Navalperal de Pinares, con resultados de matanza. Había sido destituido por eso; pero tenía buenas relaciones en el cuartel general, y su falta de escrúpulos lo hacía perfecto para dirigir la represión interna. Así que Nicolás Franco, el hermano del Caudillo, lo había nombrado jefe de policía y seguridad. La secreta, como se decía.

—Vaya, qué sorpresa... Los muchachos que van por libre, o que se lo creen. El Jabalí y uno de sus jabatos.

Se había detenido junto a ellos camino de la puerta, el tricornio en las manos. Era corpulento y tenía un rostro sombrío y desagradable, con la mirada muy fija y los labios gruesos y pálidos. Falcó sabía que la relación de Queralt con el Almirante era vieja y tormentosa. Cuestión de competencias, celos y malos modos por parte del coronel. Pero Nicolás Franco los protegía a ambos, lo que los ponía a salvo al uno del otro. De momento.

—Sé quién es usted —le dijo a Falcó, grosero—. Lo sé todo.

—¿Qué sabes? —inquirió el Almirante, divertido.

—Lo que va a hacer este perro de presa tuyo —el otro separó el pulgar del índice como diez centímetros—. Tengo un expediente así de gordo sobre él. Lo del tráfico de armas y algunas muertes a cuenta. O sea, todo.

—Siempre queda un casi —sonrió con zumba el Almirante.

Falcó miraba a Queralt sin despegar los labios. Dirigió éste una ojeada siniestra al Almirante.

—Jugad a los espías mientras podáis.

Dicho eso, se fue con los otros. Falcó lo seguía mirando.

—Ese hijo de mala madre incordia más que un clavo en un zapato —comentó el Almirante.

—¿Y qué dice que sabe?

—No te preocupes de eso.

Falcó dejó la copa vacía en la barra.

—¿Cómo que no me preocupe?... Soy yo quien va a meterse en zona roja. ¿Está Queralt enterado de lo que voy a hacer?

—Puede.

—¿Puede?... ¿Es asunto público, o qué?... Primero Falange, ahora la policía. ¿Queda alguien sin informar de lo mío en Alicante?

El Almirante miraba a uno y otro lado.

—Baja la voz, carallo.

—Da igual que la baje o que no. Porque ya me estoy viendo, con foto incluida, en primera página de *El Adelanto*.

—Exageras. Es natural que cierta gente haya sido informada.

—¿Eso incluye también al otro bando?

—Basta —lo miró con severidad—. No me hagas numeritos de rufián ofendido. Sabes cómo funciona esto, con todo el mundo metiendo la cuchara en la sopa... Por otra parte, hay cosas que me preocupan más.

—¿Más que me estén esperando los rojos con banda de música?

El otro hizo sonar el hielo en su vaso.

—Se habla de unificar los servicios secretos y la policía en los próximos meses. Con un solo mando general. Y como sea bajo el de Queralt, podemos darnos todos por jodidos.

Falcó tenía la boca abierta.

—Pésima noticia.

—Y que lo digas.

—¿Qué pasará con usted?... ¿Con el SNIO?

El Almirante había sacado del bolsillo una pipa Dunhill y un hule con tabaco y llenaba la cazoleta con parsimonia, presionando con el dedo pulgar.

—No tengo ni idea —respondió—. Así que espero que lo tuyo salga bien. No estaría de más apuntarnos un tanto espectacular en esta carrera por ver quién manda y, de paso, les hace la puñeta a los otros.

Resopló Falcó, abatido. Estaba deseando, pensó, hallarse lejos de allí, en zona enemiga. Dueño de su propia suerte, actos y destino. En el campo de operaciones, al menos, las cosas estaban claras: todos eran enemigos declarados y podía actuarse con ellos como tales. Matar o morir se convertían en cosas simples. No te obligaban, encima, a calentarte la cabeza.

—Invíteme a otra copa, Almirante —se encogió de hombros—. Es lo menos.

—Dijiste que invitabas tú. Por eso pedí un escocés.

—He cambiado de idea.

Mientras el barman agitaba de nuevo la coctelera, Falcó vio a Greta Lenz cruzar el vestíbulo camino de su habitación. Sabía que el marido estaba fuera, en Burgos, resolviendo un asunto de negocios. No iba a volver hasta el día siguiente.

—Sírveselo al señor, Leandro. El *hupa-hupa*.

—Yo no bebo esas mariconadas —gruñó el Almirante.

—Pues tómese otro escocés. Yo tengo que irme.

Se levantó del taburete, le dedicó una sonrisa de despedida al Almirante y anduvo hacia el vestíbulo ajustándose el nudo de la corbata. Aún pensó un momento en Chesca Prieto, apenas cinco segundos antes de pulsar el botón del ascensor y olvidarla.

5. Matar no es difícil

Matar no es difícil, pensó Lorenzo Falcó. Lo difícil era elegir el momento y la manera. Matar a un ser humano se parecía a jugar a las siete y media, pues una carta de más o de menos podía dar al traste con todo. Matar por improvisación o arrebato estaba al alcance de cualquier imbécil. También lo estaba hacerlo por creerse impune, caso muy frecuente en tiempos como aquéllos. Sin embargo, matar de forma adecuada, impecable, profesional, era otra cosa. Palabras mayores. Ahí se requerían altas dosis de intención, sentido de la oportunidad, frialdad de juicio y cierto grado de adiestramiento.

También era necesaria paciencia. Mucha. Para matar o para no hacerlo. Desde hacía un buen rato, Falcó permanecía inmóvil, agazapado junto al pilar del puente. La luna, que estaba en cuarto creciente, iluminaba entre nubes la rambla cubierta de cañaverales y la pendiente que llevaba al otro lado, donde la carretera continuaba hacia Guadix. Sobre su cabeza, a unos diez metros, dos hombres fumaban y conversaban. Desde abajo podía ver sus siluetas y las brasas de sus cigarrillos en la oscuridad, allí donde acababa el pretil de piedra. Un poco más lejos se advertían el tejado de una garita y las formas oscuras de unos sacos terreros.

Había sido un error. Después de dejar atrás las trincheras nacionales por la zona de Guadix, desde donde pudo infiltrarse sin llamar la atención, Falcó había vadeado el río Darro y caminado toda la noche por el lado derecho de la carretera, alejándose de ésta pero sin perderla nunca de vista. Faltaban dos horas para el alba cuando, creyéndose lejos de las líneas de vanguardia republicanas, se había acercado a la carretera, encontrándose allí con el puente y el control militar inesperado. Casi se había dado de bruces con los centinelas. Por lo que podía ver y escuchar, eran dos hombres. Su acento sonaba local, de aquella zona de Granada. Hablaban de cosas banales, del frío, de la guerra, de la cosecha perdida ese otoño y del tiempo que faltaba para que fueran relevados. Tal vez habría sido relativamente fácil subir con cautela y matarlos, pero Falcó prefería ser paciente. Algo podía salir mal, y de todas formas aún le quedaba tiempo.

La mochila lastimaba sus hombros en aquella postura, pero no se decidía a quitársela. No quería hacer ningún ruido. Aunque, por otra parte, tendría que desembarazarse de ella si se veía obligado a luchar. En un bolsillo de la cazadora de cuero que llevaba sobre el mono azul —vestía ropas de soldado republicano, con la correspondiente documentación falsa para acreditarlo— tenía la pistola montada, con una bala en la recámara y el seguro puesto, y en el otro la navaja automática cuya hoja de casi un palmo de longitud se desplegaba apretando un botón. Pero no era forma de empezar aquella misión, buscarse problemas adicionales. Los de arriba iban a acabar retirándose de allí. Entonces abandonaría el escondite para alejarse por la rambla, daría un rodeo y podría continuar camino hacia Guadix dejando el puente y el puesto atrás.

—Te dejo aquí el fusil —dijo una de las sombras—. Voy a plantar un pino.

Tenía que haberlo previsto, pensó Falcó rápidamente, maldiciéndose. Pensado antes. Aquél era su segundo error de la noche. Un mal comienzo. Bajo el puente olía a suciedad, a excrementos humanos. Sin duda, el lugar era usado como letrina por los hombres de arriba. Mal sitio para guarecerse. De cualquier modo, concluyó con rapidez, de nada servían los lamentos. Uno de los soldados bajaba ya por la pendiente de la rambla; se oían sus pasos y el roce de su ropa en los arbustos. Procurando no hacer ruido, Falcó se desembarazó de la mochila y la puso con cuidado en el suelo. Respiraba hondo, oxigenándose los pulmones, al sacar la mano derecha del bolsillo del mono, empuñando la navaja. Después puso la otra mano para evitar que la hoja diese un chasquido al abrirse, y oprimió el botón del muelle.

La sombra ya estaba ante él, a contraluz, recortada en hombros y cabeza por el vago resplandor de la luna. Un hombre sin cara. Posiblemente se estaba desabrochando el cinturón, desabotonando los pantalones cuando Falcó se irguió de pronto en la oscuridad. Por un momento olió a sudor y ropa sucia, a tierra y aceite de armas, e imaginó un rostro sin afeitar, desconcertado, que veía materializarse ante él una forma negra y mortal. Con la mano izquierda le buscó la boca, para tapársela y situar el lugar exacto donde estaba la garganta, mientras la mano derecha lanzaba una cuchillada profunda, lateral y ligeramente inclinada hacia arriba, que cortara de inmediato cualquier sonido que pudiera emitir el otro. Acabó el movimiento con un brusco giro de muñeca, seccionando en horizontal, y sintió al mismo tiempo el espasmo mortal del cuerpo estremecido, el aire débil del grito que no llegaba a salir, pues se iba por la herida, y el borbotón de sangre caliente —36,5 grados centígrados exactos, si aquel hombre no tenía fiebre— que se derramó de inmediato por el mango de la navaja, la mano y el brazo de Falcó, hasta el codo.

Lo ayudó a caer abrazándolo fuerte para que no se desplomara con ruido, manteniendo la mano sobre su boca para apagar el estertor. Lo fue dejando ir poco a poco contra el pilar de piedra hasta que quedó tendido en el suelo —una mano del moribundo se agitaba convulsa, como si el último resto de vida se hubiera refugiado allí— y Falcó se incorporó despacio, de nuevo respirando profundamente, mientras los latidos de su corazón recobraban la normalidad. Tras unos segundos volvió a agacharse, esta vez para limpiar la navaja y la mano resbaladizas de sangre en las ropas del muerto.

—¿Todo bien, Luciano? —dijo una voz sobre el puente.

—Sí —respondió, gruñendo ronco para disimular la voz. Y empezó a subir la pendiente empuñando la navaja.

Había un botijo con agua en la garita de los centinelas, y se lavó con ella, limpiando la cazadora y la navaja lo mejor que pudo. También había una fiambrera con guiso de conejo y una botella de vino, que irían bien para asentarle el estómago. Había llevado el segundo cuerpo a la rambla, con el otro, y recuperado la mochila tras esconder los cadáveres entre los cañaverales. De cualquier modo, no le preocupaba gran cosa que los descubrieran; el frente estaba muy próximo, y eran frecuentes las incursiones nocturnas de uno y otro bando para tantear las líneas. Los moros de las tropas franquistas eran expertos en esos golpes de mano, solían infiltrarse en profundidad y manejaban el cuchillo sin remilgos. Disfrutándolo. Sin duda, aquello se cargaría a su cuenta.

Comió despacio, con apetito, pues no había ingerido nada desde la tarde anterior; el medio queso, el pan y la lata de leche condensada que llevaba como provisiones los guardaba para más tarde. Miró después el reloj —había dejado el Patek Philippe en Salamanca, cambiándolo por otro de acero, barato— y, sacando el mapa y la brújula de un bolsillo, hizo cálculos a la luz del farol de petróleo que iluminaba el interior de la garita. Tenía previsto seguir la carretera hasta Guadix, y allí tomar el ferrocarril de la antigua línea Granada-Murcia, que pese al tramo cortado por la guerra seguía funcionando a partir de ese punto. Una vez se alejara un poco más del frente podría caminar por la carretera misma, y con suerte algún camión o coche de paso lo llevaría hasta Guadix si el conductor mostraba buena voluntad. Al fin y al cabo, según sus documentos con foto y sellos oficiales incluidos, Lorenzo Falcó era ahora el cabo artillero republicano Rafael Frías Sánchez, destinado en una batería de defensa aérea de Cartagena, que viajaba para incorporarse a su unidad.

Empezaba a clarear el horizonte cuando Falcó dejó atrás la garita y se internó campo a través. Anduvo cosa de diez kilómetros en dos horas, y con el sol ya alto en el cielo regresó a la carretera. En un momento determinado le pareció oír retumbar de artillería a lo lejos, en las faldas de la sierra de cresta nevada que se alzaba majestuosa a su derecha. Poco después, dos biplanos cruzaron el cielo de este a oeste, y uno de ellos se separó del otro para acercarse a la carretera, volando bajo. Era un Fiat 32 Chirri, y no sin aprensión Falcó advirtió el aspa negra de la aviación nacional pintada sobre blanco en el timón de cola; pero estaba en campo abierto y no había lugar donde guarecerse. Así que siguió caminando, tenso como un resorte, mientras el avión se acercaba cada vez más y a menos altura. Y un instante después, con la violenta y desagradable certeza de estar indefenso, vio cómo el avión pasaba a su lado, a apenas treinta metros sobre el suelo, y cómo el piloto, una figura con casquete de cuero y gafas protectoras, lo miraba un momento antes de tomar de nuevo altura y regresar junto a su compañero.

Cuando los dos puntos diminutos desaparecieron en el horizonte, Falcó se detuvo para quitarse la mochila de la espalda y abrirse la cazadora. Debajo tenía el mono empapado en sudor. Sentado en un hito de piedra de la carretera, sacó una petaca con cigarrillos liados y una caja de fósforos —también los Players y la pitillera elegante se habían quedado en Salamanca—, y al encender uno advirtió que aún tenía sangre bajo las uñas: una costra en forma de línea fina, sucia y parda. Así que estuvo un rato rascándola con la punta de la navaja.

El vagón, que había sido de tercera clase —ahora las clases estaban oficialmente abolidas en territorio de la República—, iba casi lleno de gente. El traqueteo lo hacía vibrar todo. Las redes de equipaje estaban cargadas de bultos, cestas y maletas de cartón que se balanceaban suspendidas sobre las cabezas de soldados de azul o caqui con Mauser, correaje y gorrillo cuartelero. Cuatro o cinco jugaban a las cartas, y otros fumaban o dormían. El resto del pasaje eran, en su mayor parte, mujeres enlutadas cubiertas con toquillas de lana y hombres vestidos de pana o tela burda. Se veían algunas gorras y boinas, pero ningún sombrero. El tren corría hacia el nordeste —ya había dejado atrás la estación de Baza— entre campos secos y colinas pardas de monte bajo; y por las ventanillas, mal cerradas con cartones sustituyendo los cristales, se colaba una corriente de aire frío y desagradable con partículas de carbonilla de la locomotora, que pitaba en cabeza del convoy.

Lorenzo Falcó aplastó el resto de su cigarrillo en el piso, se subió el cuello de la cazadora y buscó acomodarse lo mejor que pudo en el duro asiento de madera, intentando dormir un poco. Con tranquila resignación, rutinaria a esas alturas de su vida, recordaba otros trenes y otros tiempos más confortables, allí donde los hombres parecían —o eran— más elegantes y las mujeres eran —o parecían— más hermosas al cruzarse con ellas en los pasillos de pullmans y wagon-lits. Sobre ese particular, Falcó poseía un buen repertorio mental de imágenes y momentos retenidos como si de un álbum de fotografías se tratase: desayunos en lujosos vagones restaurante camino de Lisboa o Berlín; copas en los taburetes de cuero del bar del Train Bleu, más refinado incluso que el del Ritz de París; cenas con cubertería de plata en el Orient Express, rumbo a una habitación con buenas vistas al amanecer en el Pera Palace de Estambul... Todo aquello, trenes, cruces de fronteras, pasajeros internacionales, ciudades y paisajes, se combinaba en su memoria con transatlánticos, hoteles, aeropuertos, fragmentos de una vida excitante y peligrosa, nada convencional. Una vida que —el tren en el que hoy viajaba, y su destino, eran pruebas incontestables— arrojaba igual número de sobresaltos que de satisfacciones, de lugares sórdidos o peligrosos que de sitios caros y gratos. Una vida, la suya, que tal vez algún día acabara por pasarle la factura de modo implacable, toc, toc, toc, señor Falcó, le toca a usted abonar los gastos. Hasta aquí hemos llegado. Fin de la fiesta. En previsión de que ese fin de fiesta fuera, si llegaba el caso, lo más rápido e indoloro posible, Falcó llevaba escondida en el tubo de cristal de las cafiaspirinas una ampollita de cianuro potásico que le permitiría tomar un atajo si los naipes venían mal dados. Bastaba con ponerla entre los dientes y apretar. Clac, y angelitos al cielo, o a donde fuesen. Morir despacio y en pedazos mientras lo interrogaban no era uno de los objetivos de su vida.

Se lo había preguntado una mujer, en cierta ocasión. Siempre eran ellas quienes preguntaban esa clase de cosas. Por qué lo haces, dijo. Por qué vives así, jugándotela en el filo de la navaja. Y no me digas que es por dinero. Había ocurrido un amanecer todavía no lejano, en uno de aquellos lugares elegantes y lujosos de los que esa mujer no era sino complemento natural; o tal vez era esa clase de lugares lo que las hacía perfectas a algunas de ellas, escogidas por la biología y la vida, situándolas con toda naturalidad en el lugar exacto para el cual fueron creadas. Había sucedido en una habitación del hotel Grande Bretagne de Atenas, desayunando frente a la ventana abierta sobre la plaza Sintagma, tras una noche en la que ninguno de los dos había dormido más que lo imprescindible. Por qué, insistió ella mientras lo observaba por encima de su humeante taza de café. Falcó había contemplado sus ojos, de una claridad líquida —aquella mujer era una húngara hermosa, inteligente y tranquila—, y luego el cuerpo espléndido que asomaba a medias bajo el albornoz blanco entreabierto, el arranque de los muslos y el nacimiento de los senos redondos y firmes, los ojos aún con rastros del maquillaje del día anterior, la piel tersa que olía a sábanas metódicamente revueltas, a cuerpos enlazados, a carne tibia compartida y exhausta. Tras la pregunta, Falcó había mirado a la mujer con deliberada calma, disfrutando del paisaje perfecto que ella desplegaba ante él; y tras un silencio, encogiéndose de hombros, lo resumió todo en pocas palabras. Sólo dispongo de una vida, dijo. Un breve momento entre dos noches. Y el mundo es una aventura formidable que no estoy dispuesto a perderme.

En el apeadero de Purchena subieron tres nuevos pasajeros. Dos eran milicianos e iban armados: un anarquista con alpargatas y pañuelo de la FAI al cuello, y un tipo con la guerrera azul oscuro y la gorra de plato de los guardias de asalto. Los dos tenían manos de campesinos y llevaban correajes, bayonetas y un Mauser cada uno. Entre ambos conducían a un joven con las manos atadas por delante, en mangas de camisa y con una chaqueta sobre los hombros. Se sentaron frente a Falcó, los fusiles entre las piernas, uno a cada lado del prisionero. Por un momento, éste cruzó la mirada con Falcó. Tenía el pelo revuelto, barba de un día y un coágulo de sangre entre la nariz y el labio superior, que estaba hinchado bajo una tira de esparadrapo. También había huellas de sangre en su camisa. Al sentirse observado, como si un minúsculo resto de orgullo se hubiera avivado en su interior, el joven irguió un poco la cabeza y esbozó una sonrisa mecánica que no fue más allá de una breve mueca. Un gesto ausente. Entonces Falcó apartó la vista, pues no tenía el menor interés en llamar la atención de ese joven ni de nadie.

Al fondo del vagón cantaban unos soldados: una copla triste, andaluza, con pujos de cante jondo y algunas palmas. Seguía traqueteando el tren. Un hombre de zamarra gris y boina metida hasta las cejas, sentado junto a Falcó, preguntó a los guardianes qué había hecho el prisionero.

—Es un fascista —dijo el guardia de asalto—. Lo detuvimos ayer en Olula.

—Su padre tenía tierras y una fábrica de conservas —añadió el otro, como si eso lo resumiera todo.

—¿Y el padre?

—Fusilado hace tres meses, con otro hijo. Nos faltaba éste, que andaba escondido.

—¿Adónde lo lleváis?

—A la cárcel de Murcia... De momento.

El hombre del abrigo había sacado una petaca con cigarrillos de picadura ya liados, y ofreció a los milicianos. Después preguntó si podía darle uno al prisionero.

—Dáselo, si él quiere —accedió el guardia de asalto.

Sosteniendo el pitillo entre las manos atadas, el joven se inclinó hacia delante para que el de la zamarra le diera fuego con su chisquero. Cuando se recostó en el asiento, sus ojos se cruzaron de nuevo con los de Falcó. Había un inmenso vacío en ellos, comprobó éste antes de apartar otra vez la vista. Un paisaje desnudo, desolado. Opaco. Un cansancio sin futuro.

—A fin de cuentas —dijo el anarquista—, éste va a dejar de fumar muy pronto.

Le pidieron la documentación al día siguiente, tras bajar del tren en Murcia para esperar en el andén el expreso de Cartagena. Fue un control casual, de rutina, pero Falcó sabía que muchas veces los azares imprevistos conducían a problemas serios. Se iban de las manos. Aquél era, desde luego, momento adecuado para comprobar la calidad de sus documentos falsificados; así que aguardó tenso, con una mano tocando la pistola que llevaba en el bolsillo de la cazadora, buscando vías de escape con los ojos mientras uno de los milicianos que vigilaban el andén dirigía una ojeada al carnet de identidad militar —*Arma de Aviación, fuerzas de la DCA*— del cabo Rafael Frías Sánchez, soltero, hijo de Andrés y de Marcela, nacido en Guadix, domiciliado en Cartagena. El vigilante miró sobre todo el emblema de las dos alas coronadas por la estrella roja y la fotografía, y apenas revisó por encima la hoja mecanografiada, sellada y firmada por el mayor jefe de la Agrupación Sur, donde se certificaba que el cabo Frías viajaba con todas las bendiciones del Mando; por lo que Falcó dedujo que el miliciano —un tipo cetrino y enjuto, equipado con pistola, gorra de pichi y brazalete del Partido Comunista— era analfabeto.

Superado el primer control, anduvo hasta el quiosco de prensa, compró *El Liberal* y *Mundo Gráfico* y fue a sentarse en una mesa de la cantina, con la mochila a los pies, entre un cartel publicitario de Hipofosfitos Salud y otro de homenaje a las milicias populares. Encargó un par de huevos fritos y un panecillo, y comió con apetito mientras hojeaba el periódico y la revista. *Madrid resiste la agresión fascista* era el titular principal de primera plana. *El Gobierno, evacuado a Valencia por razones estratégicas, reanuda su vida oficial... Duros combates en el frente de Aragón... El pueblo organizado lucha victorioso en todas partes...* La portada de *Mundo Gráfico* estaba ocupada por la foto de una bellísima mujer en uniforme de miliciana, en el acto de montar una pistola Campogiro ante la mirada de un presunto instructor. *La estrella de cine Pepita Monteblanco trabaja de chófer en Unión Republicana,* era el titular, que hizo sonreír a Falcó en sus adentros. Pepita Monteblanco —en realidad se llamaba Josefina Lledó— y él habían tenido un breve romance después de la cena de Nochevieja de 1935, en una suite del hotel María Cristina de San Sebastián, donde ella rodaba una película en la que interpretaba a una elegante señora de la alta burguesía. La vida, concluyó, era un curioso tiovivo. Una sucesión de fotos absurdas.

Le dolía la cabeza. El viaje y la tensión pasaban factura. El café no era del todo malo pese a las restricciones de la guerra —supuso que eso cambiaría a peor con el paso del tiempo—, así que pidió otra taza y con el brebaje ingirió una cafiaspirina. Luego se quedó inmóvil, sin leer ni fumar, vacía la mente, esperando a que hiciera efecto. Estaba así cuando vio los uniformes oscuros de dos guardias de asalto con el Mauser colgado del hombro.

—Documentación —dijo uno de ellos.

Era el más viejo y llevaba bigote, lo que en aquella sociedad de rostros afeitados demostraba seguridad en sí mismo y solvente pedigrí republicano. Bajo la visera de la gorra de plato había unos ojos oscuros y suspicaces, muy propios del oficio. Desde que buena parte de la Guardia Civil se había sublevado con los rebeldes, los de Asalto, por lo general fieles al Gobierno legítimo, llevaban el peso del orden público en la zona roja, siempre y cuando no interfiriese alguna de las innumerables milicias que actuaban por todas partes. Y aquellos dos guardias, calculó Falcó de un rápido vistazo, no parecían analfabetos como el miliciano de antes. Eran profesionales.

—¿De dónde vienes, camarada?

—De ver a la familia, en Guadix... Murió mi madre. Permiso de seis días.

—Te acompaño en el sentimiento.

—Gracias.

El guardia miraba los papeles, leyendo detenidamente el documento de viaje.

—¿Y adónde vas?

—Ahí lo pone.

—Ya, pero quiero que me lo digas.

El ritmo cardíaco de Falcó se aceleraba en unas cuantas pulsaciones. Procuró responder con indiferente naturalidad.

—La unidad de defensa antiaérea de La Guía, cerca de Cartagena.

—¿El nombre de tu oficial superior?

—Capitán de milicias Segismundo Contreras Vidal.

—¿Y qué haces aquí?

—Espero el expreso. Que, por lo visto, trae retraso.

El guardia miró el periódico y la revista que estaban sobre la mesa, junto a la taza vacía de café.

—¿Llevas armas?

—Pistola reglamentaria —sacó sin titubeos la Browning del bolsillo, mostrándola.

—No se puede viajar con armas, aunque sean reglamentarias.

Falcó volvió a guardarse la pistola.

—Yo sí puedo.

Extrajo la licencia especial del bolsillo interior de la cazadora mientras el guardia se lo quedaba mirando. No la licencia, sino a él. Y a Falcó no le era difícil adivinar lo que pensaba. Aquel documento no estaba al alcance de cualquiera, así que probablemente se encontraba ante alguien con cierta clase de influencia. Bien relacionado.

—¿Militas en alguna organización, camarada?

Falcó señaló la carterita de hule de la licencia. Detrás de ella había un carnet de cartulina gris con la hoz y el martillo impresos, y una foto suya grapada. El Almirante y el departamento de falsificaciones del SNIO, pensó, habían hecho un buen trabajo de previsión.

—En la Amelia —dijo.

Amelia, o AML, era el nombre popular de la Agrupación de Milicias de Levante, de filiación comunista. Gente disciplinada y dura, con mucho peso en la zona. Su influencia podía explicar que Falcó estuviese en Cartagena y no destinado en el frente.

—¿Por qué no nos enseñaste esto antes, con los otros papeles?

—No lo creí necesario.

El guardia lo miró un instante más. Luego le devolvió los documentos y se llevó los nudillos del puño cerrado a la visera de la gorra.

—Salud, camarada.

—Salud.

Se alejaron hacia la puerta del andén mientras Falcó se guardaba los carnets y el permiso de viaje, relajándose al fin su rostro curtido por años de tensión, mentiras y violencia. El pulso volvió a los sesenta latidos por minuto habituales. Había sido un rato malo, pensó. Y la cafiaspirina no le había hecho maldito efecto alguno. Así que se levantó en busca de un vaso de agua. No iba a tener más remedio que tomarse otra.

Pese a su nombre poético, la calle Balcones Azules estaba al pie del Molinete, el barrio chino de Cartagena: una colina de viejas casas de mal aspecto situada en el centro de la ciudad, coronada por una antigua torre desmochada de molino hacia la que ascendían calles con tabernas, cabarets y casas de mala fama. Había ropa tendida y macetas de albahaca y geranios en los balcones.

Lorenzo Falcó bajó los peldaños de la escalera de la pensión en la que acababa de alquilar una habitación y salió a la calle. Vestía pantalón de pana y cazadora de cuero sobre una camisa blanca —la pistola la llevaba atrás, metida en el cinturón, con seis balas en el cargador y una en la recámara— y se tocaba con una boina. Aún faltaba un buen rato para la puesta de sol, pero ya se veían mujeres al acecho en los portales, hombres que caminaban despacio, mirándolas, y grupos de marineros y milicianos que se dirigían al dédalo de callejuelas altas. Anduvo entre ellos sin prisas, remontando la cuesta. Los locales de diversión empezaban a abrir las puertas; sus nombres estaban en los dinteles: El Trianón, El Gato Negro, La Puñalá. Entró en este último, un decrépito cabaret con escenario al fondo, y se apoyó en el mostrador. En la pared había una Betty Boop mal pintada, con gorrillo cuartelero y la bandera republicana en una mano, junto a un cartel: *Camarada, trata bien a la compañera que elijas. Puede ser tu hija, tu hermana o tu madre.*

Falcó aún sonreía cuando pidió un anís. Había poca gente: cuatro matones de retaguardia con la cinta del acorazado *Jaime I* en las gorras fanfarroneaban en torno a una mesa y un porrón de vino, hablando de liquidar facciosos, y media docena de paisanos bebían solos o charlaban con mujeres. La que estaba detrás del mostrador era madura, gruesa, vestida con una bata casera estampada de flores chinas. Cuando le puso a Falcó la copa delante, éste probó la bebida y alzó la vista con aire casual.

—Demasiado dulce. A mí me gusta más seco... ¿No tendrás por casualidad anís Romerito?

La mujer lo miró con fijeza durante tres segundos. Al fin movió la cabeza.

—De ése no tengo.

—Lástima. Es una marca nueva.

—Pues aquí no ha llegado todavía —pasó un trapo húmedo por el mostrador—. Prueba en la pulpería de la calle del Paraíso. Al final de las escaleras, casi en la esquina.

—Gracias.

—Son dos reales.

—Joder —Falcó metió una mano en el bolsillo—. Ni que fuera champaña.

La mujer lo miraba muy seria.

—Estamos en una revolución del pueblo, compañero. La riqueza se reparte.

—Ya veo.

—Pues eso.

Pareció desentenderse de él, pero al poco vio Falcó que se acercaba a una de las mujeres que estaban en el local, cambiaba unas palabras con ella y la otra le dirigía una breve mirada. Apuró el anís y salió afuera, preguntó por la calle del Paraíso y bajó por la escalinata que llevaba al extremo, donde un olor a pulpo asado le hizo reconocer de inmediato el lugar. Era un establecimiento pequeño y ruidoso, lleno de gente. Entró, se situó al fondo del mostrador, junto a la pared, y aguardó durante veinte minutos. Al fin vio entrar a la mujer que lo había mirado en

La Puñalá. Debía de andar por los treinta y tantos, y a pesar de su oficio conservaba cierto atractivo. Cabello negro recogido en un moño, labios pintados de rojo intenso y apuntes de ojeras fatigadas en la cara. Se dirigió a él entre la gente.

—¿Cómo te llamas, guapo? —preguntó con una sonrisa mecánica, profesional.

—Rafael.

—Ven a pasar un buen rato, Rafael.

La siguió, de nuevo escaleras arriba, como hacían docenas de hombres cada día en aquel barrio. Se internaron por un callejón donde una vieja enlutada, sentada ante una caja con cosas para vender, murmuraba «tabaco y gomas, tabaco y gomas» con voz monótona. Pasaron por un zaguán, una escalera estrecha y sórdida cuyos peldaños de madera crujían al pisarlos, y la mujer abrió una puerta. Al otro lado había un pasillo oscuro y un cuarto al fondo. Antes de entrar, Falcó sacó la pistola de atrás del cinturón y la metió en el bolsillo derecho de la cazadora, empuñada y con un dedo en el gatillo tras liberar el seguro con el pulgar. Dentro había una cama con la colcha puesta, una mesita con un cenicero, un bidé, una jarra de agua y dos toallas dobladas. En la cama estaba sentado un hombre joven, fumando. La mujer cerró la puerta a espaldas de Falcó, quedándose fuera, y el joven sentado en la cama sonrió casi con timidez.

—¿Consiguió usted anís Romerito?

—Ni una gota.

El otro acentuó la sonrisa.

—Me llamo Ginés Montero. Sea bienvenido a Cartagena.

—Gracias.

—¿Nos tuteamos?... Aquí es más seguro hacerlo así.

Asintió Falcó.

—Como quieras.

El joven tenía un aspecto agradable. Pelo crespo, manos pecosas y hoyuelo en la barbilla. Usaba lentes redondas de concha. Vestía una chaqueta gris y camisa de cuello abierto, sin el detalle burgués de la corbata. Falcó le calculó unos veinticinco años. Se parecía un poco a aquellos actores secundarios de las comedias románticas americanas. El mejor amigo del protagonista.

—¿Cómo debo llamarte, camarada?

—Rafael —dijo Falcó—. Pero sáltate lo de camarada.

—Como quieras... ¿Traes instrucciones?

—Sí.

—Infórmame, por favor.

Durante quince minutos, Falcó contó con detalle cuanto podía contar. La operación en marcha, el papel de cada cual. El desembarco previsto y el ataque a la cárcel de Alicante. Los trabajos de coordinación previa encargados al grupo de Cartagena.

—No quedamos muchos —dijo Montero—. En el último mes han caído tres de los nuestros... Dos de ellos están muertos. El otro aguantó bien los interrogatorios, sin delatar a nadie, y está en la cárcel de San Antón, o al menos allí estaba hace tres días... Anteayer, después de un ataque aéreo, los rojos fueron a la cárcel y, como represalia, sacaron a una docena y los mataron. Todavía no sabemos si estaba con ellos.

—¿Quiénes quedáis en activo?

—Mi hermana Cari, Eva Rengel y yo... Hay un cuarto miembro del grupo, Juan Portela, pero de ése hablaremos más despacio. De todas formas, para lo que hay que hacer, de momento los tres nos bastamos —lo miró con respetuosa admiración—. Contigo, claro.

—¿Quién es Eva Rengel?

—La mejor amiga de mi hermana. Falangista de la primera hora, de las pocas mujeres que se afiliaron aquí a la Sección Femenina. Una chica admirable, valiente y de fiar...

Está previsto que las dos se encuentren contigo mañana, en el cine Sport. Sesión numerada, de tarde: ponen una película rusa: *La madre*. Os conoceréis como de casualidad.

Había sacado del bolsillo una entrada de cine que entregó a Falcó. Éste la guardó en la cartera.

—¿Qué sabéis de Alicante?

—José Antonio hace vida normal, prepara la defensa del juicio al que van a someterlo, que parece inminente, y juega al fútbol en el patio de la cárcel. Por ese lado no hay nada nuevo.

—¿Se le ha comunicado lo que planeamos?

Montero movió la cabeza mientras apagaba su cigarrillo en el cenicero.

—No se le hará saber hasta el último momento, por su propia seguridad. Es capaz de oponerse, con tal de no poner en peligro la vida de los camaradas... ¿Cómo ven las cosas desde Salamanca?

—Creen que puede salir bien. Y los alemanes están en el asunto. Su marina va a echar una mano.

—Creí que serían los italianos.

—Por lo visto, el cuartel general se fía más de la Kriegsmarine.

—Ésa es una buena noticia.

—Supongo.

Montero lo miraba con intensidad. Sus ojos miopes traslucían admiración y respeto. Alguien capaz de cruzar las líneas y llegar a Cartagena, como había hecho Falcó, era especial, sin duda. Un sujeto extraordinario.

—No sé mucho de ti —dijo el joven.

—Hay poco que saber. No lo necesitas.

—Sólo me han dicho que no eres falangista pero que sabes lo que haces. Que vienes respaldado al más alto nivel. Pero me gustaría...

—Con eso te sobra —lo interrumpió Falcó—. ¿Dónde está el consulado alemán?

—En una oficina comercial, sobre la muralla del mar. Sigue allí, por ahora. Aunque dicen que de un momento a otro Hitler y Mussolini reconocerán el gobierno de Franco. Entonces tendrán que irse a todo correr.

—Tengo que contactar con el cónsul. ¿Es posible?

—Creo que sí, yendo con cuidado.

Falcó sacó la petaca y encendió un pitillo liado sin ofrecerle al otro.

—¿Cuál es la situación aquí?

Los bombardeos de la aviación nacional, resumió Montero, enfurecían mucho. Sobre todo cuando había víctimas civiles. Y cada vez se daban represalias como la del otro día. Los milicianos sacaban a la gente para matarla en el cementerio o en el campo. Los comunistas guardaban cierto orden y disciplina; pero los anarquistas —todo desharrapado se apuntaba a la FAI y se negaba a obedecer a ninguna jerarquía— eran un peligro hasta para la República. Buena parte de los delincuentes comunes liberados cuando se abrieron las cárceles paseaba con armas, y no iba al frente ni en sueños.

—Los decentes están en la línea de fuego, luchando —concluyó—. Aquí se han quedado los que nunca dieron la cara, apoderándose de las fábricas y talleres, y también la marinería de la Escuadra, que después de asesinar a todos los jefes y oficiales no sale a la mar ni a pescar atunes. Han formado lo que llaman cuadrillas de recuperación proletaria, que asaltan las casas con el pretexto de buscar fascistas y arramblan con todo lo de valor que encuentran... Las noches, con culatazos en las puertas de las personas honradas, son pavorosas.

—¿Y cómo has sobrevivido tú hasta ahora?

El otro le dirigió una mirada inquisitiva, intentando establecer si la pregunta incluía un reproche. Tras un instante pareció tranquilizarse.

—Cuando estalló la guerra aún no tenía el carnet, así que mi ficha no estaba entre las que encontraron los rojos al saquear el local de Falange... Soy practicante en el hospital y atiendo a las mujeres de este barrio. Me han clasificado entre el personal imprescindible de retaguardia, porque con el desmadre de la guerra las enfermedades venéreas hacen aquí estragos... Todo eso me pone relativamente a salvo.

—¿Y tu hermana?

—Está afiliada a las Juventudes Socialistas y trabaja en Telefónica, en la plaza de San Francisco.

—Vaya. Un buen sitio para escuchar conversaciones.

—El mejor, y nos resulta muy útil —miró el reloj y arrugó la frente—. Tengo que irme... ¿En dónde te alojas?

—Ahí mismo, en la Obrera.

Sonrió Montero.

—Antes se llamaba pensión del Príncipe —volvió a mirar el reloj—. Voy a pasarle aviso al cónsul alemán para mañana por la mañana. Y por la tarde te encontrarás con mi hermana Cari y con Eva en el cine. A partir de ahí, tú tomas el mando hasta que lleguen los camaradas que esperamos. Ésas son las órdenes que tengo.

—¿No te importa? —Falcó lo observaba con curiosidad—. Que yo, como dices, tome el mando.

—Soy un escuadrista —se encogió de hombros—. Estoy acostumbrado a recibir órdenes y ejecutarlas sin hacer preguntas.

Falcó intuía que era así. O estaba seguro de ello. Ginés Montero se parecía en estilo a Fabián Estévez, el falangista que iba a desembarcar unos días después. Quizá Montero era más ingenuo, y más pasado Estévez por el tamiz de la guerra; pero había algo común en ellos, hecho de clandestinidad y de coraje, de decisión política y de fe en la causa por la que se jugaban la vida. Paradójicamente, eso los aproximaba a sus adversarios, o a algunos de ellos,

los mejores del otro bando. Falcó los había visto en tiempos inmediatos al Alzamiento, enfrentados a tiros en las calles: falangistas, socialistas, comunistas, anarquistas, matándose entre ellos con admirable tenacidad. Jóvenes valientes y decididos, unos y otros, que a veces se conocían e incluso habían sido compañeros en universidades o fábricas y compartido bailes, cines, cafés, amigos y hasta novias. Los había visto asesinarse a conciencia, represalia tras represalia. Unas veces con odio, y otras con el frío respeto hacia un adversario al que se conoce y se valora pese a la diferencia de trinchera. O él o yo, era la idea. El móvil. O ellos o nosotros. Así que lástima de todo eso, concluyó. De la hoguera donde se iba a consumir, o se estaba consumiendo, la mejor juventud de una y otra parte.

Apartó esos pensamientos mientras aplastaba el resto de su cigarrillo en el cenicero. No era asunto suyo, se dijo. Allá quien matara o muriera, y sus razones para hacerlo. Su idiotez, maldad o motivos nobles. La guerra de Lorenzo Falcó era otra, y en ella los bandos estaban perfectamente claros: de una parte él, y de la otra todos los demás.

Ginés Montero se había marchado tras estrecharle la mano, y Falcó se quedó pensando un poco más en su mirada al mismo tiempo firme e ingenua tras los cristales de las gafas redondas. En la sonrisa tímida de aquel joven sentenciado, viviera o muriese, como lo estaba el resto de su generación. Entonces llamaron a la puerta y apareció la mujer de antes. Falcó sacó de la cartera dos billetes de cinco pesetas y los puso en la mesita, debajo del cenicero.

—Gracias por todo —dijo.

Hizo ademán de salir. Al pasar se fijó en la expresión fatigada de la mujer, pero también en el escote de la blusa negra que descubría el arranque de sus senos, entre los que relucía una medalla de la Virgen del Carmen colgada de una cadenita de oro. Para ser una puta del Molinete no estaba mal, se dijo. Casi por encima de la media. Ella pareció interpretar su mirada, porque señaló el dinero sobre la mesa.

—¿Quieres cobrarte eso? —preguntó con indiferencia profesional.

Sonrió Falcó, dubitativo, dirigiendo un rápido vistazo al reloj.

—Voy con prisa. Quizá otro día.

—Puedo chupártela… Si alguien me hace preguntas, debería saber cómo tienes la verga.

6. Volverá a reír la primavera

Al cine Sport se entraba por una plaza amplia, arbolada de palmeras. Lorenzo Falcó bajó del tranvía, que iba atestado —utilizarlo era gratis, ventaja de vivir en zona de revolución proletaria—, y mientras el vehículo se alejaba dando chispazos bajo los cables cruzó la plaza hasta la entrada del local. A medio camino, por reflejo instintivo de seguridad, se detuvo junto a la fuente central para atarse un zapato mientras echaba un vistazo discreto alrededor, sin observar nada alarmante. Luego siguió hasta el cine.

Había sido un día productivo. El cónsul alemán, un consignatario de buques apellidado Sánchez-Kopenick, se había entrevistado a solas con Falcó después de que éste accediera discretamente al edificio situado sobre la muralla del mar, por una puerta trasera donde a las once en punto, sin testigos, lo esperaba el propio cónsul. Era éste un individuo rubio, regordete y simpático, con aire atareado, que hablaba todo el tiempo en voz baja y que confesó de buenas a primeras estar haciendo los preparativos para marcharse de Cartagena, pues antes de una semana su gobierno, dijo, reconocería oficialmente el del general Franco. Así que no iba a quedarse en la ciudad para que a las tres de la madrugada los milicianos fueran a pedirle explicaciones. Y como además, precisó, éstos solían limpiarse el ojete con los pasaportes diplomáticos —eso dijo, limpiarse el ojete—, ya tenía las maletas casi hechas. Su mujer se había ido con los niños, y él viajaría unos días más tarde. Era el tiempo de que dispondría Falcó para utilizar los servicios que su oficina podía prestarle.

—De lo suyo —añadió el cónsul—, todo sigue como está previsto: el desembarco, la acción naval de cobertura y lo demás... Mientras, podrá seguir transmitiendo a través de nosotros, en caso necesario.

Sonrió Falcó en sus adentros. Aquel *a través de nosotros* significaba que sus comunicados serían enviados a las oficinas de Berlín, y reenviados al cuartel general de Salamanca. Lo mismo ocurriría con los que vinieran de allí. De ese modo, los servicios de inteligencia alemanes no iban a perderse ningún detalle. Falcó había pasado buena parte de la noche cifrando un informe para el Almirante mediante una clave basada en un libro de códigos que llevaba consigo, aunque sabía muy bien que poner en claro aquello iba a ser un juego de niños para los desencriptadores del Abwehr. En lo que a los alemanes se refería, lo mismo daba haberlo escrito sin cifrar. La parte positiva era que se trataba de un código nuevo, diferente a los que solían usar tanto republicanos como nacionales, que en su mayor parte eran de antes de la guerra y resultaban, con frecuencia, conocidos por ambos bandos.

—Tiene que enviar esto —dijo, entregándole a Sánchez-Kopenick el mensaje.

El otro lo miró por encima. Dos hojas arrancadas de un cuaderno, llenas con letras y números escritos a lápiz.

—Lo transmitiré de inmediato —el cónsul se metió el mensaje en un bolsillo—. Supongo que sabe que no debe volver aquí, a menos que tenga algo muy importante que enviar... Los mensajes los recibirá con el parte de Radio Sevilla, así que procúrese un aparato y permanezca cada noche a la escucha, a las diez. Cada vez que digan «noticias para los amigos de Félix» seguirá un texto en clave para usted.

—Lo sé. De eso me previnieron antes de venir.

—Bien... ¿Hay algo más que yo pueda hacer?

—Tenía que entregarme dinero.

—Cierto. Disculpe.

Entraron en un despacho donde, sobre una chimenea apagada, había un retrato del canciller Hitler. Abrió el cónsul una caja fuerte y extrajo un sobre grueso con billetes de la República.

—Aquí todo se arregla con esto —dijo—. Mucha revolución, mucha reivindicación proletaria y mucho mundo nuevo, pero en cuanto oyen sonar un duro todos gritan ¡mío!... Parece mentira lo rápido que comunistas y libertarios le han cogido el gusto al vil metal.

—Como en todas partes, imagino.

—No, lo de aquí no se lo imagina. Con tanto marinero, soldado y miliciano haciéndose la competencia a ver quién es más de izquierdas y mata más fascistas, pero en la retaguardia y llenándose el buche, esto es un disparate... Veinte mil pesetas tuve que pagar a los de la CNT para que pusieran en libertad a mi cuñado, al que querían dar el paseo por ser hermano mayor de una cofradía de Semana Santa... ¿También funcionan así en el otro lado?

—Más o menos... Allí pueden fusilarte por ser maestro de escuela; pero, detalles aparte, las tarifas son las mismas.

Sánchez-Kopenick lo miró con curiosidad, y Falcó supo que intentaba situarlo en alguna categoría determinada, sin demasiado éxito. En cuanto al cónsul, él se había informado bien antes de empezar la misión. Era útil saber con quién se la jugaba uno. A diferencia del cónsul de Alicante, que al parecer era un nazi convencido, el de

Cartagena carecía de filiación política. Era un hombre de mundo; un empresario afincado en España que también trabajaba para el servicio de inteligencia alemán.

—¿Está bien alojado? —se interesó el cónsul mientras Falcó contaba el dinero.

—Sí. En una pensión discreta.

El otro señaló la ventana. Más allá del mástil sin bandera —tener allí la del Reich habría sido una provocación— se veía una buena panorámica de los muelles, los faros y el mar.

—Espero que no sea cerca del puerto o del Arsenal... Cada vez hay más incursiones aéreas de los franquistas, y las bombas caen de cualquier manera.

—¿Bombas alemanas? —insinuó Falcó, no sin malicia.

—Son Savoia italianos, aunque llevan emblemas nacionales... Desde que empezaron a venir se han dispuesto refugios por toda la ciudad. Hay varios cerca, en la calle Gisbert. Si le pilla alarma aérea, corra a meterse en uno.

Falcó se dispuso a marchar. Había guardado el sobre con el dinero en el bolsillo izquierdo de la cazadora.

—Una cosa más —dijo el cónsul.

Parecía incómodo. Una sonrisa forzada, la suya. De circunstancias. Falcó se cerró la cremallera y se lo quedó mirando.

—Dígamela.

El otro aún dudó un momento.

—Si algo se tuerce, no busque refugio aquí... Podría comprometernos.

—No se preocupe por eso. Estoy acostumbrado a arreglármelas solo.

Asintió el cónsul. Ahora la sonrisa diplomática era de alivio.

—Sí —admitió—. Eso salta a la vista.

El interior del cine Sport estaba poco ventilado. La decoración del patio de butacas y los palcos mostraba rastros de un reciente esplendor, pero olía a cortinajes rancios y a humanidad. En el suelo, mal barridos bajo los bancos de madera, había restos de papeles arrugados, colillas aplastadas y cáscaras de pipas. Cuando Falcó entró en el local estaba a punto de empezar la proyección. Había poca gente. *La madre,* un melodrama revolucionario soviético basado en la novela homónima de Gorki —*Conmovedor homenaje a las mujeres antifascistas,* decía la publicidad—, no parecía atraer demasiado a las masas populares. Apenas había una docena de espectadores. Ocupó Falcó su asiento numerado, en una fila vacía, al tiempo que se apagaban las luces y se iluminaba la pantalla.

Nadie fue a sentarse a su lado. La película transcurrió sin novedad, con Falcó prestándole poca atención. Atento al entorno. El film contaba la triste y heroica historia de Pelagia, una madre que adquiría conciencia revolucionaria mediante la desgracia de su hijo durante una huelga de trabajadores en 1905. El final, como podía preverse, era de traca. Apoteosis proletaria. Cuando salió la palabra *Fin* y se encendieron las luces sobre el glorioso porvenir de la Unión Soviética adivinándose en el horizonte, Falcó seguía solo en su fila. Nadie a un lado ni a otro. Los pocos espectadores se marchaban. Se puso en pie, preocupado, y caminó hacia la salida.

—¡Mira, pero si es Rafael!... ¡Qué alegría!

Se trataba de dos mujeres jóvenes. Vestían, en aquel tiempo de luto, mujeres liberadas y puños en alto, con una corrección que en otra época se calificaría de burguesa. Una morena y una rubia. Se dirigieron a Falcó en el vestíbulo, pasada la cortina, junto a una cartelera con el anuncio de las próximas proyecciones previstas: *Una noche en la ópera* y *La carga de la Brigada Ligera*.

—¡Qué alegría! —repitió la que había hablado.

Se habían acercado cogidas del brazo, y la muchacha morena le estrechaba vigorosamente la mano. Era desenvuelta, pizpireta. Ni guapa ni fea.

—¿No me reconoces?... Soy Cari... Ya sabes: Caridad Montero.

—Claro que sí —Falcó asintió, con calma—. Me alegro mucho de verte.

Un apretón recio. Tenso, advirtió él. Un contacto que recomendaba precaución extrema.

—No te hemos visto en el cine, antes... ¿También estabas viendo la película?

La muchacha tenía cierto parecido con su hermano. Aire de chica bien, alterado por vientos del pueblo. Su cabello castaño ondulado estaba cortado a la moda. Vestía un abrigo discreto de paño gris ratón y zapatos con calcetines.

—¡Menuda casualidad!... ¡Qué contento se va a poner Ginés cuando sepa que estás aquí! —se volvió hacia su acompañante—. ¿Conoces a Rafa Frías?... Es muy amigo de casa.

—Mucho gusto —dijo la otra.

—Ella es Eva Rengel —presentó la morena—. Mi mejor amiga.

Su mejor amiga era casi tan alta como Falcó, que medía un metro setenta y nueve centímetros. Era trigueña, de ojos castaños y buenas formas bajo la trinchera inglesa de corte masculino, ceñida en la cintura. Piel bronceada, cabello rubio muy corto. Poco femenina al uso. Todo eso le confería un vago y simpático aspecto de muchacho sano. Deportista. Debía de tener entre veinticinco y veintiocho años. Era fácil imaginarla con jersey y esquís, en traje de baño en lo alto de un trampolín, o de amazona saltando obstáculos sobre un caballo.

—No vas a irte así como así —dijo Cari Montero—. Tomemos un café, o algo que se le parezca.

Se cogió de su brazo con naturalidad y caminaron los tres hasta un pequeño local situado en la esquina de la plaza de Risueño, donde bebieron tazas de una achicoria infecta mientras Cari Montero le hacía a Falcó las preguntas adecuadas para que el camarero fuera testigo, en caso necesario, de que entre ellos no se daba más que una conversación banal de jóvenes que se conocían de antes. Una charla insustancial de falsas referencias familiares e inventados recuerdos en común.

—¿Te apetece dar un paseo, Rafa?... La tarde es agradable, si la aviación fascista no la estropea. Suelen venir a estas horas.

—Me parece bien.

Eva Rengel lo miró con sorna.

—¿Que vengan los aviones?

—El paseo —sonrió él.

La rubia tenía un levísimo acento que no pudo identificar. Observó que, a diferencia de la mayor parte de las mujeres, no llevaba agujeros para pendientes en los lóbulos de las orejas. Las uñas se veían muy cortas, rotas o roídas, sin barniz, y los dedos de la derecha estaban manchados de nicotina. No eran manos bonitas.

—Lo del paseo me parece una idea estupenda.

Pagó los cafés y anduvieron los tres hacia el puerto. Ahora él iba en el centro, con una joven cogida de cada brazo. Caminaban sin prisas. Cuatro milicianos que pasaban pistola al cinto se lo quedaron mirando con guasona envidia. Uno emitió un silbido de admiración y Falcó le guiñó un ojo. Los milicianos se alejaron riendo.

—Mi hermano me avisó esta mañana —dijo Cari—. Todo está dispuesto y sólo falta que se nos diga el día... También dijo que tomas el mando.

—Ésas son mis instrucciones.

—Pues no queda sino cumplirlas. También dijo Ginés que no eres un camarada. Que no estás afiliado a Falange.

—Es cierto.

—¿Simpatizante?

—Tampoco.

Eva Rengel lo miraba con curiosidad.

—Pues me parece raro que te encomienden esta misión —dijo.

—Lo de vuestro jefe máximo es un asunto serio. A varias bandas. No sois los únicos interesados en liberarlo.

Pasaron ante un edificio sin cristales en las ventanas, cubiertas con cartón y periódicos, cuya fachada estaba salpicada de impactos de metralla. El cráter de la bomba estaba en mitad de la calle, tapado con tierra, piedra y tablones.

—¿A qué te dedicabas antes del Alzamiento? —se interesó Cari Montero—. ¿Militabas en algún partido o sindicato?

—En el PHC.

—¿Y cuál era ése?

—Partido Hidráulico Contemplativo.

—No fastidies.

—Sí. Miraba correr el agua bajo los puentes.

—Vaya, eres un bromista... ¿Has oído, Eva?... Nos mandan a un bromista.

A esa hora, los puestos del mercado de la calle Gisbert ya estaban cerrados. Había gente rebuscando por el suelo, entre los desechos de pescado y hortalizas: algunos niños, mujeres mayores e individuos con aspecto mísero.

—Empieza a haber hambre —comentó Cari—. Con las fábricas incautadas y el campo asolado, nadie produce nada. Han fusilado a muchos patrones y nadie abona los salarios. Ni los alquileres se pagan, porque eso es explotación capitalista... El que espabila se arrima a un partido o un sindicato y se aprovecha; y el que no, se arregla como puede. Todo es un caos, y sin duda irá a peor.

Dejaron atrás el mercado. El cielo empezaba a tornarse cárdeno hacia poniente.

—¿Sabes ya cuándo será la acción? —preguntó Cari.

—En los próximos tres o cuatro días. Se nos dará aviso.

—¿Y hay algo que puedas contar ahora?

Hizo Falcó un gesto ambiguo, de los que a nada comprometían.

—Aún no conviene contar demasiado.

—Sabes que somos de fiar —Cari parecía molesta—. No sé dónde estabas el dieciocho de julio, pero nosotras llevamos desde antes jugándonosla aquí, con mi hermano y otros camaradas... Mucha de la información que tienes la hemos recogido nosotras. Incluso estuvimos en Alicante, estudiando la cárcel y los alrededores.

Al volverse hacia Eva Rengel, Falcó encontró su mirada silenciosa. Quizá un punto despectiva, se dijo. Eso lo hizo sentirse ligeramente incómodo.

—No se trata de eso —replicó—. Es sólo una cuestión práctica. Vayamos paso a paso.

—¿Quieres decir —insistió Cari— que si nos detienen y tenemos demasiada información, hablaríamos con más facilidad que un hombre?

—Hay hombres y hombres. Igual que hay mujeres y mujeres.

—Ya. Pero nosotras somos más débiles en una checa, quieres decir. En manos de esa gentuza.

—Te equivocas. No quiero decir nada.

Seguía sintiendo en él la mirada censora de Eva Rengel. Aunque puede irse al diablo, se dijo. Ella y la otra. Falcó había visto interrogar a mujeres, y no era igual. Ni de lejos. Sus recuerdos sobre el particular no eran mítines ni charlas de café, ni teorías sobre igualdad de sexos. Las había visto torturadas como animales, sin consideración ni piedad. Conocía bien los mecanismos. Los puntos vulnerables más fáciles. Los métodos. Había horrores que ninguna mujer era capaz de soportar, excepto por un hijo o un amante.

—Hay un asunto que nos preocupa —dijo Cari de pronto—. Ginés te comentó algo, me parece. Un individuo llamado Portela.

Asintió Falcó.

—Sólo mencionó su nombre, y que es de vuestro grupo... ¿Qué pasa con él?

—Hay cosas raras. Y coinciden con la captura de otros camaradas.

—¿Creéis que tiene algo que ver?

Cari torció el gesto. Estaba graciosa con el ceño fruncido y el aire preocupado, pensó Falcó. La hacía parecer aún más joven. Por un instante la imaginó en manos de verdugos, y eso le hizo sentir una irritante ternura que apartó de inmediato con un manotazo mental. Aquél no era asunto suyo. No podía serlo, en su trabajo. Esa clase de sensaciones inducía a cometer errores, y los errores mataban. Lo mataban a uno mismo y a los demás.

—Yo estoy segura, y Ginés está de acuerdo conmigo. Eva también lo cree.

Falcó miró a la amiga. Los ojos de ésta mostraban una tranquila decisión. Un mudo asentimiento.

—¿Y creéis que ese Portela no debe ser informado de lo que planeamos?

—Ya lo está —se lamentó Cari—. En parte, al menos. Y eso es lo que nos preocupa. Puede estar jugando doble. Pasando información a los rojos.

Dudaba Falcó, calculando pros y contras. Riesgos. Lo del tal Portela incluía un factor imprevisto.

—¿Por qué no habéis informado de eso antes?

—No hemos tenido comunicación con el otro lado desde hace varios días. Y nuestras sospechas son recientes.

—Nuestras certezas —la corrigió Eva Rengel.

Se volvió Falcó hacia ella.

—Te veo muy segura de eso.

—Tengo motivos.

Todavía reflexionó él un momento más.

—¿Qué habéis pensado?

—Mi hermano te lo dirá esta noche —respondió Cari—. Porque vamos a cenar juntos, si puedes venir. En casa.

—¿Es prudente que vaya? —dudó Falcó.

—Por supuesto. Eres un amigo de la familia, te hemos encontrado en el cine, y nada más natural que invitarte a cenar. Tú, Eva, nosotros.

—¿Por qué ella? —Falcó indicó a la amiga—. ¿Está justificado?

Cari se echó a reír.

—Se le ocurrió a mi hermano, y no es mal pretexto... La has conocido esta tarde, te interesa, te gusta. Tú le gustas a ella.

—¿Eso es creíble?

—¿Que le gustas a Eva?... Pregúntaselo.

Se cruzaron las miradas de Falcó y la otra joven. También sonreía, advirtió. Podría creerse, se dijo asombrado, que estamos urdiendo entre los tres una broma de estudiantes. Nadie diría que de aquí podemos ir todos al paredón.

—¿No tienes inconveniente? —le preguntó a Eva Rengel.

—Al contrario —parecía divertida con la situación—. Creo que es una buena idea.

—Tú y yo nos gustamos, entonces.

—Eso es.

—¿Cuánto?

Ella le sostuvo la mirada un segundo más de lo normal.

—Lo razonable —dijo.

Ahora fue Falcó quien se echó a reír. Observó un instante a Cari, para acechar su reacción, y siguió riendo.

—Mejor un amor libertario, ¿no?... Son tiempos de guerra, revolución y todo eso. Vivamos y amemos, que mañana moriremos... Etcétera.

Notó que Eva Rengel se ponía ligeramente tensa.

—Ya está bien. ¿Siempre bromeas con estas cosas?

—¿Con el amor?

—Con que te maten.

Torció la boca Falcó en una sonrisa cruel.

—Sólo cuando me pueden matar.

Después deslizó una rápida mirada por las formas que la gabardina ceñida por el cinturón moldeaba sobre el cuerpo de la joven. El cuello desnudo bajo el pelo rubio muy corto, tras las solapas subidas de la trinchera, parecía prolongado y fuerte. La boca carnosa estaba bien dibujada, sin lápiz de labios. Y el roce del cuerpo al caminar cogida de su brazo —ahora ella volvía a relajarse— era muy agradable, cálido y firme, tan natural como la vida y la carne misma. No había timidez en esa manera de estar cerca, concluyó. Y estaban aquellas manos de uñas rotas y manchas amarillentas, de las que no parecía preocuparse lo más mínimo. Era una chica segura de sí; tenía que serlo para hacer lo que hacía. Lo que hacían las dos. Millares de hombres habrían temblado ante la sola idea de intentarlo.

Iban casi por el final de la calle Gisbert, cerca del túnel que daba al puerto, cuando los sorprendió una alarma aérea: una sirena sonando sobre sus cabezas, en el hospital de Marina, a la que de inmediato hicieron coro otras más lejanas, esparcidas por la ciudad. Bajo la luz rojiza del crepúsculo, por la calle que ya empezaba a oscurecer, aparecieron grupos de vecinos que corrían hacia los refugios excavados en la roca.

—Deberíamos ir también —dijo Falcó.

Caminaron apresurando el paso hasta la entrada del refugio más cercano, donde había una treintena de personas: mujeres y hombres de edad, madres con hijos pequeños, algún soldado y marinero. Un farol iluminaba el recinto y multiplicaba las sombras. Dos milicianos habían llegado los últimos, trayendo en brazos a una anciana inválida que ahora se quejaba débilmente, tendida en el suelo sobre una manta. Había rostros tensos, desencajados, expectantes. Gestos de inquietud. Olía agrio, espeso, a sudor, miedo y humo de tabaco. Casi todos los hombres fumaban. Un retumbar sordo, esporádico, se oía a lo lejos e iba acercándose. De pronto un estampido sonó cerca, haciendo temblar los muros. Algunas mujeres gritaron y al fondo lloraban niños.

—Fachistas hijos de puta —dijo alguien.

Falcó estaba con las dos jóvenes en la embocadura misma del estrecho pasadizo que llevaba a la puerta. Las encontraba serenas, incluso cuando el estruendo de las bombas se acercaba demasiado. Sacó cigarrillos y fumaron los tres.

—¿De dónde es ese acento tuyo? —le preguntó a Eva Rengel.

—Casi no se le nota —dijo Cari.

—Yo lo he notado.

Eva lo contó en pocas palabras. Su padre era un ingeniero de minas inglés, casado con española. Dirigía una explotación en Linares, y después fue destinado a Cartagena para ocuparse de otra situada en La Unión. La esposa había muerto de parto, y la niña, Eva, se había educado con la familia del padre. Había viajado con frecuencia a España; le gustaba el país y su gente. El padre murió pocas semanas antes de empezar la guerra, dejándole una pequeña renta. Ella había ido a Cartagena para disponer del dinero cuando se produjo el Alzamiento. La renta —ese privilegio de improductivos parásitos burgueses— se evaporó al ser nacionalizado el banco. En el Ayuntamiento no había nadie que hablara idiomas, y ella dominaba el inglés y el francés. Así que consiguió un empleo de intérprete.

—Un lugar oportuno —opinó Falcó—. Perfecto.

—Sí.

El retumbar de las bombas parecía alejarse, punteado por el paqueo distante de la artillería antiaérea. Cuando afuera volvió el silencio, Falcó miró hacia el exterior del refugio.

—¿Nos vamos?

—De acuerdo.

Salieron a la noche. La calle hacia el túnel del puerto era un embudo de sombras. Bajo sus zapatos crujían cristales rotos. Falcó se dirigió a Eva.

—¿Cómo te metiste en esto?

Dieron unos pasos sin que la joven dijera nada. Tres siluetas negras saliendo a la explanada del puerto. Todo estaba oscuro, sin una sola luz excepto la claridad de la luna entre nubes. A su espalda, sobre la muralla, la sirena anunciaba el fin de la alarma aérea.

—Tenía amigos de antes de la guerra —dijo Eva al fin—. Era gente afiliada o simpatizante. Al ver tanta barbaridad alrededor, decidí que debía hacer algo... Había conocido a Cari en Telefónica, y ella me presentó a su hermano y a los demás. Así ingresé en la Sección Femenina de Falange.

—¿Y no tienes miedo? ¿Nunca?

—No lo tiene —intervino Cari—. Es la chica más valiente que he conocido. Y Ginés también lo dice.

—Claro que tengo miedo —opuso Eva—. Lo tengo todo el tiempo.

—¿Por qué lo haces, entonces?

Ella no respondió. Caminaban junto a la verja del muelle comercial. Comentó Falcó que estaban demasiado cerca y que podía darles el alto alguna patrulla.

—No quiero que me acusen de hacer señales a los aviones con la brasa del cigarrillo.

—Son muy capaces —rió Cari.

—Por eso lo digo.

Se alejaron en dirección a la muralla y la plaza del Ayuntamiento. Los grandes magnolios de la explanada portuaria los cobijaban bajo su enramada espesa y oscura.

—Todavía no me has dicho por qué eres falangista —le dijo Falcó a Eva.

La joven aún siguió callada un momento.

—¿Viste en persona a José Antonio? —insistió él.

—Una vez, en un mitin en Madrid.

—¿Y?

—Me gustó cómo hablaba. Sensato... Educado.

—Y guapo.

—Eso también.

—Tampoco tú estás mal —rió Cari—. Con camisa azul serías el colmo.

—Prefiero las camisas blancas.

—Ya... Es una lástima.

Habían llegado a la plaza del Ayuntamiento. A la izquierda se adivinaban las siluetas de los buques de guerra amarrados de popa al muelle. No parecía haber daños del bombardeo por allí. Al otro lado, en la parte alta de la ciudad, el resplandor de un pequeño incendio recortaba los muros de la catedral vieja.

—Amo a España —dijo Eva al fin—. Me daría mucha vergüenza asistir a lo que ocurre sin hacer nada.

—Ése es un motivo... —empezó a decir Falcó.

—¿Viril?

Lo había interrumpido, brusca. Casi agresiva.

—Poderoso —acabó él.

—A Eva le pasa lo que a mí —terció Cari—. La diferencia es que a mí, como a mi hermano, me exalta la indignación por lo que ocurre. Me hierve la sangre de ver cómo socialistas, comunistas, anarquistas y separatistas han destrozado España; mientras que ella se lo toma de otra forma... Es más serena que yo. Más fría en sus afectos y sus odios.

—Es una aventura peligrosa. Puede que no veáis el final.

—No digas eso —protestó Cari, dándole un pequeño golpe en el brazo—. Volverá a reír la primavera.

Era una estrofa del *Cara al sol,* el himno de Falange. Eso arrancó una sonrisa a Falcó.

—Yo sabré cuál es mi final cuando llegue —dijo Eva.

Cari volvió a cogerse del brazo de Falcó. Parecía contenta.

—Qué, Rafa, o como te llames de verdad... ¿Te gusta mi amiga?

—Mucho —asintió él, divertido—. Me gusta mucho.

—Pues no te hagas ilusiones.

Una patrulla nocturna pasó junto a ellos. No les dieron el alto. Por un instante una linterna eléctrica iluminó sus rostros, y el haz de luz se apagó en seguida. Se alejaron las sombras con ruido de pasos y fusiles.

—Marineros de algún barco —Cari se había puesto seria—. Van con prisas, camino de la cárcel del Arsenal... Algunos desgraciados van a pagar por el bombardeo de esta noche.

7. Los amigos de Félix

Estaba con Eva Rengel en casa de los hermanos Montero, después de cenar. La madre, una mujer regordeta y amable que se parecía a la hija, había retirado los platos y cerrado la puerta, dejándolos tranquilos. Se oía el silbido suave de una estufa de gas. Aquél era el comedor de una casa de clase acomodada, sin excesos: muebles de caoba oscura, fotos familiares en las paredes. Sobre el mantel había un mapa y un plano desplegados entre tazas de café vacías, ceniceros y un paquete mediado de Murattis, un cuaderno escolar y un lápiz. También una botella de Fundador, un sifón y copas. Para cumplir con las normas de oscurecimiento, la gran lámpara de cristal que pendía del techo estaba apagada, y cerrados los postigos de madera del mirador. El humo de tabaco agrisaba el cono de luz del flexo puesto sobre la mesa.

—Ésta es la celda de José Antonio —en mangas de camisa, Falcó lo mostraba todo en el plano, que había sido dibujado a mano—. Para llegar a ella hay que pasar este patio, y éste. Aquí a la derecha, ¿veis?... Por el pasillo.

—¿Eso es una verja? —señaló Ginés Montero. El plano se reflejaba en los cristales de sus lentes.

—Sí. Y aquí hay otra —Falcó indicó el punto exacto—. Se supone que tendremos las llaves.

—Cuenta con eso. El camarada que tenemos entre los funcionarios lo ha garantizado... ¿Cómo vamos a pasar el portón principal?

—Llegaremos en el primer coche, seis de nosotros, diciendo que traemos a un detenido. Llevamos una orden con todos los sellos correspondientes, para evitar problemas: CNT, UGT, FAI... Cuando abran, atacaremos con pistolas ametralladoras y bombas de mano y nos seguirá el resto.

Montero miró a su hermana y a Eva antes de asentir, satisfecho.

—Me gusta. Pero como armas de guerra, nosotros sólo tenemos una caja de granadas Lafitte, tres pistolas Star del nueve largo y un centenar de cartuchos.

—Irán bien, aunque está previsto que la fuerza de desembarco traiga más —lo tranquilizó Falcó—. Armas, parque y bombas para todos.

—Colosal.

Falcó plegó el plano de la cárcel y lo metió en un bolsillo de la cazadora que tenía colgada del respaldo de la silla.

—¿Hay alguna objeción?

—Tú eres quien se hace responsable a partir de ahora —dijo Montero—. Ésas son mis órdenes.

—Eso no tiene mucha importancia. Yo sólo coordino. El trabajo previo lo habéis hecho vosotros.

—¿Asaltarás la cárcel, también?... Quiero decir si entrarás en ella.

—Todavía no lo sé.

—Está su hermano, Miguel. Supongo que lo sacaremos.

Pensó Falcó en Miguel Primo de Rivera. Lo conocía de vista, igual que a sus otros hermanos —había además una chica, Pilar—. A Fernando, el más pequeño, lo había encontrado a veces en Jerez, cuando niño, todavía de pantalón corto, mientras sus hermanos empezaban a fumar los primeros cigarrillos, ensayar pasos de tango y tontear con chicas. A Fernando ya lo habían fusilado en Madrid. En cuanto a Miguel, estaba encarcelado con José Antonio e iba a ser juzgado pronto. Tal como estaban las cosas, una sentencia de muerte era más que probable.

—Mis órdenes no lo incluyen —dijo.

—Pero es un camarada —protestó Montero.

—Da lo mismo. La prioridad es liberar a José Antonio... Si una vez puesto a salvo hay oportunidad, se ayudará a otros presos. Pero nada de eso podrá hacerse hasta que no esté garantizada su fuga, con él fuera de la cárcel.

—Algunos son falangistas —insistió el otro—. Serán asesinados si los dejamos allí.

—Ése no es asunto mío. Mis instrucciones se refieren a un solo preso. En cuanto a los otros, carecemos de medios para evacuarlos a todos. Y el lugar de embarque dista media hora de automóvil... No hay transporte, ni capacidad en el barco que nos recogerá en la playa.

—Podemos soltarlos y que se las arreglen —sugirió Cari Montero.

—No me fío. Suponiendo que tuviéramos tiempo y ocasión para eso, se nos iban a pegar como lapas. Harían bulto y entorpecerían la fuga.

—Tú no eres de los nuestros —apuntó Montero—. Hay cosas que...

Falcó lo miró con dureza.

—No hay cosas que valgan. Vosotros os distinguís por vuestra disciplina, ¿no?... Pues es una buena ocasión para demostrarlo. Así se ha decidido, y así debe hacerse.

Se sirvió un dedo de coñac en una copa y añadió un chorro corto de sifón. Los dos hermanos y Eva se miraban entre sí.

—Hay otra cosa —dijo Montero—. Ellas quieren venir.

Entornó Falcó los párpados con el sabor del coñac en la boca. Luego movió la cabeza y puso muy despacio la copa sobre el mantel.

—Ni hablar.

—Ya han estado allí. Corrieron muchos riesgos.

—Pues basta con eso.

—Pueden sernos útiles como apoyo. No hace falta que entren en la cárcel. Y saben usar las armas.

—Sabemos usar pistolas y granadas —confirmó Cari—. Ginés nos enseñó. Y ella es muy buena conductora.

Eva se apoyaba de codos en la mesa, las manos bajo el mentón. Un cigarrillo le humeaba entre los dedos.

—Sí —confirmó—. Conozco bien los automóviles.

Pensó Falcó en eso. En su experiencia personal. Sus recuerdos. Había matado a hombres por culpa, o a causa, de mujeres. Ellas facilitaban esa clase de cosas. No importaba lo enteras o decididas que fuesen, o que supieran valerse por sí mismas. Eran los viejos instintos los que siempre, por encima de toda razón, acababan interfiriendo de modo peligroso. Daba igual que el móvil masculino fuese la vanidad, el impulso dominador o protector, o incluso sentimientos más nobles, como el afecto, la humanidad o el amor. Puestos en situaciones extremas junto a mujeres, la mayor parte de los hombres no era capaz de sustraerse al impulso básico de protegerlas. Y eso los volvía descuidados. Vulnerables. A ellos, en primer lugar, y a ellas como consecuencia. A todos.

—¿Cuánta gente tendremos allí, aparte de los que vienen por mar?

Eva y Cari seguían observándolo expectantes. Evitó sus miradas con un sorbo al coñac.

—Ellas dos y otro camarada —dijo Montero— pueden vigilar la playa y hacer señales al barco.

—¿Qué otro camarada?

—Uno de Alhama, muy joven pero fiable al cien por cien. Un estudiante llamado Ricote. Tú y yo guiaríamos a los del grupo de asalto... ¿Qué te parece?

Falcó seguía evitando la mirada de las dos mujeres. La verdad, concluyó, es que no le sobraba gente.

—Me parece bien —aceptó al fin—. Pero se quedarán en la playa.

Un perceptible suspiro de alivio acogió aquello. Ahora, al alzar la vista, Falcó encontró los ojos de Eva. Lo miraba de forma extraña entre las espirales de humo de su cigarrillo.

—¿Cuántos van a desembarcar? —quiso saber Montero.

—Me dijeron que unos quince... Todos son gente fogueada, decidida. Escogida en centurias de Falange que están combatiendo en el frente.

—¿Hora?

—Medianoche. Y Alicante está a nueve kilómetros. Tendremos una hora y media para todo: desembarcar, ir a la cárcel y estar de vuelta en la playa.

—¿Conoces el lugar?

—No. Sólo he podido verlo como aquí, en los mapas.

Montero señaló el que estaba sobre la mesa. Un viejo mapa militar, topográfico. Una franja estrecha entre curvas de nivel muy juntas y el mar.

—Es aquí, al norte del cabo de Santa Pola. ¿Ves?... El Arenal, se llama. Hay una pinada extensa en una hondonada y una playa con dunas. Los pinos llegan casi hasta la orilla del mar.

—¿Hay que pasar por algún pueblo para llegar allí?

—No. Hay un camino de tierra que sale de la carretera de Cartagena a Alicante y entra en el pinar... Todo es muy discreto.

Falcó cogió un Muratti, lo golpeó suavemente en la esfera del reloj y lo encendió por el lado de la marca impresa en el papel. Siempre lo hacía así para que se quemara antes por esa parte, dejando el menor rastro posible. A un fumador se le podía identificar fácilmente por sus colillas. Aquélla no era su marca habitual, pero el reflejo automático seguía siendo el mismo. Y él, entre muchas otras cosas, era un conjunto bien coordinado de reflejos automáticos. Ayudaban a conservar la salud y la cabeza. No era igual ser un blanco fijo que un blanco móvil.

—Me dijeron que traeríais alguna gente más.

—Es verdad —dijo Cari—. Disponemos de una escuadra que es de confianza: muchachos dispuestos a todo. Son tres camaradas de Murcia que tienen un camión: los primos Balsalobre y un guardia de asalto apellidado Torres.

—No hemos querido implicarlos hasta ahora —confirmó el hermano—, pero la ocasión lo demanda.

—¿Saben cuál es el objeto de la misión?

—No. Pero son disciplinados y acudirán donde se les ordene.

—¿El guardia de asalto es de confianza?

—Por completo. Camisa vieja.

Con el cigarrillo humeándole en la boca, Falcó había ido tomando nota mental de todo. Excepto el plano de la cárcel, necesario para los que iban a desembarcar, no llevaba consigo ningún otro documento que estuviera relacionado con la operación. Hacía mucho que no apuntaba nada que no fuese imprescindible; si acaso, notas breves que destruía apenas memorizadas. Un exceso de papel en los bolsillos también lo mataba a uno con facilidad. El día que le fallase la memoria, habría llegado el momento de cambiar de oficio. O de hacerse liquidar como un idiota.

—Con los quince del grupo de asalto seremos veinticuatro, contándolas a ellas —dijo—. No es mucha gente.

—No disponemos de más. Por eso necesitamos a Eva y a Cari... Y aun así, no seremos veinticuatro, sino veintitrés.

—¿Por qué?

La respuesta quedó aplazada, pues en ese momento la madre de los Montero irrumpió en la habitación, pálida y temblando de angustia. Un coche se había detenido en la calle, dijo. Dios mío. Y bajaba gente armada.

—¿Vienen aquí?

—No lo sé.

Falcó sacó la pistola de la cazadora y se la metió en el bolsillo de atrás del pantalón. Apagaron el flexo y los cigarrillos. La madre rezaba en voz alta, Señor mío Jesucristo, Virgen santísima, de forma incoherente y atropellada, hasta que su hijo le ordenó silencio. Falcó se encaminó a los postigos del mirador, entreabriéndolos un poco. No podía ver lo suficiente, así que se introdujo por la abertura, pegado a la pared, y miró hacia la calle. En la penumbra vio un automóvil detenido abajo. Era de color oscuro y sobre el capó, pintadas en blanco, destacaban las letras UHP. Había sombras con fusiles.

—Van a la casa de enfrente —susurró Montero—. Un registro.

—¿Quién vive ahí?

—Vecinos diversos. Uno es militar retirado, con una hija monja a la que echaron del convento al incendiarlo, y un hijo que se pasó al otro lado. El padre votó a las derechas. Quizá vayan a por él... A estas horas suelen empezar las visitas nocturnas.

Al hablar le relucía en la mano el cañón niquelado de un revólver.

—Guarda eso —dijo Falcó—. Si se te escapa un tiro, estamos listos.

—Tú también has cogido la pistola.

—Pero la tengo en el bolsillo.

Podía oler su miedo, aunque le satisfizo comprobar, o intuir, que era un olor a miedo tranquilo, sereno. El de alguien resignado a tenerlo, asumiéndolo sin verse descompuesto por él. Estuvieron allí los dos, inmóviles, cosa de quince minutos, con las mujeres aguardando tensas en el comedor. Oían musitar rezos a la madre. Al cabo salió un grupo de sombras del zaguán en dirección al coche. Ahora había luz en uno de los miradores y dos mujeres asomadas. Se oían gritos y llantos. Desde abajo, una voz desabrida ordenó que se metieran dentro y apagaran la luz o les pegaba un tiro. El mirador quedó a oscuras.

—¿Qué pasa con el número veinticuatro? —quiso saber Falcó.

Él y Montero estaban de regreso en el comedor. La madre se había ido llorando y sin dejar de rezar. Virgen santa. Qué locura. Que Dios los amparase a todos. El flexo iluminaba desde abajo los rostros graves de Eva y Cari.

—Es Juan Portela —dijo el otro—. Uno de nuestro grupo. No nos fiamos de él.

Falcó señaló a las dos jóvenes.

—Ellas me hablaron de eso... ¿Hasta cuándo os habéis estado fiando?

—Hasta hace demasiado poco —dijo Cari.

—¿Sabe algo de mí?

—Nada.

—¿Y de Alicante?

—Tampoco. Sabe que existe el proyecto, y nada más.

—¿Cuál es el problema, entonces?

—En las últimas semanas han caído tres camaradas, y él los conocía a todos.

Falcó hizo una mueca desagradable. Las paranoias eran habituales en su mundo, pero eso no significaba que el enemigo no fuera realmente a por ti. El problema era encontrar el punto de equilibrio entre jugarreta de la imaginación y amenaza real.

—Supongo que también los conocíais vosotros —tanteó.

Aquello no cayó bien. Siguió un silencio breve, molesto.

—Eso no tiene ninguna gracia —dijo Cari.

Su hermano se había levantado. Fue hasta un aparador y metió la mano entre el mueble y la pared.

—Eva lo vio en el Ayuntamiento dos veces. En despachos donde no tendría nada que hacer... Eso la llevó a investigar un poco, y obtuvo esto.

Había sacado del escondite dos hojas de papel mecanografiadas y grapadas que puso en manos de Falcó. Llevaban el encabezamiento de la Unidad Especial de Seguridad y Vigilancia. *Según me manifiesta Juan Portela Conesa, de treinta y dos años de edad, soltero, domiciliado en calle del Salitre, número 7...* El documento lo firmaba un tal Robles, con el tampón de la policía junto a la rúbrica, y contenía el resumen de una conversación en la que se daban referencias sobre varias personas de derechas. Según el texto, Portela las habría delatado.

Estudió Falcó el documento. Los sellos parecían auténticos.

—¿Desde cuándo lo tenéis?

—Desde hace tres días.

—¿Y cómo llegó a vuestras manos?

—Eva, por su trabajo de intérprete en el Ayuntamiento, tiene acceso a muchas cosas.

Miró Falcó a la joven con sincero respeto.

—Eso es jugarse la vida.

Ella sonreía apenas, distante. Había cogido otro cigarrillo. Falcó cogió la caja de cerillas y le dio fuego. Eva se inclinó sobre la llama, y sus manos rozaron un momento las de él.

—Me quedé de piedra —dijo con sencillez, expulsando el humo— cuando vi ese papel.

—¿No van a notar la falta de este documento?

—Confío en que no, por la cuenta que me trae... Lo he cogido para que lo veas, y lo devolveré en cuanto pueda.

Lo dijo con calma, sin darle importancia. Aquélla era una mujer con casta, pensó Falcó. La veía más hermosa ahora, sin la gabardina. Mientras se la quitaba al entrar en la casa, él se había fijado en las piernas bien torneadas y la falda azul que dibujaba sus caderas anchas, de hembra vigorosa; en los serenos ojos castaños, los hombros de nadadora, los lóbulos de orejas sin agujeros y el cuello largo, fuerte, descubierto entre la blusa bajo el cabello rubio muy corto. Sin embargo, concluyó un poco desconcertado, había algo equívoco en ella. Tal vez aquellas manos vulgares, de uñas descuidadas. También cierta excesiva dureza de orden físico, casi masculina, acentuada por la ausencia de maquillaje. Por un breve instante, y por primera vez, se preguntó si además de falangista y valiente, Eva Rengel no sería lesbiana.

—Uno de los mencionados en el documento era de los nuestros —estaba diciendo Montero—. Lo detuvieron, y no llegó a la cárcel... Después de interrogarlo en la checa de las Adoratrices, lo fusilaron en el cementerio.

Falcó se echó atrás en la silla. Reflexionaba.

—¿Qué habéis pensado?

Los otros se miraron entre ellos.

—Juan Portela hace juego doble —zanjó Montero—. Quizá debamos neutralizarlo antes de que esto siga adelante.

Lo miró Falcó, zumbón. Le hacía gracia la palabra.

—¿Neutralizarlo?

—Llámalo como prefieras.

—Eso es grave —los estudió uno por uno, asegurándose—. Se trata de un camarada vuestro.

—No es un camarada. Es un traidor y un delator.

Falcó miró a Cari.

—¿Tú estás de acuerdo con eso? ¿Con la... neutralización de ese hombre?

Ella no dijo nada. Falcó se había vuelto hacia Eva.

—¿Y tú?

Tampoco hubo respuesta.

—Nos costó creerlo —comentó Montero, como si eso lo resumiera todo.

—¿Cuánto hace que ese individuo es falangista?

—Lo que yo. Y nunca había fallado.

—¿Tiene algún familiar amenazado, o en prisión?

—No, que yo sepa. Su padre es apolítico. Pero a un hermano suyo, que era capitán de artillería, lo ejecutaron los nacionales en Melilla por no sumarse al Alzamiento.

—¿Y cuándo lo supo él?

—Hace un mes.

—¿Coincide con las primeras detenciones de vuestros compañeros?

—Más o menos.

Falcó apagó su cigarrillo.

—Es un motivo —opinó— tan bueno como otro cualquiera.

Se quedaron todos callados, mirándose.

—Eres tú quien decide cómo lo hacemos —dijo al fin Montero—. Ahora estás al mando...

—No le he visto ni la cara —objetó Falcó.

—Puedo marcártelo mañana, si quieres.

—¿Dónde?

—En el bar Americano de la calle Mayor. Suele tomar allí el aperitivo y luego echa una partida en los billares de la calle del Aire. Trabaja cerca, en la sastrería de su padre. Hablo con él, lo miras de lejos y lo identificas... Lo cito para luego, y nos encargamos de él. Tú y yo.

—Nosotras también —dijo Eva, con súbita dureza.

Calculaba Falcó los peligros y las ventajas. A esas alturas del complot, Juan Portela podía ya haber dicho cuanto sabía. Pero tampoco era conveniente matarlo por las buenas. Su muerte podía alertar a las autoridades y precipitar las cosas, estropeándolas. Por eso *neutralizar* resultaba palabra adecuada. Era importante averiguar cuánto sabía Portela, cuánto ignoraba y cuánto había contado. Si la peor posibilidad resultaba cierta, la razón de que aún no hubiesen actuado contra el grupo podía ser que esperaban que la presa fuera mayor a la hora de cerrar la red. No todo, entre los rojos, eran paseos espontáneos y disparate de milicias y facciones que se estorbaban unas a otras. También había allí gente que pensaba.

—¿Hay manera de cogerlo vivo e interrogarlo?

—Puede hacerse.

—Hay un principio militar muy útil —dijo Falcó tras pensarlo un poco más—. Prepararse para la hipótesis más probable, pero adoptar la seguridad según la hipótesis más peligrosa.

—Me gusta eso —exclamó Cari.

—A mí también —dijo el hermano.

—Pues aquí se juntan lo probable y lo peligroso... ¿Tú qué opinas, Eva?

La joven lo miró, inexpresiva. Apagaba su cigarrillo aplastándolo en el cenicero de forma minuciosa, hasta que se extinguió el último resto de brasa humeante.

—Hagámoslo —dijo.

A Falcó empezaba a dolerle la cabeza. Resignado, buscó el tubo de cafiaspirinas en la cazadora.

—De acuerdo —alzó las manos, como si se rindiera—. Lo haremos mañana.

Madrid resiste la furiosa ofensiva fascista era el titular principal de *El Noticiero*. Y más abajo, a dos columnas: *En Cartagena siguen los bombardeos criminales sobre la po-*

blación civil. Apoyado en la pared junto a la barra del bar Americano, Lorenzo Falcó dobló el periódico y lo puso sobre el mostrador, junto al vaso de cerveza. Se había comprado una gorra de pichi y puesto en la solapa de la cazadora una insignia del Partido Comunista: una hoz y martillo de metal dorado y rojo que había comprado en una tienda cercana, y que contribuía —al menos ésa era la intención— a mimetizarlo más con el paisaje. Era la hora del aperitivo, hacía buen tiempo, y los bares y cafés de la calle Mayor hormigueaban de gente. Muchos eran hombres jóvenes, en edad militar, que conseguían no ser movilizados y quedarse en la retaguardia bajo la etiqueta salvadora de *personal imprescindible.* Había empleados de oficinas municipales, dependientes y propietarios de las tiendas próximas, y no faltaban los uniformes. El Americano, que antes de la guerra era un local elegante donde se reunían los señoritos de clase media y alta, era un ir y venir de caqui militar, monos azules o grises, chaquetas de cuero, cazadoras con brazaletes de agrupaciones y partidos, gorras de plato, boinas con insignia y gorros cuarteleros de borla. Todo bien acompañado de correajes y pistolas, a trescientos kilómetros del moro o el legionario más próximos. Había un retrato de Lenin y otro de Stalin entre las botellas alineadas en los estantes. Con una sonrisa interior, Falcó pensó que, enviados todos aquellos guerreros de pastel al frente de batalla, aunque sólo fuera por su número, bastarían para parar los pies a las tropas nacionales. Recordó una copla que se cantaba en el otro lado, pero que lo mismo valía para éste.

> *Cuando regresas del frente*
> *lo primero que se ve*
> *es que están los emboscados*
> *sentados en los cafés.*

Junto a Falcó, un individuo renegrido de manos y cara, vestido con camisa a cuadros y alpargatas y tocado con el gorrillo rojo y negro de los anarquistas, donde llevaba cosida una bala de Mauser, tenía apoyado el naranjero en la barra y bebía despacio un vermut, pinchando de vez en cuando una aceituna. Las manos eran encallecidas y nudosas, de obrero. La colilla de su cigarro, medio consumida, quemaba la madera del mostrador.

—¿Qué te debo? —preguntó el miliciano al camarero.

—La casa invita, compañero —dijo el otro—. Yo también soy de la FAI.

Observó Falcó la cara del camarero: un chirlo sobre una ceja, mal encarado, ojos ruines, sonrisa bajuna y servil. Su mejor pensamiento, dedujo, tendría veinte años y un día de presidio.

—Ah, bueno —masticando un palillo, el miliciano cogió el subfusil y se encaminó a la puerta—. Salud, entonces.

—Salud.

Había algunas mujeres, observó Falcó. Sentadas a las mesas o en la barra conversando con hombres. La mayor parte vestía ropas civiles y dos de ellas iban vestidas de milicianas, y una era bastante bonita; llevaba las cejas muy depiladas, el gorrillo cuartelero coquetamente inclinado sobre los rizos y, al cinto, un enorme pistolón ametrallador Bergmann. Estaba en un grupo junto a la puerta, de charla.

—No debería quedar ni uno —le oyó decir Falcó un par de veces.

—Pero los facciosos tienen tanques italianos y cañones alemanes —comentó alguien.

—Pues sólo hay que tener cojones —respondió la miliciana—. Ir a por ellos, y cogérselos.

—¿Los cojones? —se choteaba uno.

Se engalló la otra, con furia femenina y proletaria.

—Esas bromas fachistas se las gastas a tu puta madre.

—Perdona, compañera.

—Ni compañera ni hostias.

Quizá todo eso, se dijo Falcó, marcaba la diferencia entre dos Españas. Entre dos barbaries paralelas. Ni siquiera se trataba de un asunto de coraje; materia de la que, de eso no cabía la menor duda, ambos bandos estaban provistos. Lo que se daba del otro lado era una planificada represión bajo mando único, un exterminio sistemático de cuanto oliese a democracia, libertad y ateísmo, con la idea de una nación unida, religiosa y fuerte por encima de todo. Por eso en Salamanca empezaba a hablarse de Cruzada: una guerra total hecha por militares profesionales que usaban el terror y la sangre como arma definitiva. Y mientras, lo que había por parte de la República era un disparate de improvisación, oportunismo y demagogia, con las cárceles abiertas el 18 de julio arrojando chusma a las calles —convertida en milicianos que se gastaban en juergas y mujeres lo que robaban asesinando a mansalva—, y el pueblo armado, soberano en el caos, ajustando cuentas; un odio homicida no sólo hacia el ejército de Franco, sino también hacia los miembros del propio bando, partidos y facciones enfrentadas entre sí, indecisos entre ganar la guerra o hacer la revolución, incapaces de coordinar un esfuerzo común; fuera del control de unos gobernantes y políticos ajenos a la realidad, divididos, impotentes e incapaces. Por eso ganarían los otros, concluyó ecuánime Falcó. Los fachistas, como decía la miliciana. Carecían de escrúpulos democráticos, eran los más criminalmente disciplinados y los más fuertes. Iban a ganar, sin duda, por mucho que tardara aquello. Y él esperaba seguir vivo para comprobarlo. Cuando todo acabara iban a faltar tumbas.

Vio entrar a Ginés Montero, con abrigo y bufanda. El falangista dirigió un vistazo alrededor, y su mirada resbaló sobre Falcó como si éste le fuera desconocido. Luego fue a acodarse al otro extremo de la barra y pidió un café. Falcó se quedó en donde estaba, terminó la cerveza y pidió otra. El camarero mal encarado acababa de servírsela cuando un hombre joven vestido con chaqueta, jersey y corbata entró en el local, miró en torno, y al descubrir a Montero fue a situarse a su lado. Cambiaron unas palabras y salieron a la calle. Falcó dejó unas monedas sobre el mostrador y fue detrás.

Los siguió por la calle Mayor en dirección al puerto. Conversaban con naturalidad. Juan Portela era más alto que Montero y su aspecto era distinguido. Tenía el pelo escaso y las orejas grandes, y se movía con languidez. No era mal parecido. Su ropa tenía un corte elegante que contrastaba con lo que solía verse por la calle. Iba con las manos en los bolsillos y la cabeza baja, escuchando lo que Montero le decía. Al llegar frente al casino se detuvieron y conversaron un poco más mientras Falcó, para disimular, permanecía parado ante el escaparate de una guantería. Montero hablaba y el otro asentía con la cabeza. Después se separaron, Portela continuó su camino y Montero desanduvo el suyo hasta detenerse junto a Falcó, mirando el escaparate como él.

—Lo he citado esta noche —musitó.

Falcó echó a andar sin responder. Portela se alejaba calle abajo, y él le fue detrás, aunque esa parte no estaba prevista. Lo acordado era que Montero ayudara a identificarlo, eso era todo, y así tener su rostro claro para lo que ocurriese más tarde. Pero a Falcó le apetecía algo más, y se dejó llevar por el impulso. No era la primera vez. A un ser humano se lo podía matar de muchas formas, pero siempre convenía, al encarar la tarea, poseer el máximo de información posible sobre él. Su manera de moverse, de caminar, de pararse, era fundamental. El modo de mirar o de precaverse, el grado de confianza o de suspicacia. Los hábitos y los tics característicos. Falcó sabía muy bien que nada en el mundo, ni siquiera el más detallado dosier elaborado sobre una potencial víctima, podía sustituir los ojos y el instinto del ejecutor. Por eso, siempre que era posible, convenía rondar a la presa, estudiándola. Olfatear su rastro en el acecho, con tiempo y calma por delante. Los gatos, los tigres, los felinos en general, solían hacerlo bastante bien. Muy profesionales. Era algo tan viejo y natural como la vida y la muerte mismas. En realidad, pensaba Falcó, ésa era la parte interesante del acto de matar. La más atractiva. El resto, golpe, disparo, veneno, puñal, ya era pura técnica.

Cuando entró en los billares siguiendo los pasos de Portela, éste se encontraba junto a una de las mesas del fondo, de charla con el encargado. Tenía un taco en las manos. Había en el salón una docena de personas, todos hombres, algún uniforme y mucho humo de cigarrillos. Ambiente cargado. El local, oscuro, sin ventanas, estaba iluminado por pantallas de vidrio situadas sobre el paño de cada mesa. Se oía golpeteo de tacos en las bolas de marfil, entrechocar de carambolas y sonido de fichas en los ábacos de la pared.

Falcó deambuló entre las mesas, mirando el desarrollo de las partidas. De esa forma se acercó a aquella donde Portela jugaba. Era a las treinta y una, con el encargado haciendo de árbitro, y había dos jugadores más: un militar con galones de sargento de milicias, bajo e hirsuto, y un paisano alto y desgarbado, con la chaqueta rota en un codo. Falcó pidió sumarse a la partida y nadie tuvo inconveniente. Sorteó las bolitas secretas el encargado, situó los cinco palos sobre el paño y empezaron a jugar. Las puestas eran a duro, y la casa se quedaba una peseta por cada uno; Portela tenía el primer turno y Falcó el último. Aquél jugaba con calma y habilidad, sereno. Deslizaba con suavidad el taco entre los dedos, muchas veces, antes de aplicar el golpe a la bola adecuada. Calculaba el tanto con atención mientras se inclinaba sobre la mesa para alinear el taco bajo la barbilla, en postura impecable, repitiendo una y otra vez el vaivén en el ángulo formado por el pulgar y el índice. No caía en la vulgaridad de querer seguir la trayectoria de las bolas moviendo el cuerpo mientras rodaban éstas. Lo hacía bien. Sumó puntos tumbando los palos adecuados, se plantó justo cuando debía y ganó la primera partida. La segunda la ganó el militar. Habían empezado la tercera cuando afuera sonó la alarma aérea.

—¡La aviación fascista! —gritó alguien.

Todo el mundo, militar incluido, salió de estampida camino del refugio más cercano. La sala quedó vacía, a excepción de Portela, Falcó y el encargado. Éste aguardaba, muy nervioso, a que los dos jugadores se fueran con los otros. Así podría quedarse, supuso Falcó, con las dieciséis pesetas de la partida inacabada.

—Creo que le toca a usted —dijo Portela a Falcó con mucha sangre fría.

Se sostuvieron la mirada un momento, y a Falcó le gustó lo que veía. Asomaba un amago de sonrisa en la boca del otro, comprobó. Un punto de desdeñosa chulería.

—Puede caer una bomba —balbució el encargado.

—Cumpla usted el reglamento —dijo Falcó.

Se acentuó la sonrisa de Portela. Le daba tiza al casquillo con mucha parsimonia mientras la alarma seguía sonando afuera. Adaptándose al estilo, Falcó sacó la petaca con pitillos liados del bolsillo y se la ofreció al otro.

—Gracias. No fumo.

Apoyó Falcó su taco en el borde de la mesa, rascó un fósforo y encendió un cigarrillo. Después miró las bolas y los palos entre la primera bocanada de humo.

—Tira el dos con quince tantos —dijo el encargado, con resignación.

Estaba pálido como el marfil de las bolas. Falcó estudió sin prisas el paño verde. Las dos bolas para la jugada estaban muy cerca una de otra en el mismo rincón, y el palo que le convenía derribar era el número uno, que quedaba en la parte opuesta. Era un tiro difícil, pero sentía los ojos llenos de miedo del encargado y la mirada atenta del otro jugador, así que no había forma de echarse atrás. Se inclinó sobre el borde de la mesa, buscando una postura cómoda mientras alargaba el taco.

—¿Sabe usted qué bolita tiene? —preguntó Portela al advertir desde qué ángulo iba a jugar.

—Perfectamente.

—Debería mirarla en la marca para comprobar lo que le falta.

—Sé muy bien lo que me falta —dijo con frialdad Falcó.

En la calle sonó el retumbar de un estampido de bomba, lejano, y luego otro más cerca. El encargado tuvo un sobresalto. Falcó seguía inmóvil, el cigarrillo humeante en la comisura de la boca y los párpados un poco entornados, estudiando la posición de las bolas.

—¿El palo uno? —preguntó Portela, comprendiendo al fin lo que pretendía.

—Sí.

—Huy. Es una tacada difícil.

—Puede.

—Tendrá usted que recortar mucho el remache.

Alzó un momento Falcó la vista para encontrar los ojos del otro. Lo observaba éste con tranquila curiosidad, advirtió. No parecía inquieto por las bombas que caían afuera. Otro estampido retumbó muy próximo, como si hubiera estallado en la misma calle.

—Por Dios —murmuró el encargado. No era una expresión usual aquellos días. Le temblaban las manos, que apoyaba en el borde de la mesa.

—Lárguese —le dijo despectivo Portela.

—Ahora ya no puedo ir al refugio —se lamentó el encargado.

—Pues baje al sótano, coño.

No se lo hizo repetir el fulano. Cogió sus cuatro pesetas y se alejó a toda prisa entre las mesas, volviendo la cabeza.

—Son ustedes unos valientes.

Cuando Falcó volvió a sentir fija en él la mirada del otro, dio la tacada con mucha energía. El golpe salió perfecto. La bola golpeó y llegó a mitad de la banda larga, recortándose allí para seguir en línea recta hacia el palo número uno.

—Treinta y una justas —dijo.

Salieron caminando juntos cuando cesó la alarma. Sin hablar, casi de mutuo acuerdo, anduvieron hasta llegar al pie de la escalinata que llevaba a la catedral vieja. Una bomba había caído más abajo, entre los edificios de la calle del Cañón, rociando las fachadas con viruela de metralla, curvando hacia dentro los cierres metálicos de las tiendas y cubriendo el suelo de vidrios rotos y cables derribados de tranvías. De forma casi simbólica —el azar gastaba tales bromas, pensó Falcó—, los impactos también habían acribillado la franja inferior, morada, de la bandera tricolor que un estanco ostentaba sobre el dintel. Había vecinos que contemplaban los daños y chiquillos correteando en busca de esquirlas retorcidas de bomba.

—¿Un vaso de vino? —propuso Falcó.

—De acuerdo.

La taberna hacía esquina al pie de la escalinata: mostrador de mármol, grandes toneles oscuros, el cartel de una corrida de toros celebrada en 1898. Olía a serrín sucio y a vino malo. Pidieron dos tintos y charlaron un rato de cosas insustanciales. Ninguno de los dos mencionó el billar ni las bombas. Falcó se interesó por la vida del otro, y éste contó que trabajaba en la sastrería de su padre, muy conocido en la calle Mayor. Un negocio que iba bien antes de la guerra, y que ahora tenía dificultades.

—En estos tiempos la gente ya no se preocupa tanto de vestir... No faltan clientes, claro. Aunque la demanda del traje elegante, con géneros buenos, escasea. Está mal visto.

—Pero quedan los uniformes, ¿no?

—Con eso nos hemos recuperado un poco. Lo mismo le ha pasado al dueño de la tienda que tiene el anuncio grande de Borsalino en la puerta... Antes vendía sombreros, y ahora gorras y boinas.

—Es natural. El pueblo tiene otras necesidades.

Portela miraba la insignia con la hoz y el martillo en la solapa de Falcó.

—¿A qué se dedica usted?

—Estoy movilizado.

—¿Es de aquí?

—De Granada.

—No me estoy quejando —dijo Portela tras un momento—. Las cosas deben ser así. Pero supongo que todo esto pasará y volveremos a la normalidad.

—¿A qué normalidad se refiere?

—A que no caigan bombas y la gente se vista como quiera.

—¿Como Dios manda?

El silencio que siguió fue casi desagradable. Portela había bajado la vista y miraba su vaso de vino. Al cabo la alzó de nuevo, brusco.

—A pesar de la insignia, no creí que fuera usted de ésos.

—¿De cuáles?

—De los que niegan a los demás la libertad de expresarse como les dé la gana.

—¿Y de cuáles es usted?

Otro silencio. Ahora Portela se erguía, casi desafiante.

—Usted ha visto en los billares de cuáles soy.

Falcó lo miraba sin decir nada. El otro se encogió de hombros como si diese algo por perdido.

—Siempre creí que hay cosas que hermanan a la gente —dijo.

—¿Habla usted del valor?

—Ésa es una.

—¿Por encima de ideologías?

—Podría ser.

Falcó le dio un sorbo al vino.

—¿Incluidos fascistas y antifascistas?

Sentía fija en él una mirada distinta, penetrante. Había inquietud en ella, advirtió.

—¿Nos conocemos de antes? —preguntó Portela con brusquedad.

—No creo.

—¿Quién diablos es usted?

—Ya lo ve —modulaba Falcó una fría sonrisa—. Uno que juega al billar y se pasea con una insignia del partido en la solapa.

—¿Me está provocando?

—En absoluto.

—Ahora que lo pienso, parece un policía.

Soltó una carcajada Falcó.

—Haga el favor de no insultar.

Reía también el otro entre dientes, aunque seco. Con escaso humor.

—Tiene razón —dijo—. No siempre las cosas son lo que parecen.

—Es verdad. No siempre.

Portela miró de reojo al tabernero, que fregaba vasos en una pileta.

—Supongo que sabe —dijo en voz baja— que una conversación así puede terminar conmigo sacado de casa en pijama a las tres de la madrugada.

—¿Le preocupa eso?

—Dígamelo usted —lo miró, provocador—. ¿Debería preocuparme?

Falcó no dijo nada. Apuraba el resto de vino en su vaso.

—¿Qué pretende de mí? —insistió Portela.

—Fue una partida de billar interesante —Falcó puso el vaso sobre el mármol—. Eso es todo.

Portela todavía lo miró inquisitivo un poco más, y al fin pareció desistir. Soltando un suspiro de desaliento, casi fatigado, introdujo una mano en un bolsillo y preguntó al tabernero cuánto le debía.

—Yo invito —dijo Falcó.

Se fue el otro sin dar las gracias ni despedirse. Hosco y silencioso. Recostado en la puerta de la taberna, Falcó lo estuvo mirando alejarse calle abajo.

8. Hay caminos y caminos

El hombre que se acercaba a lo largo del muro era una sombra a la luz de la luna. El muro estaba encalado en buena parte, y eso facilitaba advertir la silueta que caminaba apresurada, cada vez más próxima. Sentado en la parte delantera del Hispano-Suiza aparcado en la oscuridad, acercando la esfera del reloj al cigarrillo que fumaba oculto en el hueco de la mano, Lorenzo Falcó aspiró hondo para avivar la brasa y ver la hora. Faltaban quince minutos para las diez de la noche.

—Es él —dijo Cari Montero.

Era ella quien estaba al volante del automóvil. No era fácil conseguir uno, pero lo había alquilado con dinero de Falcó, pretextando un viaje familiar a Murcia con traslado de enseres: mil pesetas al responsable de un garaje donde había una docena de coches y camionetas incautados por la UGT, el depósito lleno con dos bidones extra de gasolina y un documento sellado que autorizaba su uso durante una semana.

—Viene solo —añadió la joven.

—Eso parece.

Recostado en el asiento, Falcó se mantuvo inmóvil durante un poco más, observando la calle, hasta que el hombre penetró en el edificio que estaba al final del muro. Era un hotelito de ladrillo y verja de hierro situado en las afueras de la ciudad, lindando con un descampado, entre el barrio de Santa Lucía y el cementerio. No había luz en las ventanas. Falcó había explorado el lugar poco antes de que anocheciera, para tenerlo todo previsto. Rutas de llegada y de fuga, hipótesis probables y peligrosas. Rutina de seguridad.

—Quédate aquí —ordenó a Cari—. Asegúrate de que nadie viene a molestar. Y si hay movimiento de milicianos...

—Ya sé. Toco el claxon y me voy a toda prisa.

—Eso es. Las heroicidades déjalas para el cine. Si se complican las cosas, nosotros tenemos previsto por dónde irnos.

—No te preocupes —ella hablaba con naturalidad—. Sé lo que tengo que hacer.

—Sólo debes acercar el coche a la puerta cuando te avisemos.

—Sí. De acuerdo. Buena suerte.

A Falcó le gustó que no se pusiera melodramática en un momento como aquél. La tentación era poderosa, supuso. Aventura y peligro. Pero Cari Montero, como su hermano, sabía comportarse. Era serena y valiente. No se explicaba de otro modo que fuese capaz de soportar la tensión y el miedo de actuar en zona enemiga, arriesgándose a diario a caer en manos de los rojos y ser torturada en una checa antes de la inevitable ejecución. Falangista capturado era falangista muerto; y raras veces moría con rapidez. Era necesaria una pasta especial para soportar eso, y ella la tenía. Como también Eva Rengel, pensó fugazmente mientras apagaba el cigarrillo en el cenicero del automóvil. Después montó la Browning con una bala en la recámara, le puso el seguro y volvió a metérsela en el bolsillo derecho de la cazadora. Abrió la portezuela y anduvo hacia la casa.

Le gustaba aquella sensación familiar reencontrada, pensó mientras caminaba: el latir acompasado del pulso en los tímpanos y el hormigueo en las ingles, la insólita claridad de los sentidos puestos en máxima alerta, pendientes del menor indicio de peligro cercano. Sólo algunas copas, algunos cigarrillos y algunas mujeres, según el momento, causaban un efecto parecido. Pero aquél era mucho más intenso. Ninguno de los otros hacía alcanzar ese clímax perfecto, pulido y liso igual que el mármol de una lápida: la certeza de moverse a sus anchas por un paisaje hostil, desolado como la vida misma, con la confortable sensación de que nada propio se dejaba atrás, y nada había por delante lo bastante terrible como para refrenarle a uno el paso. Aquéllas eran la libertad y la independencia totales, sin pasado ni futuro; con la memoria, los bolsillos, la mente, vacíos de todo lo prescindible, liberados hasta la pulcritud absoluta de cuanto no era útil para la inmediata supervivencia. Y de ese modo feliz, sintiendo el grato peso de la pistola en el bolsillo, que tenía abrazada entre los dedos, lejos todavía el índice del gatillo, tranquilo y letal como si llevara al hombro el carcaj y las flechas del arquero invisible, convertido el rostro en máscara de sombras, avanzaba Falcó semejante a la noche.

La puerta no estaba cerrada con cerrojo, sólo entornada. Echó el pestillo detrás de sí, cruzó el vestíbulo y se internó por el corredor. En los peldaños de una escalera que quedaba a su izquierda ardía una vela mediada en una palmatoria. La casa, le habían contado los Montero, pertenecía a unos parientes a los que el 18 de julio sorprendió en zona nacional. Los milicianos la habían saqueado durante el verano, sin excederse demasiado. Había huellas de cuadros desaparecidos en las paredes y unos pocos muebles con los cajones abiertos. Bajo los pies crujía el parquet con restos de porcelana y cristal. Empujó Falcó la puerta al final del pasillo y entró en la habitación, iluminada por una bombilla desnuda: una mesa, media docena de sillas, una cómoda y una radio de galena Emerson. En ese momento se extinguía la música del final del parte de guerra de Radio Sevilla y se escuchaba la voz del general Queipo de Llano en su alocución de cada noche, destinada a oírse en la zona roja: «Buenas noches, señores...».

Falcó había meditado mucho lo que iba a hacer. Y cómo hacerlo. Pasó sin despegar los labios junto a Ginés Montero y Eva Rengel, que estaban sentados ante la mesa, fue hasta la radio y la apagó. Después se volvió hacia Juan Portela, que desde su silla lo miraba con asombro. Llevaba la misma ropa que por la mañana en los billares: jersey y camisa con corbata. Se había aflojado el nudo, y la chaqueta la tenía en el respaldo de la silla. Había mostrado primero alarma al ver irrumpir a Falcó en la habitación. Luego, al reconocerlo, su expresión se tornó estupefacta.

—¿Qué hace usted aquí? —preguntó, asombrado.

Falcó lo golpeó en la sien con el puño de la mano izquierda, mientras con la derecha sacaba del bolsillo la pistola. Fue un golpe corto y seco, calculadamente brutal, que volvió de lado la cara del otro y lo empujó a un costado, haciéndolo caer al suelo con la silla y la chaqueta. Sin darle tiempo a rehacerse, Falcó le fue encima de nuevo, arrodillándosele sobre el torso. Tenía experiencia en eso. La cuestión era no dejarlo pensar; abrumarlo tanto y tan seguido que no tuviera tiempo de prepararse mentalmente para lo que le esperaba. Así que volvió a pegarle, esta vez cruzándole la cara con una violenta bofetada que restalló como un latigazo. Después le puso el cañón de la pistola entre los ojos.

—¿Lleva armas? —preguntó a los otros.

—Creo que no —dijo Ginés.

Parecía tan asombrado como Eva. Para asegurarse —más valía un por si acaso que un quién lo iba a decir—, Falcó cacheó con rapidez al caído, que lo miraba aterrado, sin comprender qué estaba pasando. Un hilo de sangre le corría desde la oreja derecha, manchándole el cuello de la camisa. Sólo llevaba un cortaplumas y unas llaves en los bolsillos del pantalón. Falcó los arrojó al otro lado de la habitación, le apartó a Portela la pistola de la cara y volvió a pegarle, tres veces. Lo hizo sin especial ensañamiento, sólo con la violencia adecuada. Sistemáticamente. Después se puso en pie.

—Sentadlo en una silla.

Sin decir palabra, Ginés y Eva se inclinaron sobre el caído, lo alzaron por los brazos y lo sentaron. Lo hicieron casi con delicadeza, observó Falcó, pese a todo, de viejos camaradas. Aturdido, dócil, Portela los dejaba hacer mirándolos con ojos turbios mientras Ginés se le situaba detrás.

—Sujétalo bien —ordenó Falcó.

Ginés seguía pálido, el aire tan confuso como si también lo hubieran golpeado a él, y Falcó comprendió que el joven falangista no había esperado semejante brutalidad con el otro, pese a su traición. En ningún caso, desde luego, empezar el asunto de aquel modo salvaje. Sin duda había imaginado una aproximación sutil con humo de cigarrillos, preguntas hábiles y respuestas al principio evasivas y luego más explícitas. Algo en plan poquito a poco que los fuese llevando a todos, de modo natural y con la conciencia asegurada, al desenlace. Confesión y castigo. Aquélla era sin duda su primera vez, y eso arrancó una mueca maligna a Falcó. Evitaba mirar a Eva Rengel. Se preguntó si esos jóvenes idealistas, de no mediar su concurso, habrían sabido hacer frente a todo aquello. A la fuerza se acababa aprendiendo, por supuesto. El problema era que, en aquel tiempo y circunstancias, podía no llegarse a vivir lo suficiente para aprender un carajo. Tic, tac, tic, tac. El señor Tiempo corría para todos, y junto al reloj de arena llevaba una guadaña.

Le pegó otra bofetada a Portela, esta vez no demasiado fuerte. Plaf, hizo. Más que nada, para mantener dúctil el hierro en la fragua. No era bueno dejar que se enfriase.

—Sujétalo mejor —le dijo a Ginés.

—Hago lo que puedo.

—He dicho que lo sujetes, joder. ¿O quieres cambiarme el sitio?

Mientras se guardaba la pistola en el bolsillo del pantalón —podía tener que quitarse la cazadora debido al ejercicio, y no le gustaba dejarla lejos—, Falcó se decidió por fin a mirar a Eva Rengel. La joven se había retirado hasta apoyar la espalda en la pared. Llevaba un jersey gris de cuello alto, como los de los boxeadores, que le marcaba el busto pronunciado y le moldeaba las caderas sobre una falda negra y unos zapatos casi masculinos, sin tacón. Tenía cruzados los brazos y no miraba al hombre sentado en la silla, sino a Falcó. Lo observaba con una tensa curiosidad. Por un momento, incómodo, él pensó que no le gustaba que ella lo viera haciendo aquello. No era eso lo que le habría gustado mostrar, en absoluto. Pero aquella noche nadie podía elegir. Todos se estaban jugando demasiado.

—El documento —dijo, alargando una mano.

Ginés se lo dio, doblado en cuatro. Falcó lo desplegó ante los ojos desorbitados del prisionero.

—¿Sabes qué es esto?

—No.

Al hablar, un reguero de saliva le corrió a Portela desde una comisura de la boca. Era una saliva rosada, con rastros de sangre. La que le manaba de la oreja era roja e in-

tensa. Tal vez, pensó Falcó, le he reventado un tímpano.
Así que acercó la boca al oído sano.

—Léelo, anda. Tómate tu tiempo.

Estuvo mirando moverse los ojos del otro a medida
que recorrían las líneas. Al acabar, Portela echó atrás la
cabeza, espantado.

—Eso es mentira —balbució.

Volvió Falcó a pegarle. Manoteó Portela, revolviéndose entre gemidos, y Ginés tuvo que sujetarlo por los brazos con más fuerza. Al prisionero empezaba a hinchárse-
le la cara con los golpes, así que esta vez Falcó le asestó un
puñetazo en el plexo solar que le cortó el resuello, forzán-
dolo a inclinarse con violencia, asfixiado, y luego a retor-
cerse en la silla echando el cuerpo para atrás, boqueando
en busca de aire.

—Dinos a quiénes más has delatado... ¿A Ginés y Cari?
¿A Eva?

Negaba el otro con la cabeza, intentando respirar. Falcó esperó un poco a que se calmara. Le dolían las manos
a causa de los golpes.

—¿No quieres decirlo?

—No he... delatado a nadie.

Sacó otra vez la pistola, extrajo el cargador, retiró la
bala de la recámara, sujetó una mano de Portela sobre
la mesa y le aplastó un dedo de un culatazo.

—¡Jesucristo! —exclamó Ginés.

El otro se había quedado tan conmocionado por el
golpe que abrió mucho la boca y los ojos, sin emitir ningún sonido. Como si se le hubieran bloqueado las cuerdas vocales. A los pocos segundos empezó a gritar, dando alaridos, así que Falcó lo agarró del pelo y le metió un
pañuelo en la boca. Sentía fijos en él los ojos de Eva Rengel. Ginés, por su parte, se había ido a un rincón, donde
intentaba sofocar las arcadas. Parecía a punto de vomi-
tar.

—Deberías salir un momento —le dijo Falcó con suavidad.

Asintió el otro, y al pasar a su lado se detuvo, evitando mirar al prisionero.

—Es un camarada —murmuró.

—Era —repuso Falcó—. Y todos nos jugamos la vida.

Vacilaba el joven. La luz de la bombilla desnuda se le reflejaba en las gafas, imprimiendo un tono oleoso a la palidez de su rostro.

—¿Hace falta todo esto?

—Te irá bien tomar el aire —dijo Falcó.

Ginés abrió la boca como para decir algo, o respirar hondo. Pero no dijo nada. Luego se fue, cerrando la puerta. Falcó miró a Eva Rengel, que seguía apoyada en la pared con los brazos cruzados, observándolo.

—Ginés no se alistó en Falange para esto —dijo ella.

—¿Y tú?

—Yo tampoco. Es repugnante.

—Sí.

Falcó le quitó a Portela el pañuelo de la boca. Al hacerlo, de la garganta del prisionero salió un lento y largo gemido. Falcó miró a Eva Rengel.

—Vuestros camaradas salvadores de España —comentó despacio— hacen lo mismo en el otro lado, cada día. Sin remilgos.

—¿Acaso lo has visto? —preguntó ella con hosquedad.

—Claro que lo he visto.

—¿Y tú?... ¿Por qué lo haces tú?

Falcó no respondió a eso. Había aproximado mucho su cara a la de Portela y lo miraba de cerca, con fijeza. Intentando leer en aquellas pupilas vidriadas por el dolor y el espanto.

—A Ginés y Cari, como a mí, no les importa caer —añadió la joven—. Eso lo tenemos asumido. Pero esto...

Abatida la cabeza sobre el pecho, sujetándose la mano, Portela seguía gimiendo como una bestia herida, ciego de dolor y desesperanza. Una mancha húmeda se le extendía por la pernera izquierda; se estaba orinando encima. Nada que ver, pensó Falcó, con el hombre templado que jugaba al billar por la mañana mientras las bombas caían en la calle. Había caminos y caminos, se dijo, y cada uno de ellos era distinto a los otros. No todos los hombres se quebraban de la misma manera. Todo era cosa de tomar el adecuado, o errarlo. Y aquel camino era bueno. El atajo inicial había ayudado mucho. Aquella dignidad destruida sin tiempo para pensar en ella. Con el pañuelo que le había quitado de la boca al prisionero, Falcó le limpió de la cara la baba sanguinolenta.

—Esto os harán ellos si nos cogen —le dijo a Eva Rengel, tirando el pañuelo sobre la mesa—. A ellos y a ti, a todos. Y a vosotras será peor.

—Lo sé. Por eso estoy aquí, mirándote... Aprendiendo cosas.

—¿De quién?

—De mí misma.

Estaba hermosa, concluyó. Apoyada en la pared, aún cruzados los brazos, con sus hombros de nadadora, las piernas fuertes y bonitas, y aquel pelo rubio tan corto como el de un hombre, que le daba un extraño atractivo andrógino, turbio. Equívoco. Una singular densidad carnal.

Haciendo un esfuerzo casi físico, Falcó retornó a la realidad inmediata. Respiró hondo varias veces y miró al prisionero.

—Empecemos otra vez, camarada... ¿A quién más has delatado?

Quince minutos más tarde salieron al pasillo, donde se reunieron con Ginés Montero. A Portela lo dejaron atado a la silla por las muñecas. Se había desmayado un momento antes.

—No habla —dijo Falcó—. Y seguir es inútil. Acabaría confesando cualquier cosa. A partir de cierto punto, todos lo hacen.

—Puede que haya dicho la verdad —dijo Eva.

Ginés la miraba con sorpresa.

—Has visto el documento, como nosotros —opuso—. No deja lugar a dudas.

El joven falangista se había repuesto. Ahora mostraba una firme determinación, o la aparentaba. Como si pretendiera, dedujo Falcó, hacer olvidar su debilidad de antes.

—El documento puede ser falso —argumentó Eva.

—Pues tú misma lo trajiste.

—Pudieron ponerlo allí a propósito.

—¿Para que tú lo encontraras? ¿De verdad crees eso?

Ella alzó las manos en ademán de impotencia.

—No... La verdad es que no lo creo.

Se miraron los tres. La vela que ardía en los peldaños de la escalera diluía sombras cárdenas en sus rostros graves. Conciliábulo de asesinos, pensó desapasionadamente Falcó. Un profesional y dos aficionados. La idea le arrancó una sonrisa cruel. Una mueca distante. Notó que Eva advertía esa sonrisa.

—¿Y qué hacemos ahora? —preguntó ella.

Lo miraba a él. Por su parte, Ginés tragó saliva. Ni siquiera el efecto rojizo de la luz de la vela disimulaba su palidez.

—Está hablado de sobra —dijo él—. Tenemos que acabar esto.

—¿Lo harás tú?

—Pues claro que lo haré yo.

Desde hacía un rato, Ginés terminaba las frases, hasta las afirmativas, con cierta perplejidad, a modo de ligera interrogación. Eva lo miraba, dubitativa.

—¿Y Cari?

El joven no respondió a eso.

—Es mejor que vosotras os marchéis —intervino Falcó—. A pie. Él y yo nos quedaremos con el coche.

—¿Dónde vais a hacerlo?

—Eso da igual —dijo Ginés con brusquedad—. Aquí mismo. Y luego...

—No es práctico —lo interrumpió Falcó.

Los dos se lo quedaron mirando. Malditos aficionados, pensó de nuevo. Se habían metido en todo aquello pensando que jugar a los héroes en zona roja era actuar como en las películas inglesas de espías. Que eran Robert Donat y Madeleine Carroll. Pero no les estaba siendo tan fácil. La realidad nunca lo era. La sangre resultaba pegajosa y se adhería a los dedos y a la memoria. Y a menudo lo que precedía a la sangre era aún peor. No era fácil internarse en el crimen. Para eso había que ser de una pasta adecuada. Aunque era mucho lo que podía lograrse con motivaciones, hábito y paciencia, no todos los seres humanos nacían asesinos.

—No es lo mismo cargar con un cuerpo muerto —añadió— que con un hombre vivo capaz de caminar. Es mejor llevarlo así... Además, el cadáver mancharía el coche.

Las sombras se adueñaron con violencia del rostro de Ginés. Casi dio un paso atrás. Entonces Falcó encontró la mirada de Eva.

—Yo iré contigo —dijo la joven con mucha serenidad—. Encontré el documento y os lo traje. Soy responsable.

Ginés se había vuelto hacia ella, estupefacto.

—Pero tú... —empezó a decir.

Lo miraba desdeñosa. Superior. Se requerían miles de años, pensó Falcó, para mirar así.

—¿Soy una mujer, quieres decir?

Siguió un silencio que pareció eterno. Lo rompió Falcó.

—Me da igual quién venga, pero necesito a alguien. Y se hace tarde.

—Iremos los tres —decidió Ginés.

—De acuerdo —concluyó Falcó—. Eva, sal y dile a Cari que se vaya a casa. Luego acerca el coche hasta la puerta.

Como si no lo hubiera oído, ella seguía mirando a Ginés.

—Tú no vienes —le dijo con inesperada firmeza—. Cari puede encontrarse con una patrulla, así que ve con ella. Es casi media hora larga de camino —señaló a Falcó—. Yo me quedo con él.

—Eso es absurdo —protestó Ginés—. Yo...

—Basta —zanjó Falcó, tomando una decisión—. Tú vas con tu hermana, y Eva viene conmigo.

—No creo que...

—Es una orden que doy. ¿Comprendes?... Cúmplela.

Parpadeó Ginés, mirándolos a ambos. Bajo su expresión molesta, casi humillada, Falcó percibía el alivio. Al fin se fue sin decir una palabra. Falcó y Eva quedaron frente a frente.

—¿Tienes un arma? —preguntó él.

Ella se mostraba, comprobó con sorpresa, tan serena como si le hubiera preguntado si tenía cigarrillos.

—Sí —respondió—. En el bolsillo de la gabardina.

—Pues vamos.

—Me vais a matar —gemía Portela—. Me vais a matar.

Iba en el asiento trasero, las manos atadas. Falcó fumaba a su lado. Eva conducía en silencio.

—Yo no he traicionado a nadie... Lo juro.

Los faros del automóvil descubrían descampados y escombreras a uno y otro lado del camino, que era de tierra, irregular y con muchos baches. El Hispano-Suiza brincaba y crujía a menudo, chirriante sobre sus ballestas. Había sombras negras de montañas altas muy próximas, masas oscuras bajo la luz incierta de la luna casi velada por las nubes. Al final de una prolongada curva, los faros iluminaron una pared de ladrillo medio derruida. Más allá se vislumbraba la silueta alta de una chimenea.

—Aquí es —dijo Eva.

Falcó se inclinó sobre el prisionero para abrir la portezuela de ese lado, y lo empujó fuera. Eva ya había salido del automóvil.

—Canallas —dijo Portela.

Bajó Falcó del coche. El otro había caído al suelo y Eva lo ayudaba a incorporarse.

—Puta —la increpó éste, revolviéndose como pudo—. Sucia puta.

Sin violencia, Falcó lo sujetó por un brazo para apartarlo unos pocos pasos. Después lo obligó a arrodillarse en la oscuridad, perfilados hombros y cabeza por la claridad confusa de la luna. En momentos como aquél procuraba no pensar, mantener la mente lejos de cuanto hacía o se disponía a hacer, a excepción de los detalles prácticos del asunto. Lugar, oportunidad, medios. Los aspectos morales los dejaba para más tarde, cuando fuera posible observarlos al trasluz de una copa y entre el humo de un cigarrillo. Allí, en caliente, aquella parte no servía sino para interferir en los hechos. Complicarlos. Y los hechos debían ser lo más concretos posible: una bala, un cuchillo, una cuerda de piano, las manos desnudas. Y la voluntad de hacerlo. Matar a un ser humano no se diferenciaba gran cosa, en lo técnico, de matar a un animal cualquiera. El único inconveniente serio era que a veces el ser humano se daba cuenta de lo que iba a pasar. No era lo mismo matar a alguien que sabía iba a morir, que hacerlo con alguien que lo ignoraba. Y el hombre que estaba arrodillado ante él lo sabía perfectamente.

—¡Tengo una chiquilla, hijos de puta!

No hay que pensar, se dijo de nuevo Falcó. Sería un error táctico. Detenerse en esa clase de cosas no es compatible con lo que me dispongo a hacer. Aquí no hay espacio para hijos, ni futuras viudas, ni madres que dentro de un momento habrán perdido a su hijo. La vida es dura, el paisaje cruel, y me limito a cumplir las reglas del mismo modo que, en cualquier instante, alguien puede cumplirlas conmigo. Nadie dijo que moverse por el perro mundo fuera fácil, ni gratuito. Y menos en tiempos como éstos.

—Tengo una hija.

Ya no era un grito, sino un gemido. Una súplica. A espaldas de la sombra arrodillada, Falcó sacó la pistola del bolsillo. Recordó que antes, durante el interrogatorio, había retirado una bala de la recámara, así que tiró del cerrojo hacia atrás y lo soltó, introduciendo una. El chasquido del arma al montarse sonó siniestro en la noche.

—Arriba...

El estampido y el fogonazo sobresaltaron a Falcó. No había disparado él. Portela se derrumbó de bruces, sombra entre las sombras del suelo. Eva era otra silueta negra junto a Falcó, y él percibió el olor acre de la pólvora quemada.

Transcurrieron cinco segundos.

—Era cosa mía —dijo ella al fin, con voz opaca.

Dejaron el Hispano-Suiza en el garaje de la subida de la muralla y salieron a la calle cuando la campana del reloj del Ayuntamiento daba la una de la madrugada.

—Vivo muy cerca —dijo Eva.

—Te acompaño hasta el portal.

—Como quieras.

Falcó se cerró la cazadora.

—¿Qué has hecho con la pistola? —quiso saber.

—La he escondido bajo el asiento del coche. ¿Y la tuya?

—De la mía no te preocupes. Tengo permiso de armas.

Eran las primeras palabras que pronunciaban desde que ella matara a Portela. Después de abandonar el cadáver —al que Falcó puso un papel con la frase *Ejecutado por fascista,* para embrollar el rastro—, la joven había conducido el automóvil sin que le temblara el pulso, fumando el cigarrillo que Falcó le había puesto en los labios ya encendido. Sin mirarlo ni comentar nada. Y durante los quince minutos que duró el viaje, tan silencioso como ella, él había estado contemplando su perfil iluminado por el resplandor de los faros, el punto rojo de la brasa del cigarrillo avivado cada vez que aspiraba el humo. Estudiando a aquella mujer como si la viese por primera vez. Haciéndose infinidad de preguntas sin respuesta.

—Aquí es.

La casa de Eva estaba en una plaza que antes de la guerra se llamaba del Rey, y ahora de la República. Al otro lado y lejos, tras las siluetas oscuras de unas palmeras, entre las tinieblas de la ciudad oscurecida ante las incursiones aéreas, se adivinaban los muros y la torre de la puerta del Arsenal. Una vez dejado atrás el retén de milicianos del Ayuntamiento, que franquearon sin que nadie los molestara —en realidad eran dos, uno del Partido Comunista y otro de anarquistas de la FAI—, llegaron hasta la plaza caminando por las calles desiertas, en las que resonaba el eco de sus pisadas. Al llegar al retén ella se había cogido del brazo de Falcó para que todo pareciese más natural, y luego había permanecido así, acompasando ambos el paso, rozándose de vez en cuando los cuerpos al caminar.

—Buenas noches —dijo ella.

Le había soltado el brazo.

—¿No quieres hablar de lo que ha pasado? —preguntó él.

—No lo necesito.

Era un tono de voz neutro, el suyo. Desapasionado e impasible. Había allí una nota discordante, pensó Falcó de pronto. Algo extraño. Algo más. Eva parecía sumida en un estado hipnótico, o de ensoñación, ajeno a la realidad inmediata. Por un momento se preguntó si ella era por completo consciente de lo que había hecho. O quizá eso mismo la tenía así. Podría ser. No resultaba fácil, recordó, matar por primera vez. La suya había sido diez años atrás, en México. Un disparo de lejos, a diez pasos, y luego se había acercado a mirar el resultado. Aquella vez estuvo casi media hora sentado junto al cadáver, mirándolo detenidamente. Estudiando el secreto de aquellos ojos entreabiertos e inmóviles, cuyo brillo se iba volviendo mate a medida que el polvo del camino se depositaba sobre ellos. Interrogando a la esfinge.

—Puedes subir —dijo Eva de pronto.

Falcó la miró desconcertado.

—Me vendrá bien una copa —dijo—. O un café.

—No tengo copas ni café. Pero puedes subir si quieres.

Subieron por la escalera a oscuras, guiándose por el pasamanos de madera. Una vez en el rellano del tercer piso, Falcó prendió una cerilla mientras Eva buscaba la cerradura de la puerta e introducía la llave. Dentro, ella corrió las cortinas y encendió una luz. Una lámpara de pie situada junto a un sofá, muebles convencionales, estampas marinas en las paredes y un cuadro de mal gusto con dos ciervos en un bosque. Había un brasero de cobre listo para ser encendido, con su montoncito de picón sobre los carbones. Por la puerta abierta de otra habitación se veía un dormitorio con una cama de matrimonio, la colcha puesta, un crucifijo en la pared.

—¿Cuánto hace que vives aquí? —preguntó Falcó.

—Tres meses. La casa no es mía.

Él se acercó a la ventana.

—Debes de tener una buena vista del Arsenal. Perfecta para controlar lo que sale y lo que entra.

—Sí. Pero no apartes la cortina. Si ven luz, tendremos aquí un piquete de esa gentuza en cinco minutos.

—Descuida.

Se miraban, uno a cada lado de la habitación. Ella se había quitado la gabardina.

—¿Lo habías hecho antes? —preguntó él.

Tardó en responder. Seguía mirándolo con fijeza, como si pensara en otra cosa.

—¿Qué? —dijo al fin.

—Disparar.

—¿A un hombre, quieres decir?

—O a una mujer. A alguien.

Se quedó callada. Parecía estar haciendo memoria, cual si fuese algo impreciso de recordar. Concluyó en una sonrisa amarga.

—No digas estupideces —dijo.

Falcó sacó la petaca y le ofreció un cigarrillo. Ella negó con la cabeza.

—¿Cómo te llamas de verdad? —preguntó.

Encendió Falcó el cigarrillo y sacudió la cerilla para apagarla. Luego la puso en un cenicero de cristal con rótulo de la Trasmediterránea.

—No esperes que responda a eso.

—No lo esperaba —repuso ella—. Sólo es que me gustaría saberlo.

Dio unos pasos por la habitación y se detuvo de nuevo. La luz lateral de la lámpara resaltaba las formas de sus senos bajo el jersey de cuello alto.

—Te llames como te llames, ésta no es tu causa —añadió.

Falcó le dio una chupada honda al pitillo.

—Eso no tiene demasiada importancia.

—Para mí sí la tiene. Como para Ginés y Cari.

Ella seguía mirándolo con tanta intensidad que Falcó, pese a su sangre fría, empezó a sentirse incómodo.

—Estamos del mismo lado —comentó—. Eso debería bastar.

—No.

—Da igual. Nadie te ha dicho que puedas elegir. Ninguno podéis... Queríais jugar a los soldaditos, y ya lo estáis haciendo. Esta guerra es así.

—Demasiado sucia. Fatiga lo sucia que es.

—Todas lo son. He visto un par de ellas. O tal vez sea siempre la misma.

—No te gustamos, ¿verdad? —su sonrisa era amarga—. Me he dado cuenta.

—Eso es absurdo.

—No lo es. Para ti somos aficionados. Cualquiera que tenga fe te lo parece. ¿No es cierto?... Sólo respetas a los que no creen. A los mercenarios como tú.

Le llegó a él el turno de sonreír.

—Esta noche te has hecho respetar.

Eva pareció estremecerse al oír aquello.

—Quizá —dijo.

—Puede que Juan Portela tuviese fe. O tal vez sólo tenía miedo.

—Mírame —ella señalaba su propia cara—. Yo tengo miedo.

—Eres una mujer extraña, Eva.

—También tú eres un hombre extraño. Te llames como te llames.

Seguían mirándose desde uno y otro lado de la habitación. Ella había cruzado los brazos y estaba muy seria. Después de un momento, alzó levemente una mano.

—Disculpa —se excusó—. Tengo calor.

Dio la vuelta y se encaminó al dormitorio. Falcó apagó el cigarrillo en el cenicero y fue detrás, siguiéndola hasta la alcoba donde ella se estaba quitando el jersey, levantados los brazos sobre la cabeza. En la semioscuridad alcanzó a ver la piel clara que se despojaba del tejido de lana, el tirante ancho y blanco del sujetador abrochado en la espalda, el contorno de los músculos al zafarse de la prenda. También la expresión sorprendida de la mujer cuando le hizo dar la vuelta, le tomó la cara entre las manos y la besó de un modo intenso y prolongado. Eva se tensó al principio, en un violento rechazo, y entonces él bajó los brazos hasta su espalda y la sujetó con más fuerza, sintiendo contra su pecho la tibieza del torso semidesnudo y la turgencia de los senos. Queriendo desasirse, la joven alzó una mano hasta agarrar a Falcó por el pelo, obligándolo a echar atrás la cabeza, y apartó la otra mano como para golpear. Para entonces, él ya había soltado los corchetes del sostén, dejándolo a un lado de un manotazo, y los senos desnudos y pesados de la mujer oscilaron libres. Eso lo volvió loco. Ciego de furia y deseo la empujó hacia la cama, yéndole encima; y en el mismo momento de caer, ella consiguió al fin golpearlo en la cara, un puñetazo que le hizo sangrar la nariz. Sintió Falcó las gotas calientes deslizársele por el labio y la boca, y también sobre la joven, manchándole los senos y el rostro con gruesas salpicaduras oscuras. Ella se dio cuenta y se quedó inmóvil de pronto, mirándolo muy de cerca en la penumbra, desorbitados los ojos. Parecía sobrecogida. Asustada. Estuvo así un instante; y después, de improviso, acercó la boca a su cara con brusquedad, besándole la sangre mientras respiraba ronca, entregada. De repente, pasiva. Entonces Falcó le levantó la falda hasta las caderas, le arrancó las bragas, se despojó de la ropa y se clavó una y otra vez en aquel cuerpo espléndido, con urgencia y desesperación, tan hondo como si le fuera la vida en ello. Apretaba los dientes para no aullar de gozo y locura, mientras Eva lamía su sangre gimiendo como un animal herido.

Cuando sonó la alarma aérea, Falcó prendió una cerilla y miró el reloj. 4.45 de la madrugada. La mujer, desnuda a su lado, respiraba acompasadamente. Parecía dormir. La luz de la lámpara del salón estaba apagada, sin duda porque en la ciudad se había cortado la energía eléctrica. Encendió Falcó un cigarrillo, se puso en pie y anduvo desnudo y descalzo hasta la ventana. La habitación olía al carbón consumido del brasero, aún caliente. Ocultando la brasa del cigarrillo, entreabrió la cortina para observar el exterior. Como en casi todas las casas de esa ciudad, la ventana era en realidad una puerta vidriera que daba a un balcón o un mirador, y aquélla tenía un balcón con reja de hierro. La sirena de alarma había cesado, pero sobre las formas oscuras de las montañas que quedaban del otro lado del Arsenal resplandecían los breves fogonazos luminosos de la defensa antiaérea. Un lejano bum-bum llegaba poco después de cada resplandor, y Falcó calculó la distancia: con el sonido viajando a trescientos cuarenta y tres metros por segundo, eso suponía menos de dos kilómetros. Y se acercaban. Durante un momento, iluminada por un par de fogonazos entre las nubes desgarradas que recortaba el vago resplandor de luna, le pareció ver la silueta lejana de un avión.

Ella estaba a su lado. Descalza, no la había oído aproximarse. Se había puesto la camisa de él, sin abotonarla. Sintió, entre el humo de tabaco, el olor intenso de su piel —el olor de ambos, semen, flujo y sudor mezclados en ella— un momento antes de que Eva lo abrazara por detrás, su cuerpo cálido y fuerte pegado al suyo.

—Se están acercando —comentó él.

Como si alguien lo hubiera oído afuera, un brusco resplandor silueteó por un instante la torre del Arsenal. El estampido llegó dos segundos después.

—La base de submarinos —dijo Eva.

—¿Quieres bajar al refugio?

—No. Dame ese cigarrillo.

Se lo pasó Falcó, siempre ocultando la brasa, y ella le dio dos chupadas antes de devolvérselo. Él abrió el ventanal para evitar que una onda expansiva rompiera los cristales. Hacía frío. Se quedaron allí abrazados, mirando el bombardeo.

—La guerra es todo un espectáculo —dijo ella.

—Sí.

Los fogonazos de artillería antiaérea se habían ido desplazando poco a poco y ahora estallaban sobre el Arsenal, casi encima de la plaza misma. Apenas pasaba tiempo entre el relumbrar de cada explosión y el bum-bum del sonido. Una bomba cayó en algún lugar cercano, fuera de su campo de visión, con un estampido mucho más fuerte que hizo vibrar, aunque estaban abiertos, los vidrios del ventanal. En ese instante sí pudo verse con claridad, iluminada por un fogonazo próximo, la silueta siniestra de un avión que pasaba sobre la torre de entrada del Arsenal.

—Dadles duro, amigos —musitó Eva mirando el cielo, como si rezara.

El chisporroteo de artillería, que ahora era muy intenso, con rastro de balas trazadoras ascendiendo lentas hacia lo alto, le iluminaba el rostro, reflejándose en sus ojos. Acarició Falcó el cuello largo y desnudo, el arranque de los senos y los hombros fuertes. Luego pensó en el hombre al que ella había matado cuatro horas atrás, y se sintió extraño. Quitar vida, derramar vida. Al cabo de infinidad de besos y abrazos, cuando consideró que para ella era suficiente, Falcó se había apartado húmedo y satisfecho de su interior para, apoyado en el vientre terso de la mujer, vaciarse allí, al fin, con la momentánea pérdida de consciencia de quien se deja deslizar por un pozo acogedor, profundo y oscuro, hecho de olvido y promesas de paz. Y ella había permanecido mucho rato inmóvil con él encima, derrotado y exhausto, acariciándole la espalda.

Hubo un silbido perfectamente audible, seguido de un retumbar intenso. Esta vez la bomba también había caído cerca; tanto que el estampido y el resplandor fueron simultáneos al otro lado del muro del Arsenal. El ventanal volvió a vibrar, aunque se mantuvo intacto; pero afuera se oyó ruido de cristales rotos cayendo a la calle. Trazadoras y explosiones puntillearon de nuevo el cielo con sus fuegos artificiales.

—Apartémonos de aquí —dijo Falcó.

Corrió las cortinas y caminaron hacia la alcoba, abrazados. A oscuras. Al llegar, Falcó besó el pelo de la mujer.

—Se me ha quitado el sueño.

—A mí también —dijo ella.

9. Cenizas en el consulado

Por la chimenea del consulado alemán salía demasiado humo; y Falcó, que lo había advertido cuando llegaba, se lo hizo notar a Sánchez-Kopenick.

—Ya me da igual —dijo el cónsul—. Lo he quemado casi todo.

Lo condujo al despacho, que era un desbarajuste de cajones abiertos y archivadores vacíos junto a la chimenea llena de cenizas. Había restos de pavesas de papel por todas partes, tapizando el suelo y los muebles con una capa de polvillo negro y gris.

—Me voy dentro de una hora —añadió Sánchez-Kopenick—. Antes del mediodía, Alemania reconocerá el gobierno de Franco.

Tenía cercos oscuros bajo los ojos y su aspecto era de haber pasado la noche en vela. Dirigió un vistazo Falcó al retrato del canciller Hitler enmarcado sobre la repisa de la chimenea. Estaba ennegrecido por el humo de medio cuerpo para abajo, y dedujo que el cónsul tal vez había experimentado algún malicioso placer dejándolo ahumarse allí mientras quemaba documentos. Por la puerta abierta que daba a una habitación contigua se veían dos maletas, un abrigo y un sombrero puestos encima.

—¿Se va usted por tierra?

—Por mar. Tengo prisa en salir de aquí, pues las reacciones locales pueden ser impredecibles... Una lancha me espera en el puerto para llevarme al *Deutschland*.

Enarcó Falcó una ceja, interesado. Todo se iba definiendo, al fin. Fuera máscaras. El *Deutschland* era un potente acorazado alemán, y hasta ese momento él ignoraba que navegase por aquellas aguas. Eso significaba que el Gobierno del Reich tomaba precauciones serias. Proteger a los súbditos que estuviesen en zona roja y enseñar de paso los dientes. Era la sonrisa peligrosa de un tiburón, dispuesto ya a morder sin disimulo.

—Tengo algo para usted —dijo el cónsul—. Menos mal que ha venido.

Fue hasta la caja fuerte situada en un rincón del despacho, que estaba abierta —había una pistola Luger dentro, observó Falcó—, y extrajo un sobre que le pasó a Falcó. Contenía dos hojas de papel.

—Es la última comunicación que recibí de Salamanca, vía Berlín. Hace tres horas.

Falcó echó un vistazo a los mensajes. Estaban cifrados. Grupos de letras y números. Necesitaría el libro de códigos y media hora larga para poner en claro aquello.

—Ya no habrá forma de responder, supongo —aventuró.

—Supone bien. Acabo de inutilizar el teletipo. Y no me atrevo a usar el teléfono.

De la misma caja fuerte había sacado una caja de cigarros Partagás. Quedaban tres. Ofreció uno a Falcó, se puso otro en la boca y se introdujo el tercero en el bolsillo superior de la chaqueta, donde asomaba el dobladillo blanco de un pañuelo.

—Éstos no se los fumará la República —dijo mientras Falcó le daba fuego.

Después fue hasta la mesa de despacho, abrió un cajón y regresó con una botella de Courvoisier y dos vasos sobre los que sopló para limpiarlos de cenizas.

—¿Bebe coñac?

—Bebo lo que se tercie.

—Pues despidámonos como es debido. *Prosit*.

Fumaron y bebieron sin prisa. Al otro lado de la ventana, en la espléndida panorámica del puerto desplegada al pie de la muralla, el sol iluminaba los tinglados portuarios, las grúas y las siluetas grises de los barcos de guerra fondeados a este lado de los rompeolas. Había nubes oscuras que se insinuaban a lo lejos, en el horizonte del mar y tras las montañas coronadas de castillos.

—Siento irme —dijo el cónsul—. Son tres generaciones de mi familia aquí, ¿comprende? Pero son malos tiempos... ¿Sabe que ha aparecido otro cadáver junto al cementerio, esta mañana?... Al hijo de un sastre de la calle Mayor le dieron anoche el paseo. Dicen que por falangista.

Impasible, Falcó le dio un sorbo al coñac. Era añejo y de calidad. Confortaba. Y el cigarro tenía un aroma excelente. Era bueno estar vivo, se dijo, fumando un habano y bebiendo coñac francés, y no tumbado sobre el mármol blanco del depósito con una ficha de cartón anudada al dedo gordo de un pie.

—Es un trabajo curioso, el suyo —comentó Sánchez-Kopenick, el aire distraído—. Y desde luego, no se lo cambio por el mío. Al menos, yo tengo pasaporte diplomático.

Hizo Falcó una mueca.

—Eso no significa gran cosa en España.

—Tiene razón —el cónsul señalaba las cenizas de la chimenea y las maletas de la otra habitación—. Por eso prefiero arriesgar lo justo. Dentro de un par de horas, si todo va bien, estaré viendo, como dicen aquí, los toros desde la barrera.

—Lo envidio. Sí.

El cónsul le dirigió una mirada inquisitiva, cual si no estuviera seguro de que Falcó lo envidiase realmente.

—¿Cuándo descifrará esos mensajes que le he entregado? —preguntó tras un momento.

—En cuanto llegue a mi pensión.

Esbozó el otro una sonrisa cómplice y fatigada.

—No creo que se haga ilusiones sobre lo secreto de cuanto contienen, ¿verdad?... Sobre todo viniendo, como vienen, vía Berlín.

—Claro que no —Falcó miró al cónsul con súbito interés—. ¿Puede darme algún avance?

—Oficialmente no sé nada. En realidad, ni siquiera le he entregado a usted mensaje alguno.

—Puede saltarse esa parte. La del prólogo. Me será útil saber lo que sabe.

Pensativo, Sánchez-Kopenick daba chupadas a su habano. Por fin pareció decidirse.

—Pasado mañana, una hora y quince minutos después de la medianoche, el *Deutschland* bombardeará el puerto de Alicante, la estación de ferrocarril y los depósitos de Campsa. De paso, como por casualidad, enviará algún cañonazo suelto a las cercanías de la prisión. Lo suficiente para que allí nadie asome la nariz durante un rato.

Inquirió Falcó el motivo oficial de esa actuación abiertamente hostil, y el otro se lo dijo. El bombardeo iba a justificarse como una represalia por los actos de violencia que, con toda certeza, se llevarían a cabo contra intereses del Reich en territorio de la República horas después de que Alemania reconociera el gobierno de Franco. Los informes del Abwehr preveían un asalto a la embajada alemana en Madrid, donde había medio centenar de españoles refugiados. El personal diplomático estaba siendo evacuado en ese momento.

—¿Y qué pasará con los refugiados? —se interesó Falcó.

Sonrió el cónsul, lúgubre. El modo en que alzó el vaso a modo de brindis se parecía mucho al de un funeral.

—No me gustaría ser uno de ellos. Y a usted tampoco. A ésos no hay forma de sacarlos de allí. Y además, no puede descartarse que en la embajada se encuentren armas y material subversivo.

Falcó miró la pistola que estaba en la caja fuerte abierta.

—O sea, que pasan ustedes de neutralidad dudosa a beligerancia indudable...

—Más o menos. Y hay un detalle importante para usted. También nuestro consulado en Alicante está siendo evacuado.

—Era de esperar.

—Nada podremos hacer allí por usted.

—Claro.

—Pues es cuanto puedo contarle.

Siguió un silencio de chupadas a los cigarros y sorbos de coñac. Miraba Falcó el retrato chamuscado del Führer. Tarde o temprano, pensó con el fatalismo de su fría naturaleza, todo acababa yéndose al carajo. Chimeneas llenas de cenizas y cajas de caudales vacías. Cuerpos tirados en las cunetas y junto a las tapias de los cementerios. Entonces llegaba el momento de la gente como él. Lobos y ovejas. En tiempos como aquéllos, ser lobo era la única garantía. Y no siempre. Por eso resultaba útil un discreto pelaje pardo. Ayudaba a sobrevivir. A moverse inadvertido entre la noche y la niebla. De pronto se sintió vulnerable, anhelando volver a esa niebla de la que lo habían hecho salir. Llevaba demasiados días en zona hostil, expuesto en exceso. Con un estremecimiento melancólico, añoró la vieja máxima que Niko, su antiguo instructor rumano —en 1931, por indicación del Almirante, Falcó había pasado un mes en Tirgo Mures, un campo secreto de la Guardia de Hierro cuyo adiestramiento incluía sabotaje y asesinato—, solía resumir en tres frases fetiche que llamaba *el código del escorpión:* mira despacio, pica rápido y vete más rápido todavía.

—De acuerdo —dijo—. Así que el asalto a la cárcel será pasado mañana por la noche, y el *Deutschland* dará cobertura con un bombardeo de diversión... ¿Sabe algo más?

El cónsul encogió los hombros.

—Sólo que entre once y doce de la noche el torpedero de la Kriegsmarine *Iltis* se acercará a la costa para desembarcar el grupo de asalto, y estará en el lugar convenido para recibirlos antes del amanecer —señaló el bolsillo donde Falcó había guardado los mensajes—. Ahí tendrá usted los detalles... Si hay algo más, de última hora, se lo transmitirán en clave tras el parte de Radio Sevilla, supongo. Los amigos de Félix, ya sabe. Todo eso.

Dirigió Falcó un vistazo al reloj. Era hora de irse. Hacía rato que lo era.

—Gracias por todo —dijo, poniendo el vaso vacío sobre la mesa.

El otro miró de reojo al Führer chamuscado y luego a Falcó.

—Sólo hago mi trabajo.

—Hay trabajos difíciles de hacer.

—Más el suyo que el mío. Le deseo suerte, estimado amigo.

—Como yo a usted, señor cónsul.

Sánchez-Kopenick hizo un ademán resignado.

—Con subir sin problemas a ese bote que espera en el puerto me daré por satisfecho. En su caso hará falta algo más que suerte —indicó la Luger en la caja de caudales—. ¿Puede serle útil?... Es un arma estupenda, recuerdo de familia, pero no puedo llevarla conmigo. Y me fastidia imaginarla al cinto de uno de esos héroes proletarios de retaguardia.

Falcó lo pensó tres segundos. Llevaba su Browning de 9 mm en el bolsillo de la cazadora, pero aquélla era un arma de guerra formidable. Muy adecuada para lo que estaba por venir.

—Nunca está de más —admitió.

—La llevó un tío mío, en Verdún. Permítame. Tiene el cargador lleno.

Fue a cogerla, y de camino sacó de un cajón una caja de cartuchos. Lo puso todo en manos de Falcó. Era una P-08 semiautomática del 9 parabellum, con cachas de madera. Un arma pesada y recia, confirmó éste. Siniestramente bella.

—Procure que no se la vayan a...

Sánchez-Kopenick interrumpió la frase cuando sus ojos encontraron la mirada irónica de Falcó. Sin decir nada, con el habano entre los dientes, éste se guardó la Luger en la parte de atrás de la cintura, bajo la cazadora, y metió la caja de munición en un bolsillo. Luego se subió la cremallera. Si me detienen con todo lo que llevo encima, pensó, documentos en clave, papeles falsos, munición y dos pistolas, voy a tener algo más que problemas con la República.

—Supongo que es consciente —apuntó el cónsul— de que a partir de ahora ya no tendrá comunicación directa con Salamanca. Queda abandonado a sus propios recursos.

—Es lo habitual —asintió Falcó.

La cárcel provincial de Alicante era una construcción maciza de varios cuerpos y muros encalados. Tenía tres pisos en su parte delantera. Una alta pared con garitas la rodeaba por detrás, y a ambos lados de la fachada había unos jardincillos protegidos por verjas de hierro. Estaba en las afueras de la ciudad, rodeada de árboles, en el arranque de la carretera de Ocaña.

—No pares el coche —dijo Falcó.

Conducía Ginés Montero. El Hispano-Suiza pasó despacio frente al edificio mientras Falcó se fijaba en todos los detalles. Había una garita de madera con dos milicianos y el portón estaba cerrado. Cada uno de los centinelas cargaba al hombro un Mauser.

—Llevan pañuelos de la FAI —dijo Falcó.

—Sí. Han sustituido a los funcionarios por milicianos de confianza. Eso complica las cosas.

—¿Es gente con experiencia de combate?

—Ni hablar. Chusma de retaguardia.

—Mejor así, dentro de lo malo.

Rodearon el edificio por un camino lateral, al amparo de los árboles, antes de regresar a la carretera.

—José Antonio estaba con su hermano Miguel en la celda número 10 de la primera galería —comentó Ginés—. Pero a él lo han bajado hace unos días a una celda individual en la planta baja. Incomunicado.

—¿Podremos llegar hasta ella sin demasiados destrozos?... No es cosa de reventar puerta tras puerta.

—Creo que sí. Que podemos. Gracias a ese funcionario de prisiones que es de los nuestros, hicimos moldes de cera y tenemos las llaves de la galería y de la celda.

Falcó se volvió para echar una última ojeada al edificio que dejaban atrás.

—La cosa es llegar hasta nuestro hombre antes de que los guardianes lo maten, si comprenden que vamos a liberarlo.

—Creo que nos dará tiempo —lo tranquilizó Ginés—, siempre que los del grupo de asalto de Fabián Estévez se muevan rápido.

—Para eso vienen. Para moverse rápido.

El falangista condujo un trecho en silencio. Miró dos veces de soslayo a Falcó, y a la tercera habló de nuevo.

—¿Conociste a Fabián antes de venir aquí?

—Charlamos un rato.

—Es un buen tipo. Camisa vieja de la primera hora. De los pocos camaradas de entonces que no están muertos o en la cárcel —el tono era de absoluta admiración—. Cari y yo lo conocimos en Murcia, durante un mitin en el teatro Romea... Pasó un tiempo organizando las escuadras de Levante. Y por lo visto ha estado combatiendo bien.

—Sí. Eso dicen.

—Me gustará volver a verlo... Y si todo sale bien, embarcaremos con vosotros. Cari, Eva y yo.

—¿Qué hay de vuestra madre?

—Se irá con unos parientes, a Lorca. De hecho sale mañana para allá, porque después de esto arderá Troya. Los rojos van a ponerlo todo patas arriba.

—No te quepa duda.

Montero redujo la marcha. Se acercaban al centro de la ciudad.

—¿Entrarás también en la prisión, durante el ataque? —quiso saber.

—Sigo sin estar seguro —Falcó había tardado un poco en responder—. Depende.

—¿De qué?

—De que haga falta o no.

—¿No te excita esa aventura?

—Ni lo más mínimo.

—No te comprendo. Es lo más grande que se ha intentado nunca.

—Ya... Tuerce a la izquierda.

—¿Qué?

—A la izquierda. Así evitamos el control de antes.

Giró el otro el volante para tomar una calle lateral, eludiendo así la principal, donde a la ida, en un puesto de la UGT, les habían pedido la documentación. Sin consecuencias, pero era mejor no abusar de la buena suerte.

—Hemos estado hablando sobre ti —dijo el joven al cabo de un momento.

—¿Quiénes?

—Cari y yo. También Eva. Y nuestras conclusiones...

—No me interesan vuestras conclusiones.

—Bueno... Oye, somos una escuadra. Un equipo.

—*Vosotros* sois un equipo. De tres. Y yo estoy al mando, por ahora. Eso es todo.

Ginés no se daba por vencido. Tragó saliva.

—Lo de la otra noche, con... Bueno, ya sabes. Lo de Juan Portela... Eso nos ha unido un poco, ¿no te parece?

Falcó lo miró con dureza.

—¿De verdad crees que matar a alguien une a quienes lo matan?

—Hay ciertas cosas...

—No me jodas —Falcó encendió un cigarrillo—. Sé buen chico, anda. Haz tu guerra, salva a José Antonio y salva a España de la horda marxista, si puedes. Pero no me jodas.

De vuelta al centro de la ciudad, dejaron el coche bajo las palmeras de la explanada de España. Eva y Cari los esperaban sentadas en la terraza de una heladería italiana que estaba junto a la sucursal del Banco Hispano Americano. Mientras Falcó y Ginés Montero estudiaban la cárcel, ellas habían ido a ver los depósitos de Campsa de la avenida Loring —uno de los objetivos del *Deutschland* para la noche del día siguiente—, situados frente a la estación de Murcia.

—Arderán millones de litros de petróleo —comentó Cari en voz baja, con satisfacción—. Desde luego, los rojos van a tener con qué entretenerse.

Ellas bebían agua de cebada y los dos hombres pidieron botellines de cerveza. Era media tarde. Había nubes que cubrían parte del cielo, pero a ratos brillaba el sol y la temperatura era agradable.

—¿Cuál es el plan, ahora? —quiso saber Eva.

Todos miraban a Falcó. Tenía la gorra inclinada sobre la nariz. Bebió un sorbo de su vaso y miró el reloj.

—Hay que echar un vistazo al lugar del desembarco.

—Podemos hacerlo mañana —dijo Ginés.

—Prefiero ir ahora. Aún queda suficiente luz.

—Son nueve kilómetros —apuntó Cari—. Os llevará media hora ir hasta la playa, y otro tanto volver. Eso, si no os retrasan en un control de la carretera. Hay uno cerca del aeródromo que tiene Air France en El Altet.

—Puede evitarse por una pista de tierra secundaria —dijo su hermano—. Es la que usaremos mañana para traer a la gente que desembarque.

—¿Está confirmado el transporte? —inquirió Falcó.

—Sí. Un camión y dos coches. Suficiente. Una hora antes los situaremos entre los pinos, camuflados.

Falcó acabó su cerveza, pensativo. Bajo la visera de la gorra, atentos como de costumbre al paisaje, sus ojos buscaban indicios hostiles. Estudiaban a la gente que paseaba por la explanada, los vendedores de camarones, los buscadores de colillas, los limpiabotas con pañuelos anarquistas al cuello y la bandera republicana pintada en la caja —al proletariado también le gustaba que le limpiaran los zapatos—, y el puesto de periódicos con el *Diario de Alicante* y *El Luchador* colgados con pinzas de la ropa. Había dos enormes retratos de Lenin y Marx sobre la fachada del café Central, y los escaparates de las tiendas tenían largas tiras cruzadas de esparadrapo para proteger a la gente de los cristales en caso de bombardeo.

—No iremos los cuatro —dijo—. Juntos llamaríamos demasiado la atención.

—¿Nosotros dos? —sugirió Ginés.

—Mejor es que vaya yo —propuso Eva—. Una pareja bajo los pinos resultará más natural.

Lo dijo en tono neutro. Impasible. Falcó sorprendió una mirada rápida entre Ginés y Cari. Quizá sospechaban algo, pensó. De lo ocurrido. A fin de cuentas, a efectos de cobertura, él y Eva se habían registrado aquel mediodía en el hotel Samper como pareja. Podría ser que los dos hermanos —que se alojaban en casa de un familiar— supusieran lo sucedido la noche anterior en Cartagena, o quizá la misma joven lo hubiera comentado con su amiga; aunque Falcó no la imaginaba haciendo esa clase de confidencias. Algo en su instinto le decía que no. En cualquier caso, daba igual. A esas alturas.

—Iremos Eva y yo —decidió.

—Tenéis que estar de vuelta con tiempo para oír el parte nacional —recordó Ginés, bajando mucho la voz—. Es muy posible que haya mensaje para nosotros.

Deliberaron sobre eso, quedando en verse todos a última hora, discretamente, en la trastienda de una librería de lance de la calle Ángel Pestaña. El propietario era un familiar de los Montero, simpatizante del Movimiento —le habían fusilado a un hermano carlista el 19 de julio—, en cuya casa se alojaban los dos hermanos. Allí, sintonizando Radio Sevilla, podrían comprobar tras la charla nocturna del general Queipo de Llano si el cuartel general de Franco tenía algún mensaje para los amigos de Félix.

—Me gusta pensar —dijo Ginés— que José Antonio está muy cerca de aquí, en su celda. Sin saber que mañana por la noche sus camaradas iremos a liberarlo.

Era un tono casi emocionado, el del joven. Valeroso, y al mismo tiempo conmovido por la perspectiva. Brillaban sus ojos al encontrar los de Eva y los de su hermana. Pero aquel tono y aquella mirada irritaron a Falcó. Para lo que iba a ocurrir al día siguiente no se requería entusiasmo, sino sangre fría. En asuntos como éste, se dijo una vez más, las emociones matan. Mucho.

—Prefiero que pienses en lo que nos espera. En lo que vamos a hacer.

—Está todo estudiado del derecho y del revés. No he hecho otra cosa en los últimos días.

—Pues sigue haciéndolo. Seguro que queda algún cabo suelto.

Lo miró el joven, molesto.

—¿Tú nunca dejas cabos sueltos?

—Nunca.

Se recostó Falcó en la silla mientras seguía atento a la explanada, ignorando deliberadamente la mirada silenciosa que Eva le dirigía. Había un hombre con boina y abrigo gris que había pasado dos veces junto a ellos, poniéndolo alerta. Se tranquilizó un poco al verlo alejarse con naturalidad, explanada abajo, hojeando un diario.

—Alguien —comentó tras un instante—, un romano o uno de ésos, dijo que en cosas militares es inútil excusarse luego con un «no lo había pensado».

Tomó Ginés aquello como un reproche.

—Hemos pensado en todo —protestó—. Incluso, como te dije, en el sótano de la librería tenemos las pistolas, mi revólver y la caja de granadas Lafitte.

Muy serio, Falcó se volvió hacia él.

—Ni se os ocurra ir por la calle con armas. Eva ha devuelto la suya. No vayamos a estropearlo todo.

El joven dirigió una ojeada ofendida al bolsillo de la cazadora de Falcó.

—Pues tú bien que llevas pistola —dijo entre dientes—. Una escondida en el coche y otra encima.

Falcó lo miró con dureza.

—Lo que yo lleve no es asunto tuyo.

Al volver la vista encontró los ojos de Eva. Había, advirtió, una levísima sonrisa en la boca de la joven.

—Escipión el Africano —dijo ella de pronto.

Parpadeó desconcertado Falcó. Cogido a contrapelo.

—¿Perdón?

—*Turpe est in re militari dicere non putaram* —citó Eva—. La frase es suya, de Escipión... «En asuntos de guerra es vergonzoso decir: no lo había pensado.»

Ginés soltó una carcajada vengativa. Estaba encantado.

—Chúpate ésa —dijo.

La playa era arenosa, extensa, y los pinares llegaban casi hasta la orilla, lamida por un suave oleaje. A un lado estaban las alturas del cabo de Santa Pola y al otro, Alicante, azulado y brumoso en la distancia. El Mediterráneo se extendía más allá, azul cobalto, bajo un cielo donde las nubes empezaban a enrojecer hacia poniente.

—El coche puede quedarse atascado en la arena —dijo Falcó a Eva—. Sigamos a pie.

Caminaron bajo las copas frondosas de los pinos, hundiendo los pies en el suelo blando. Ella se había quitado los zapatos. Llevaba una falda cómoda, amplia, y una blusa. La arena se adhería a sus pies cubiertos por medias color humo.

—Es un buen sitio —admitió Falcó.

Medía con los ojos azares, riesgos y ventajas. El paraje estaba desierto, y hasta una caseta de carabineros en ruinas que habían visto al llegar, desde el camino, quedaba lejos y oculta por las dunas y los árboles. En la oscuridad de la noche, el torpedero alemán podría aproximarse a la playa; y el camión y los dos coches se ocultarían entre los pinos mientras aguardaban. El lugar era discreto y fácil de defender.

—Un sitio bastante bueno —repitió, satisfecho.

Eva estaba ante él, ligeramente adelantada, mirando el horizonte. La brisa del mar hacía aletear su blusa, descubriéndole el cuello. Falcó observó la raíz del pelo en la nuca, los lóbulos de las orejas sin agujeros de pendientes, la línea tersa de piel y carne que se adentraba bajo la blusa hacia los hombros. Todo transmitía una sensación de solidez física. De vigor extremo. Recordó aquel cuerpo musculoso y desnudo, debilitado en su firmeza espléndida por los abandonos prolongados del placer, la carne mórbida relajada bajo sus caricias y los impulsos que parecían despertarla en intervalos violentos una y otra vez, mientras se abrazaban en la cama de ella, con las bombas franquistas estallando en la calle, el resplandor de los fogonazos de la defensa antiaérea, el ulular de sirenas cuando al fin acabó todo y los dos permanecieron inmóviles, exhaustos, él sobre ella, sintiendo el sudor aprisionado piel contra piel, una mano de la joven que durante un momento le acarició la espalda pero que de pronto dejó de hacerlo, y tras un instante se deslizó a un lado, inmóvil sobre las sábanas arrugadas, y ya no volvió a tocarlo hasta que llegaron el sueño y el resto de la noche.

—Tienes cicatrices —dijo Eva.

La miró, sorprendido. Se había vuelto hacia él y la brisa seguía agitándole la tela ligera de la blusa. El arranque de los senos era hondo, firme, de cálido aspecto. Falcó sintió retornar el deseo físico, pero lo relegó de inmediato a un lugar de sí mismo donde no perturbase su buen juicio. Su necesaria ecuanimidad operativa. Tenía práctica en eso.

—¿Perdón?

—Cicatrices —repitió ella con mucha calma—. En un brazo y una pierna. Me di cuenta.

Los ojos castaños lo estudiaban, valorativos. Con más atención que curiosidad. Falcó hizo un ademán evasivo.

—Tuve una infancia agitada —dijo con sencillez.

—¿Cuchillos incluidos?... La marca del muslo derecho parece un navajazo.

Se permitió él una vaga sonrisa. Había sido exactamente eso, recordó. El año 29, en la puerta misma del hotel Metropole de Zlatni Pyassutsi, un sicario búlgaro le había fallado la arteria femoral por sólo tres centímetros, a cuenta de un asunto de competencia desleal en torno a 90.000 dólares de negocio con la empresa checa Tecnoarma.

—Éramos niños peligrosos.

Ella lo miraba, seria.

—Eso parece... ¿Y la otra?

—¿Qué otra?

—La del brazo izquierdo.

—Oh, ésa.

Falcó no dijo nada más. Miró a uno y otro lado de la playa, como si el estudio atrajese por completo su atención, y movió la cabeza con aire falsamente distraído. No era cosa de ponerse a contar allí su vida, aunque lo del brazo izquierdo había estado a punto de costársela, si la infección —resultante de una herida de metralla— no hubiese remitido al fin en el hospital de Novorosisk el 13 de marzo de 1920, justo a tiempo de que Falcó reuniese las fuerzas físicas suficientes para abandonar su cama y llegar al puerto, donde los restos del ejército ruso blanco del general Denikin eran evacuados a Crimea.

—Te falta un buen pedazo —dijo Eva, objetiva.

Muy cierto. La cicatriz era grande, pues la metralla se había llevado parte del bíceps, deformándolo un poco. Avergonzado al principio, Falcó había evitado mostrarla durante algún tiempo. Incluso con las mujeres, cuando era posible, procuraba desvestirse con poca luz. Dieciséis años después se había acostumbrado, y no le daba importancia. Ya se ocupaba él de que no tardasen en verse distraídas por otros detalles.

—Me mordió un perro grande.

—Mucho debía de serlo. Menudo bocado.

—No te imaginas.

En realidad, pensó sarcástico, no mentía del todo. Recordaba la herida como una mordedura, el impacto de una esquirla de granada artillera en el puerto, cuando estaba cargando cajas de fusiles en el vapor *Turas*. Después, once días entre la vida y la muerte sobre un jergón, hacinado entre moribundos por las heridas y el tifus, las voces aterradas de «a los barcos quienes puedan, llegan los rojos», y la carrera final con los últimos rezagados, entre el viento gélido y el humo negro de los incendios, cañones inutilizados, vagones de tren reventados, maletas destrozadas y caballos de tiro que arrastraban restos de furgones, hasta embarcar en el *Kornilov*.

—¿Por qué haces esto? —preguntó Eva.

Lo pensó Falcó un instante.

—Se me da bien —respondió al fin.

—¿Desde cuándo se te da bien?

—Pues no sé. Desde siempre, supongo. Desde el principio.

—¿Y cuál fue el principio?

—Tampoco lo sé. Quizá un barco que pasaba por el mar, a lo lejos. Puede que un libro de viajes o aventuras... Lo he olvidado.

Hubo un silencio largo. Sólo rumor de agua en la orilla.

—No crees en esto, ¿verdad? —comentó ella, al cabo—. En lo que haces.

—¿En qué habría de creer? —Falcó emitió una risa desagradable—. ¿En unos generales llamados por Dios a salvar España de la horda marxista? ¿En una República proletaria, bondadosa y honrada que defiende su libertad?... Eso os lo dejo a vosotros. A los muchachos con fe.

—Tú no sabes nada de mi fe.

La joven miraba el mar, las nubes cada vez más rojas y oscuras que se acumulaban en el horizonte.

—Hay causas —añadió en voz baja—. Razones más complejas.

Hizo Falcó un ademán de indiferencia.

—En cualquier caso —apuntó—, tu fe y tus razones complejas no me interesan. Lo que necesito es tu eficacia, como la de los otros.

—¿Eficacia es la palabra?

—¿Qué otra, si no?

Lo miraba muy seria. Falcó advirtió que le estudiaba los ojos, la boca y las manos.

—Dime una cosa, Rafael o como de verdad te llames... ¿Qué es exactamente esto para ti?

—Creía que estaba claro desde el principio: un trabajo.

—¿Y qué soy yo?

—La mejor parte de ese trabajo.

Eva seguía observándolo con fijeza.

—Anoche te observé mientras dormías —dijo—. O fingías hacerlo.

—Lo sé. Me di cuenta.

—También yo fingía dormir. Incluso cuando te levantabas silencioso y caminabas por la habitación como un lobo insomne... Veía las puntas rojas de tus cigarrillos junto a la ventana, en la penumbra. El resplandor en tu rostro al encenderlos.

—Yo escuchaba tu respiración. Rítmica cuando dormías, distinta cuando no.

—Dos farsantes en la oscuridad.

—Sí.

Tras decir eso, la joven guardó un largo silencio. Seguía estando muy seria. También hay algo duro en ella, comprobó Falcó. Era de otra pasta, desde luego, distinta a los hermanos Montero. Muy diferente, y no sólo en lo físico. La fría ejecución de Juan Portela habría bastado para demostrarlo; pero incluso sin eso Falcó había advertido antes las señales. Latía en Eva Rengel algo sólido y oscuro que él podía reconocer con facilidad porque estaba hecho de la misma materia. Era consciente de que horas antes había estado abrazando un misterio, y supo que ella se daba cuenta de que él lo advertía. Ni siquiera haciendo el amor se había llegado a abandonar del todo, excepto unos instantes cada vez y recobrando de inmediato el control de sí misma. Como habría dicho el Almirante, concluyó Falcó con una sarcástica mueca interior, ella era de los suyos, de su casta, sin ninguna duda. Aquel frío desarraigo. Uno de los nuestros.

—Eva... Tu pasado empieza mucho antes de esta guerra, ¿verdad?

Sostuvo la joven su mirada, inmóvil, sin pestañear siquiera. En silencio. Después desvió los ojos al mar, y él tuvo que hacer un esfuerzo para no besar su cuello desnudo, allí donde lo descubría el agitar de la blusa. Sintió otra vez, muy violento ahora, el acicate del deseo físico, y anheló desesperadamente tumbarla en la arena, sobre las agujas de pino; apartar sus muslos y regresar adentro, a la humedad, el calor suave y el latido de la carne tibia —había sentido batir el pulso de ella contra el suyo en el sexo, la noche anterior—, penetrando de nuevo, en demanda de consuelo, paz y olvido, aquel cuerpo tan sólido y tan fuerte.

—Yo no tengo pasado —dijo ella tras un momento.

—Pues anoche te hiciste uno.

Se refería a Juan Portela arrodillado ante ellos, el fogonazo y el cuerpo caído de bruces. Y supo que la joven comprendió de qué hablaba.

—No sentí nada —le oyó decir.

El tono seguía siendo neutro. Casi indiferente. Continuaba contemplando el mar.

—Creí que sentiría algo —añadió—. Pero me equivocaba. Sentí más después, contigo... Aquellos estampidos afuera, y nosotros.

Calló y movió la cabeza, como si pretendiera sacudirla de pensamientos que impidieran dar con la palabra exacta.

—Tan vivos —murmuró al fin.

—Pudiendo morir a cada momento, quieres decir.

—Sí. Eso es.

Estaba muy bella, pensó él. Especialmente hermosa en la brisa salina. Acercó su boca a la de ella, besándola con suavidad. Pero se mantuvo fría e inmóvil, los labios inanimados.

—Nunca había matado antes —dijo cuando Falcó retiró su boca.

Miraba el mar con fijeza. Tenía los zapatos en una mano, y las medias de seda traslúcida que cubrían sus pies descalzos estaban salpicadas de arena dorada como partículas de oro. El deseo de Falcó se hizo más intenso. Le puso las manos en las caderas.

—Ahora no —dijo ella.

Hizo Falcó caso omiso. Al diablo todo, se decía. No sé cuánto tiempo más voy a vivir, y ella está aquí. A mi alcance. Es el trofeo de mis miedos y peligros. Mi premio por seguir vivo. Así que la estrechó contra él con más fuerza, haciéndole sentir la urgencia de su deseo. Ella se resistió por un momento y al fin cedió, de repente sumisa, abandonándose obediente. Cuando Falcó miró sus ojos no leyó en ellos más que un completo vacío, pero no le importaba. En absoluto. No en ese instante. Así que, sujetando a la joven con una mano, usó la otra para levantarle la falda. Entonces ella retrocedió.

—Espera. Así no... Espera.

Se arrodilló ante él muy despacio, con la misma calma de antes. Con una lentitud casi exasperante. Había dejado caer los zapatos sobre la arena y desabotonaba el pantalón del hombre. La carne emergió tensa, dispuesta, y ella la acarició despacio con la boca. Después, retirándose, alzado el rostro para mirar el de Falcó con indiferencia, lo masturbó fríamente hasta que él se derramó entre sus dedos con un gemido.

10. Noches largas para pensar

De regreso en Alicante, dejaron el coche en el garaje detrás del hotel Samper —la Luger del cónsul alemán estaba escondida bajo un asiento— y anduvieron hacia la explanada rodeando el edificio hacia la fachada principal. Faltaba casi una hora para el toque de queda. La ciudad estaba sin luces en previsión de bombardeos, el cielo negro y cubierto, la calle llena de sombras, y las palmeras frente al puerto parecían fantasmas que agitaran sus brazos por efecto de la brisa. Un tranvía pasó en la oscuridad, casi inadvertido de no ser por el sonido de ruedas y los breves chispazos en los cables. Apenas podía distinguirse la acera de la calzada, y Falcó tomó del brazo a Eva para ayudarla a caminar.

—¿A qué hora hemos quedado con Ginés y Cari en la librería? —preguntó la joven.

—A las diez. Y el parte de Radio Sevilla acaba media hora después. Tenemos tiempo de sobra.

—¿Tú crees que...?

Él, súbitamente tenso, le apretó el brazo.

—Calla.

Fue su instinto el que detectó el peligro antes que sus sentidos. Acostumbrado a olfatearlo como un perro ventea la caza, se dio cuenta de que algo iba mal. Primero fue una sombra furtiva que se movía a la izquierda, y luego un ruido de pasos demasiado rápidos a su espalda. De pronto las sombras eran dos, y una se perfilaba delante, en la esquina, cortándoles el paso. La distinguió moviéndose deprisa, un poco más negra que la oscuridad del puerto situado tras la explanada y las palmeras, donde el mar cercano retenía un resto de claridad del crepúsculo. Tres hombres, calculó con rapidez. Por lo menos.

Si hubiera estado solo, su reacción habría sido otra: golpear al paso y correr buscando protección o una fuga rápida. Pero estaba ella. La mujer a la que aún sostenía por un brazo. Dos impulsos instintivos se confrontaron, en una fracción de segundo, en su cabeza entrenada para situaciones críticas. Uno era supervivencia propia; otro, protección de la hembra. De haber tenido tiempo para ello habría maldecido este último, resignado a la fatalidad; pero no lo tuvo. Todo ocurrió muy rápido. En realidad tenía la mente en blanco, limpia y dispuesta para pelear, cuando soltó el brazo de la joven mientras sentía endurecérsele los músculos y las ingles. Era cuanto podía hacer por ella.

—¡Vete!... ¡Corre, corre!

Entretenerlos un instante y luego correr también, era la idea. Ocuparse de sí mismo. Lanzó una patada casi a ciegas contra la sombra que tenía más próxima —un impacto violento y un gruñido fueron el resultado— y después se abalanzó sobre la que se aproximaba por la izquierda, golpeando primero con las manos, cuatro puñetazos seguidos, uno tras otro, antes de meter la mano derecha en el bolsillo de la cazadora en busca de la Browning. El plan —el reflejo automático, de hecho— era empuñarla mientras echaba a correr para poner distancia con los atacantes, volverse, disparar sobre la marcha y seguir corriendo. Algo cien veces entrenado y algunas puesto en práctica. Pero no llegó a sacar la pistola. Los pasos que se habían acercado por detrás llegaban ya a su espalda, y unos brazos fuertes se le echaron encima, rodeándolo mientras lo inmovilizaban. El agresor era corpulento, respiraba con fuerza y olía a sudor y a tabaco. Se debatió con violencia Falcó, alzando los pies, y con una patada en la pared logró que ambos cayeran al suelo, donde siguió intentando sacar el arma. Pero otra sombra vino hacia él, y luego otra. Lo sujetaban con firmeza por los brazos y el cuello; y al fin, cuando pudo sacar la pistola del bolsillo, se la arrebataron de las manos.

—¡Estate quieto, cabrón! —masculló una voz áspera.

Relajó de repente los músculos, cual si se diera por vencido. Vieja treta, adiestramiento básico. Eso hizo que los otros aflojaran un poco la presa, lo justo para que Falcó, con una violenta y repentina sacudida, liberase una mano, la cerrase en un puño y lo disparase contra el lugar donde calculó debía de hallarse la cara del hombre que tenía más próximo. Siguió un impacto, un desagradable chasquido en sus nudillos y un grito de dolor ajeno.

—¡Hijo de puta!... ¡Me ha roto un diente!... ¡Cabrón hijo de puta!

Un golpe terrible en el cráneo llenó la oscuridad de puntitos luminosos que centelleaban enloquecidos dentro de sus ojos. Los tímpanos le habían resonado como el parche de un tambor. Le habían dado con algo contundente, pensó, quizá una cachiporra de cuero o algo parecido. Sobreponiéndose como pudo al dolor, lanzó otro puñetazo a ciegas que esta vez se perdió en el vacío, antes de que de nuevo le sujetaran los brazos y la presión alrededor de su cuello se hiciera tan insoportable que pensó iba a morir por asfixia. Boqueó en busca de aire. Quiso golpear, pero ahora estaba inmovilizado por completo. La cachiporra, o lo que fuera, volvió a estrellarse en su cráneo provocando otro estallido de luces.

—Facha hijo de puta... Dale otra vez, joder. Dale fuerte.

Tump, sonó. El tercer golpe hizo que lo acometiera una náusea violenta. Estaba inmóvil y aplastado en el suelo, la cara contra el adoquinado, pero todo le daba vueltas. Ya no había nada que él pudiera hacer, así que se dejó ir resignado, triste, como quien se desliza a lo largo de un pozo profundo y oscuro. Hasta aquí has llegado, concluyó. Buen viaje. Antes de desmayarse tuvo tiempo de pensar en tres cosas: que aquellos hombres lo querían vivo, que la ampollita de cianuro estaba en el tubo de cafiaspirinas, demasiado lejos de sus manos y su boca, y que tal vez Eva Rengel había logrado escapar.

Cuando despertó, la cabeza le dolía como si le estuviesen clavando todos los tridentes del infierno. El pulso, descontrolado, batía sus sienes de un modo insoportable. Estaba sentado en una silla de respaldo alto, atado a ella con alambres por el cuello —eso le inmovilizaba la cabeza—, los tobillos y las muñecas, y desnudo de cintura para arriba; en una habitación de muros encalados, sin otra decoración ni mobiliario que unos cables eléctricos sujetos por aisladores a la pared desnuda que Falcó tenía enfrente, donde había unas manchas oscuras casi al nivel del suelo, y una mesa de madera, al pie de la que yacía el resto de su ropa hecha un guiñapo. Sobre la mesa estaban los documentos y la Browning. Una bombilla desnuda, sin pantalla, de pocos vatios, pendía del techo y daba a la habitación una siniestra luz amarillenta, iluminando la cabeza calva de un hombre que estaba en pie junto a la mesa.

—Ya se despierta —dijo éste.

A espaldas de Falcó sonó una risa corta, húmeda, semejante a un gruñido satisfecho. No podía ver al hombre que había reído, pero el que estaba enfrente era bajo y tenía el rostro afeitado. La luz cenital le hacía relucir la calva, rodeada por una franja de pelo negro y espeso. También las cejas eran espesas, lo que intensificaba el efecto de sombra en sus ojos, que estudiaban al prisionero con curiosidad.

—Sabe defenderse —dijo la voz que estaba detrás.

Había en ella un mal disimulado rencor, y Falcó supuso que era uno de los que se le habían echado encima en la calle. Quizá el del diente roto. Aquello, concluyó con un suspiro interior, no iba a ser agradable. Una vez más se maldijo por no haber tenido tiempo de romper con los dientes la ampolla de cianuro. Adiós, muchachos. Todo estaría resuelto a esas horas, y él habría podido ahorrarse lo que estaba seguro iba a venir a continuación. De todas formas, el tubo de cafiaspirinas no estaba sobre la mesa, comprobó de un vistazo. Para aquellos tipos debía de seguir siendo un inofensivo medicamento en un bolsillo de la cazadora tirada en el suelo. Y aún le quedaba otro recurso —para él o para otros— si encontraba ocasión: la cuchilla de afeitar seguía oculta en el cinturón que no le habían quitado.

—Vamos a charlar un rato —dijo el hombre calvo, acercándose.

Llevaba la camisa remangada y tenía unas manos brutales. Falcó tensó los músculos esperando el primer golpe de la nueva serie, pero éste se demoró. El hombre se había inclinado ante él, mirándolo muy de cerca.

—Ahórrate lo de que te llamas Rafael Frías Sánchez y estás destinado en la DCA de Cartagena... Acabamos de hablar por teléfono con tus supuestos superiores, y allí no te conoce nadie.

—Es un error de alguien —respondió Falcó, sereno—. De verdad me llamo Rafael Frías.

—Y una mierda. Pero de todas maneras, aunque te llamaras así, cuéntame qué hace un artillero de La Guía en Alicante, a ciento y pico kilómetros de su puesto.

—Tengo parientes aquí.

—Ya. Y para visitarlos, vienes con pistola.

Aunque no podía mover la cabeza, Falcó señaló la mesa con el gesto y la mirada.

—Ahí está mi permiso de armas.

—Lo he visto. Y también me han contado cómo te resististe a la detención.

—No sabía quiénes erais. Y sigo sin saberlo.

El otro emitió una risa oscura.

—¿Quieres saber quiénes somos?... Vaya. Desde luego, no esos payasos de anarquistas con su ejército de Pancho Villa. Nosotros somos gente seria, con pocas ganas de guasa —se irguió para dirigir una mirada al hombre que estaba a espaldas de Falcó—. ¿Verdad?

—Mucha verdad —dijo el otro.

El hombre calvo señaló los objetos sobre la mesa.

—Llevas una insignia del partido en la solapa de la cazadora, y en la cartera un carnet de la Agrupación de Milicias de Levante. Eso deja dos posibilidades: que de verdad seas un camarada o que te hagas pasar por tal.

—Soy comunista. Como vosotros.

Suspiró el otro, hastiado.

—Mira, Rafael, o como te llames. No sé si eres comunista, pero de lo que puedes estar seguro es de que no eres como nosotros.

—Apesta a quinta columna —dijo el de atrás.

—Eso pienso yo. Y da la casualidad de que ésta es la checa de la Misericordia —volvió a inclinarse hacia Falcó—. No me digas que no tiene guasa el nombre, ¿eh?... ¿Sabes qué es una checa?... Pues un sitio donde, en manos del pueblo, los mudos hablan y los tartamudos cantan *La bienpagá*. Aquí proporcionamos a los clientes largas noches para pensar. Así que empieza.

—¿A qué?

A Falcó ya lo habían interrogado antes en otros lugares, aunque nunca hasta el extremo de tortura. Y en varias ocasiones —la última, cuarenta y ocho horas atrás— él había estado al mando del asunto. Por eso sabía que siempre se acababa por hablar. Lo sabía de sobra. Sólo la torpeza del interrogador, o la prisa, daba al interrogado el beneficio de una muerte rápida. De modo que, haciendo un esfuerzo para controlar sus ideas entre el terrible dolor de cabeza, estableció una serie de líneas de defensa. De trincheras sucesivas. Calculó lo que a partir de cierto momento podía empezar a contar, administrándolo paso a paso; procurando dilatar los plazos lo más posible, si es que era capaz de resistir de modo razonable. Decidió así los últimos argumentos, las mentiras finales tras las que iba a escudarse antes de empezar a contar parte de la verdad. O a contarla entera. Todo dependía de lo que fuera capaz de aguantar mientras buscaba morir lo más rápido posible, exasperando a los verdugos hasta que éstos cometieran el error que, con algo de suerte, le daría paz definitiva. Pero si los esbirros eran tan eficientes como parecían, la cosa podía volverse bestialmente larga. Y aquel maldito dolor de cabeza no iba a ayudar en lo más mínimo.

—¿A qué, dices? —el hombre calvo señalaba ahora la pared—. ¿Ves esas manchas?... Las vamos dejando ahí a propósito. Para que los listos como tú se hagan una idea... ¿Te haces una idea de lo que va a pasar?

—Me la hago —cerró los párpados, resignado, y volvió a abrirlos—. Pero estáis cometiendo un error enorme. Me llamo Rafael Frías y soy del partido.

—¿Y la mujer?

—No sé de qué me hablas.

—La que iba contigo y salió por pies.

Intentó Falcó disimular su alivio.

—Conmigo no iba nadie.

Alzó el otro la vista, mirando al que estaba detrás, y al instante restalló una brutal bofetada en la sien derecha de Falcó, punzando el tímpano como si se lo hubieran perforado. El dolor de cabeza se hizo insoportable y sintió otra náusea estremecerle el estómago. A la tercera arcada echó un chorro de bilis —agradecía ahora no haber comido nada desde el desayuno— que se le derramó sobre el pecho desnudo, y eso hizo al hombre calvo retroceder un paso, asqueado.

—Qué deprisa vas, camarada —dijo, sarcástico—. Si no hemos empezado todavía.

—Pues cuando empecéis —respondió Falcó tras toser y respirar muy hondo— puedes hacerlo chupándome la verga.

Se desmayó dos veces más, y las dos esperaron a que se despertara. Le pegaban sistemáticamente en la cabeza y el vientre, a veces con los puños y a veces con un calcetín relleno de perdigones cuyos golpes retumbaban en su interior como si el cerebro se estremeciese chocando contra el hueso del cráneo. El alambre en torno al cuello lo estrangulaba hasta casi seccionarle la tráquea.

—Esto es el principio, camarada —decía el hombre calvo—. Sólo el principio.

Lo estaban ablandando para lo que iba a venir después, aunque Falcó se sentía ya muy blando. Demasiado. La sangre que le brotaba de la nariz tenía un regusto a hierro viejo al llegarle a la boca. El alambre se le clavaba en el cuello, las muñecas y los tobillos, desollándoselos. Sentía un hormigueo infernal en manos y pies, hinchados por la falta de circulación. El dolor de cabeza se volvía tan atroz que superaba al de los golpes en el vientre, y varias veces tuvo que gritar para liberar la energía y la desesperación atrapadas en su interior por la tortura. En los momentos de lucidez, en las pausas entre golpe y golpe, comprendía que sus verdugos eran profesionales, que no tenían prisa ni iban a cometer errores, y que él iba a tardar en morir mucho más de lo necesario. Así que se dispuso para empezar a hablar, listo para abandonar la primera línea de defensa y atrincherarse en la segunda. No me llamo Rafael Frías Sánchez. Me llamo Juan Sánchez Ortiz. Soy desertor del batallón de milicias Balas Rojas, de Izquierda Republicana. Estaba en el frente de Talavera cuando decidí largarme. Los papeles se los compré a un amigo.

No fue necesario, por ahora. Las náuseas lo cubrieron de un sudor frío y se desmayó por cuarta vez. Cuando recobró la consciencia, el hombre calvo no estaba delante de él. Entre las nieblas de su cabeza advirtió rumor de conversación a su espalda. Varias voces parecían deliberar en susurros. Al cabo de un momento dos rostros aparecieron ante él. Uno era el hombre calvo, y el otro, un tipo corpulento, vestido con chaqueta gris y abierto el cuello de la camisa, que tenía el labio superior inflamado y cosido con tres puntos y lo miraba con rencor.

—Hoy es tu día de suerte —comentó el calvo.

El del labio partido le dio a Falcó una bofetada que restalló, sonora. Después sacó del bolsillo de la chaqueta unos alicates, los abrió y, cuando el prisionero contraía los músculos, angustiado, esperando una nueva y mayor atrocidad, cortó el alambre que le aprisionaba el cuello. Después hizo lo mismo con las manos y los tobillos. El retorno de la sangre a las articulaciones entumecidas arrancó a Falcó un gemido de dolor.

—Coge tus cochinas cosas y lárgate —dijo el hombre calvo.

Falcó lo miró con ojos turbios, sin comprender. Cuando al fin lo que estaba ocurriendo se abrió paso en su confuso cerebro, emitió un suspiro ronco e intentó ponerse torpemente en pie. Pero las piernas le flaquearon, y los dos hombres tuvieron que sostenerlo para que no cayera al suelo.

Al caminar muy despacio, inseguro, entre la luz incierta del amanecer, Falcó tiritaba a causa del sudor frío que aún sentía mojarle la ropa por dentro. Se detuvo ante una fuente pública, apretó el pulsador de bronce para obtener un chorro de agua, y con manos temblorosas buscó el tubo de cafiaspirinas —la ampolla de cianuro estaba allí, intacta—, tomó dos y las ingirió con un largo y precipitado trago, bebiendo directamente del caño con ansias de animal. Después, desfallecido, se sentó en la acera y estuvo un buen rato inmóvil, esperando que el ácido acetilsalicílico y la cafeína hicieran efecto. Sólo entonces, cuando la primera luz clareaba con reflejos grises tras los edificios en un cielo de levante cubierto de nubes bajas, encendió un cigarrillo y fumó mientras el dolor de cabeza retrocedía hasta límites soportables y los pensamientos se ordenaban después de la confusión, el sufrimiento y el miedo de las últimas horas.

Podía haberse tratado de un error, concluyó; pero en su mundo, con la vida siempre en una ruleta rusa, la palabra error podía resultar peligrosamente tranquilizadora. Demasiado arriesgada. ¿Había sido una detención casual? ¿Un equivocarse de persona? No encontraba elementos que justificasen esa liberación inesperada, tras la firmeza inicial de sus verdugos. Quizá no habían dado con nada más que su falsa adscripción a una unidad militar; pero eso habría significado, al menos, un calabozo para aclarar las cosas. O tal vez lo habían tomado realmente por un miembro del Partido Comunista en alguna clase de misión en la que, en aquellos tiempos de desorden y servicios cruzados, donde cada agrupación política tenía sus propias milicias y sus propios servicios secretos, no se atrevían a interferir. Aunque también podía ser que lo hubiesen soltado para seguirle el rastro, como cebo.

Este último pensamiento avivó los instintos aún aturdidos del oficio de Falcó. Dirigió un largo vistazo alrededor, a la claridad gris que iba en aumento, sin advertir rastros sospechosos. Para estar seguro, se puso en pie y anduvo en torno a la manzana antes de volver dos veces sobre sus pasos, desandando camino mientras vigilaba cualquier indicio alarmante. Pero no vio nada. Miró el reloj de pulsera —se lo habían devuelto, sorprendentemente igual que la pistola y todo lo demás— y pensó que los hermanos Montero y Eva Rengel debían de estar muy preocupados. Y muertos de miedo. Por un instante intentó imaginar lo que les habría contado la joven. Puesto que había logrado escapar, quizá estuviese con ellos en la librería donde estaban citados la noche anterior. También podía ser que ella hubiese vuelto al hotel. O que todos hubieran escapado a toda prisa de Alicante, para esconderse. Se preguntó si la noche anterior Radio Sevilla habría emitido algún mensaje para los amigos de Félix. Si el plan seguía adelante o si todo se había ido al carajo.

Demasiada incertidumbre, se dijo. Demasiada confusión. Necesitaba despejar la cabeza, pensar con frialdad. Reunir hechos a los que atenerse. También asegurarse de que no lo estaban siguiendo para que los condujese hasta sus compañeros de aventura. Así que se dirigió al hotel, que estaba a cuatro manzanas de allí. No se cruzó con nadie en el camino. Anduvo bajo las palmeras de la explanada, junto a las vías del tranvía, hasta detenerse frente a la fachada: *Hotel Samper Restorán Café*. El edificio tenía una terraza y tres plantas, y la habitación que ocupaban Falcó y Eva Rengel, que daba sobre la terraza, tenía las cortinas abiertas y estaba sin luz. No parecía haber nadie dentro. Tras aguardar un momento, mirando prudente a uno y otro lado, cruzó la calle y llegó al hotel.

A su espalda, en el puerto, un barco que zarpaba hizo sonar su sirena. Entonces, con un estremecimiento de inquietud, recordó que sólo faltaban quince horas para que el torpedero alemán *Iltis* desembarcase al grupo de asalto.

Todavía estaba el conserje de noche detrás del mostrador, adormilado bajo un calendario de la Unión Española de Explosivos. Miró a Falcó con ojos soñolientos.

—Tiene un mensaje.

Con la llave le entregó un sobre cerrado que estaba en el casillero. Falcó miró el sobre con recelo, mientras el conserje lo miraba con recelo a él. Su cara magullada.

—Un novio celoso —comentó Falcó.

—Ya veo.

—Y de la FAI.

Le miró el otro la insignia de la hoz y el martillo en la solapa.

—Ésos son los peores —dijo.

Falcó golpeteaba con los dedos el sobre sin abrir.

—El bar estará cerrado, imagino.

—Imagina bien.

Sacó la cartera y mostró un billete de veinticinco pesetas entre el pulgar y el índice. Ni siquiera el dinero, cosa inusual, le habían tocado en la checa.

—Necesito una botella de coñac.

—¿A estas horas?

—A éstas.

Después de una breve vacilación, el conserje anduvo hasta el bar americano, que estaba a oscuras. Volvió con una botella de Fundador.

—Gracias, amigo —Falcó sonreía, agradecido—. Quédese el cambio.

—Salud —dijo el otro, guardándose el billete.

—Eso es lo que hoy me hace falta. Salud.

Mientras subía las escaleras con la botella bajo el brazo, abrió el sobre. Dentro sólo había una cuartilla con membrete del hotel y el número 12 escrito a lápiz. Al llegar al primer piso se fijó en los números de las habitaciones. El 12 quedaba en el pasillo, a la derecha. Fue hasta la puerta, reflexionó un instante y, tras sacar la Browning del bolsillo, la montó con una bala en la recámara, procurando no hacer ruido. Después volvió a guardarla y llamó suavemente con los nudillos, tres veces. Al fin se abrió la puerta y Falcó se quedó estupefacto porque en el umbral, en pijama de rayas y pantuflas, con una redecilla de dormir en el pelo perfumado con pomada, estaba Paquito Araña.

Cuando Falcó salió de la bañera de su cuarto chorreando agua y se secó con una toalla, Araña estaba sentado en un taburete, observándolo. Se había quitado la redecilla del pelo y llevaba un batín de seda sobre el pijama. Parecía relajado, como en su propia casa.

—Te han dejado hecho un eccehomo —comentó, ecuánime—. Tienes marcas por todas partes.

Falcó desempañó con la palma de una mano el espejo sobre el lavabo y se estudió, crítico. Tenía cercos violáceos bajo los ojos y contusiones leves que le amorataban los pómulos y la frente. El cuello, las muñecas y los tobillos mostraban profundas magulladuras de los alambres. Todo el vientre, hasta las costillas, era un inmenso cardenal.

—Hoy no estás tan guapo como sueles —dijo Araña, con mala intención.

Había hecho con la boca un mohín de placer, y Falcó lo miró desconfiado a través del espejo. No habían vuelto a verse desde que Araña lo llevó en automóvil de Salamanca a Granada. Encontrarlo en Alicante era lo último que habría esperado. Aunque tal vez, concluyó cuando terminaba de secarse, aquello explicase ciertas cosas. O apuntase a explicarlas.

—Todavía no me has dicho qué haces aquí.

—Es verdad —Araña se pasó un dedo por las cejas depiladas—. No te lo he dicho.

Los dos se conocían un poco. Llevaban cuatro meses juntos en el Grupo Lucero, aunque Araña era un simple ejecutor y correo ocasional, sin rango. Un asesino a secas, endurecido en la lucha antisindical de la Barcelona de antes de la guerra. Hasta ese momento —cada cosa a su tiempo—, mientras Falcó tomaba un baño acompañándolo de tragos de coñac y otras dos cafiaspirinas, la conversación había versado en torno a su detención y extraña puesta en libertad. De modo singular, Araña no se había mostrado sorprendido en exceso por ese último punto, como tampoco por la captura de Falcó por la noche, en plena calle.

—Has tenido mucha suerte —dijo.

Era lo que había dicho el hombre calvo, recordó Falcó. Tu día de suerte. Se llevó a la boca el gollete de la botella de coñac y bebió otro trago. Estudiaba al sicario con recelo.

—El Almirante te manda saludos —dijo Araña.

Falcó seguía observándolo desconfiado. Ataba cabos, y no le gustaba lo que ataba.

—No has respondido a mi pregunta. Qué haces aquí.

—Creí que lo sabías, porque anoche te mandaron un mensaje por Radio Sevilla. A los amigos de Félix, ya sabes.

—Anoche no oí la radio. Como te acabo de contar, estaban rompiéndome la cara en una checa.

—Lástima. Era un mensaje simpático. Se le ocurrió al Almirante en persona, para anunciarte mi llegada y respaldarla. «Paquito les lleva chocolate.» ¿Captas el juego de palabras?

Silbó unos compases de *Paquito el Chocolatero,* con una sonrisa untuosa. Falcó había ido hasta el armario del dormitorio y se vestía: calzoncillos, calcetines, pantalón de pana. Una camisa de polo oscura, de manga corta. Tenía por delante largas horas de acción y era preciso vestir ropa cómoda.

—Todo sigue adelante —apuntó Araña—. Un segundo mensaje de radio confirmaba anoche el desembarco: «Los amigos de Félix tomarán café a la hora prevista». Qué pena que no lo oyeras... Aunque lo habrán hecho los otros, supongo. Tu gente.

—¿Y qué sabes tú de mi gente?

—Algo sé. Que controlas a un equipo de apoyo para el grupo que desembarca. Falangistas, como ellos. Esos con los que dices te ibas a reunir anoche y no llegaste a hacerlo.

—Puede que hayan huido al saber lo mío.

—Da igual. El desembarco tendrá lugar del mismo modo, hasta sin ellos —Araña hizo una pausa enigmática y deliberada—. Incluso sin ti.

—¿Qué quieres decir?

—Me han mandado a mí porque el Almirante quiere estar seguro de que te crees las novedades. Que cumples las instrucciones... Para convencerte de que todo es verdad, te debo decir que ha puesto en el álbum el sello número uno de Hannover. Negro sobre azul —le dirigió una ojeada suspicaz—. ¿Sabes de qué va eso?

—Sí.

—Menos mal —el sicario parecía aliviado—. Porque yo no tengo ni maldita idea.

Falcó se anudaba las botas inglesas de lona y cuero. Alzó la cabeza y se quedó inmóvil, mirando al otro.

—Aparte lo del sello, no entiendo una mierda... ¿De qué novedades hablas?

—Hay cambios.

—¿De qué clase?

—Relativos. El desembarco falangista va a hacerse, pero las órdenes han cambiado. Ya no debes acompañarlos hasta aquí.

—¿Por qué?

—Porque se los van a cargar a todos.

Falcó, que se estaba levantando de la cama, volvió a sentarse.

—¿Quiénes?

—Los rojos.

—¿Y cómo sabe eso el Almirante?

—Porque él mismo lo ha preparado.

Lo miraba Falcó, atónito. Incrédulo.

—¿Me estás diciendo que el jefe de inteligencia naval, o sea, el nuestro, ha montado una operación para liberar al jefe de Falange, y que él mismo va a procurar que fracase?

Araña parecía disfrutar con aquello. Su papel de mensajero con conejo en la chistera.

—Eso es precisamente lo que te estoy diciendo.

—¿Y qué hago yo aquí?... ¿Para qué me han enviado a esta misión?

—Te mandaron para eso mismo. Para que ayudes a hacerla fracasar.

Falcó seguía sentado, con las palmas de las manos apoyadas en los muslos. Incapaz de levantarse. El coñac, las aspirinas, el cansancio, lo que Araña acababa de contar, todo eso hacía que le diera vueltas la cabeza.

—Joder —dijo, y se tumbó sobre la colcha.

Araña fue a sentarse a los pies, con aire solícito. Hasta Falcó llegó su olor a pomada y perfume.

—¿Te encuentras bien?

—Me encuentro hasta los cojones.

—Tómalo con calma.

—Esto es un disparate.

—No tanto. ¿Quieres que te diga cómo lo veo yo?

—Ayudaría.

Entonces Paquito Araña contó cómo lo veía él, sumando sus deducciones propias a lo que sabía de fijo. La idea de liberar a José Antonio venía de los mandos de Falange, y el cuartel general del Caudillo no había podido oponerse al proyecto; pero se suponía que José Antonio, liberado y en Salamanca, iba a cuestionar el control que Franco tenía sobre todo. Demasiados gallos en el gallinero. Así que les habían dado carrete a los camisas azules, pero sin proponerse nunca que tuvieran éxito.

—¿Te vas haciendo una idea?

Asintió Falcó. Se la hacía. Y ahora era capaz de rellenar los espacios en blanco. El Almirante era íntimo de Nicolás Franco, el hermano del Caudillo, que supervisaba los servicios de información. Y éste le había pasado el asunto. Alta política y juego a varias bandas: alemanes, falangistas y etcétera. Un paripé bien montado. Todos quedaban estupendos y se les echaba la culpa a los rojos.

—¿Están prevenidos?

—¿Los rojos?... No lo sé —Araña comprobaba el pulido de sus uñas—. Pero sabiendo cómo funciona esto, no te extrañes... Un chivatazo, una emboscada en el camino, el jefe de Falange sigue a buen recaudo en la cárcel y sus chicos cantan el *Cara al sol* mientras se convierten en mártires de la causa —se besó la punta de los dedos como si hubiera probado un manjar exquisito—. Todo redondo.

—Pero son más de veinte personas, entre los que vienen y los que están.

—Razón de Estado, compañero.

—¿Y debo llevarlos a una emboscada?

—Me temo.

—Dos decenas de vidas... ¿Comprendes lo que estás diciendo?

Torció Araña la boca, cínico.

—Los generales de Franco los sacrifican cada día por cientos. Y aquí, no veas. Tampoco tú tienes fama de que te preocupen vidas ajenas de más o de menos.

—¿Y a ti?

El otro se limitó a responder con una sonrisa zorruna.

—Por eso me han liberado, entonces —dedujo Falcó—. Los rojos tienen el chivatazo y me prefieren suelto.

Se incorporó en la cama. Estaba furioso.

—Has sido tú, ¿verdad?... El mensajero. Por eso fueron a por mí. Y tú les hiciste soltarme.

—Huy. Se te ha ido la cabeza.

—Mientes.

—Ya te he dicho quién me envía y para qué. Punto.

Falcó se puso en pie. Apretaba los puños. Necesitaba a alguien para descargar en él su frustración y su cólera. La noche que había pasado creyendo que sería la última, y el escozor del engaño.

—Has sido tú, maricón de mierda.

Sin inmutarse, Araña permanecía sentado. Por arte de magia, en su mano derecha había aparecido una navaja. Estaba cerrada, y no hizo con ella ningún ademán amenazador. La sopesaba mirándola con curiosidad, como preguntándose de qué manera había llegado hasta allí.

—A mí déjame en paz —se limitó a decir, muy tranquilo—. Arréglatelas para volver a Salamanca, y allí reclamas cuanto quieras. Yo soy lo que soy, como tú eres lo que eres.

—Un par de canallas, eso es lo que somos —Falcó rió por primera vez, amargo—. Haciendo nuestro puerco oficio.

Araña se encogió de hombros y volvió a guardar la navaja en un bolsillo del batín.

—Tienes unas órdenes de las que no puedes dudar —volvió a mirarse las uñas—. Así que ahora es cosa tuya.

Yo he cumplido con lo mío... Además, no veo por qué te pones tan delicado. Ya hemos hecho faenas así antes.

—No de este tamaño.

Le dirigió el otro una sonrisa cínica. Casi filosófica.

—Rascarse y matar, todo es empezar. Tú deberías saberlo.

—Anda y que te den por culo.

—Hoy ya no tengo tiempo, galán.

Falcó se puso la cazadora, fue hasta la cómoda donde estaban sus cosas y empezó a metérselas en los bolsillos. Antes de guardarse la pistola introdujo una bala en la recámara y accionó otras seis veces el carro, haciendo saltar uno por uno los cartuchos de 9 mm sobre la colcha. Después extrajo el cargador, lo llenó de nuevo y lo introdujo en el arma, poniéndole el seguro.

—¿Es la mataduques? —se interesó Araña con curiosidad profesional.

—Sí.

—Bonita herramienta.

Falcó se cerró la cremallera de la cazadora y miró alrededor. Todo cuanto necesitaba lo tenía encima. El resto podía dejarlo allí.

—¿Cómo vas a salir de Alicante? —preguntó a Araña.

Hizo éste una mueca complacida.

—Tengo un pasaporte francés.

—¿Tierra o mar?

—Hay un barco que va a Orán a mediodía. En tres días estaré en Cádiz, entre legionarios, moros e italianos guapos.

—¿Y hay algo previsto para mí, o debo arreglármelas solo?

—Te dejan elegir entre regresar a la zona nacional por tus medios o embarcar esta noche en el barco alemán... Para que las apariencias se cubran hasta el final, desembarcará al grupo de asalto y volverá a la hora convenida para recoger lo que quede de él. Por la Kriegsmarine, que no se diga. Ya sabes cómo son ésos: de piñón fijo, como la Guardia Civil. Pero, según parece, serás el único pasajero de vuelta.

—Vaya. Todo un detalle.

Araña se había puesto en pie, alisándose el batín. Era cortesía personal del Almirante, apuntó. Por lo visto, el plan propuesto por el cuartel general del Caudillo era que nadie avisara a Falcó, dejándole correr la misma suerte que el resto. Pero el jefe del SNIO se había negado en redondo.

—En realidad —terminó de contar Araña—, si estoy aquí es por ti, en parte. Porque el jefe no quiere dejarte tirado como a los otros —observó la expresión de Falcó, acentuando la mueca—. Y sí, no digas nada... Te encanta este oficio de guarra. Como a mí.

Falcó miró por la ventana. Más allá de la terraza y las copas de las palmeras se veían los barcos atracados en el muelle, el rompeolas y el mar.

—Hay dos mujeres —objetó sin volverse—. Dos falangistas jóvenes.

Emitió Araña una risita estridente. Femenina.

—Huy. Te veo sentimental, así que ojo con eso. Tratándose de mujeres, en ti no me sorprende. Aunque aquella del tren de Narbonne...

—Éstas son un problema —lo interrumpió Falcó—. No puedo dejar que se metan en la trampa.

—Pues arréglatelas para que se queden atrás o vayan contigo. Yo qué sé. Son cosa tuya.

—¿Y qué hay del jefe del grupo de asalto? Lo conocí antes de venir.

—Me huelo que ése no pasa de esta noche, como el resto. De todas formas, consuélate pensando que si no lo matan los rojos puede acabar fusilado en Salamanca. Aquí, por lo menos, caerá como un héroe. Y si lo mandan a él, por algo será. No debe de ser de los que caen simpáticos en los despachos.

—Eso me pareció.

Araña estaba a punto de salir de la habitación. Se detuvo un momento, la mano en el pomo de la puerta.

—Pues tampoco es que, excepto al Almirante, tú caigas mejor... La diferencia es que a ti te necesitan todavía. Y por lo visto, a él no.

Entró en la librería sacudiéndose el agua de la ropa, pues afuera las nubes bajas se oscurecían y empezaba a chispear. La noche, pensó molesto, iba a ser noche de lluvia. Al verlo aparecer, el librero deslizó sobre él una mirada de calculada indiferencia y se volvió de espaldas sin responder a su saludo mientras Falcó se dirigía a la trastienda. Una vez allí, lo primero que vio fue el cañón de un revólver que le apuntaba.

—Aparta eso —dijo a Ginés Montero—. Soy yo.

Estaban los tres: los dos hermanos y Eva Rengel, entre pilas enormes de libros que olían a papel viejo. Se habían levantado al oírlo llegar. Ginés dejó de apuntarle.

—Te han soltado —dijo sorprendido.

—Pude convencerlos.

—¿Que pudiste qué?

—Eran comunistas —Falcó se tocó la insignia de la solapa de la cazadora—. Como yo.

—¿Y por qué te detuvieron?

—Un error de identificación. Y porque al principio opuse resistencia.

—Gracias a él pude escapar —dijo Eva.

Lo miraba pensativa. Agradecida. Falcó recordó su sombra desvaneciéndose en la oscuridad mientras él entretenía a los esbirros. Estaba contento de que la joven hubiera logrado huir, pues con ella en la checa las cosas habrían sido distintas. Le dirigió una sonrisa breve, tranquilizadora, y Eva sonrió también. Falcó señaló el paquete envuelto en papel de periódico que había dejado sobre una silla. Al lado había una mesa con un termo de viaje y tazas con restos de café.

—Te he traído algo de ropa —le dijo a Eva—. Hiciste bien en no ir al hotel, y no creo que debas volver allí.

—Gracias —dijo ella.

—Estuviste bien anoche... Fuiste valiente y rápida.

No respondió. Seguía mirándolo con fijeza, y sólo tras unos instantes esbozó otra leve sonrisa. Por su parte, Ginés se guardaba el arma. Era el revólver pequeño y niquelado, de bolsillo, que Falcó ya había visto antes.

—Hemos pasado una noche horrible —dijo Ginés—. No sabíamos nada de ti.

Falcó se tocó la cara magullada.

—Tampoco mi noche ha sido cómoda.

—¿Qué te hicieron? —preguntó Cari.

—Lo normal. Unas preguntas y unas pocas bofetadas.

—Canallas... Chusma canalla.

—Todo se aclaró al final. Ya digo que buscaban a otro.

Intentaba pensar. O seguir haciéndolo, pues no había hecho otra cosa mientras caminaba del hotel a la librería. Mirarlos a los tres con la ecuanimidad necesaria, desde el punto de vista de lo que acababa de saber en las últimas horas. De las órdenes recibidas. De saberlos sentenciados a muerte. Ellos sólo eran, se dijo, material de trabajo. En realidad no sentía remordimientos —no eran propios de su carácter a tales alturas de la vida—, pero sí una cólera fría y tranquila: un odio intenso hacia la gente que en Salamanca había dispuesto que las cosas sucedieran como iban a suceder. Hacia quienes los manejaban a todos como a títeres. Miró de nuevo a Eva, recordó la tibieza de su cuerpo y pensó dos cosas: que él, Lorenzo Falcó, iba a comportarse en las próximas horas como un verdadero hijo de perra —lo que tampoco era novedad a señalar—, y que al menos intentaría salvarla a ella.

—¿Hubo mensaje anoche?

—Había dos —respondió Ginés—. Al final de su charla, Queipo de Llano mandó saludos a los amigos de Félix y dijo «Paquito les lleva chocolate» y «Tomarán café a la hora prevista»... El segundo mensaje es fácil de entender, porque *café* significa entre nosotros *Camaradas Arriba Falange Española*... Pero lo del chocolate no lo comprendemos.

—Es un mensaje para mí, previamente acordado —mintió Falcó.

—¿Quién demonios es Paquito?

—El *Iltis*. El torpedero alemán. El mensaje tiene que ver con el grupo de asalto.

—Ah.

—Todo está en orden.

Hubo un silencio; los tres observaban a Falcó, expectantes. Éste miró el reloj.

—Hay que empezar a moverse —dijo—. ¿Qué hay del transporte?

Estaba confirmado, explicó Ginés. Los tres camaradas que venían de Murcia iban a estar con su camión en la pinada de El Arenal a la hora prevista: eran los primos Balsalobre y un guardia de asalto llamado Torres. También Ricote, el estudiante que procedía de Alhama, traía un coche. Un viejo Ford.

—Un camión y dos coches, contando el nuestro —recordó Ginés—. Ésa es la fuerza móvil. Suficiente para transportar a los quince que desembarquen... En el camión, los Balsalobre traerán pistolas y granadas.

Había apartado el termo y las tazas para extender tres planos sobre la mesa: uno general de la costa, otro de Alicante y el croquis del interior de la cárcel. Todos se acercaron a mirarlos. Con un dedo, señaló la distancia entre El Arenal y Alicante.

—Como estaba acordado, Cari y el camarada Ricote se quedarán en la playa para hacer señales al barco, y nosotros...

Ya es hora de decirlo, pensó Falcó. De modo que lo dijo.

—Hay un cambio.

El tono hizo que lo mirasen sorprendidos al principio, inquietos luego. Falcó indicó el croquis de la cárcel.

—Yo no iré con el grupo de asalto.

Ginés puso cara de estupor.

—¿Por qué?... Nos dijiste...

—Cambio de planes —Falcó se explicaba con mucha calma—. El mensaje del chocolate quiere decir que debo dejar el mando a Fabián Estévez y quedarme fuera. Así que seré yo quien esté en la playa con Cari para hacer señales al torpedero. Eva también se quedará con nosotros.

—Eso no era lo previsto —protestó la joven.

—Pero es lo que vamos a hacer. Son mis órdenes. Y hasta que desembarque Estévez con los suyos, como he dicho, yo estoy al mando.

Se había quitado Ginés las gafas para limpiarlas con un pañuelo. Sus ojos miopes perforaban a Falcó.

—¿Órdenes de Salamanca o decisión tuya?

—Un poco de todo —ironizó Falcó.

—No habrá mucho peligro en esa playa —apuntó el joven, cáustico.

Muy tranquilo, Falcó encendía un cigarrillo.

—Tú eres el falangista, no yo —apagó la cerilla sacudiéndola en el aire—. Se trata de liberar a tu jefe, no al mío. Yo sólo estoy de paso por aquí.

—No me has consultado sobre dónde quiero estar —dijo Eva.

Tardó tres segundos en alzar la vista hacia ella.

—Es verdad. No lo he hecho.

—Habíamos decidido que yo iría con vosotros... Con el grupo de asalto.

—No es lugar para una mujer.

—Tampoco es lugar para ti, según parece.

—Cierto —la sonrisa de Falcó era tranquila—. Tampoco es lugar para mí.

Todos lo observaban como si lo vieran por primera vez. Dio una chupada al cigarrillo y dejó salir despacio el humo. Le daba igual cómo lo miraran. Eva, tal vez. Sólo la decepción de ella lo hacía sentirse incómodo. Un poco. Lo justo.

—Cari, tú y yo en la playa, mientras ellos pelean... —comentó la joven—. ¿Es lo que estás diciendo?

Asintió Falcó.

—Ésa es la idea.

—Puedo ir yo con el grupo de asalto —propuso Cari—. Conducir el Hispano-Suiza.

—No.

Ginés se había puesto de nuevo las gafas.

—Tiene razón —dijo—. Es mejor que vosotras os quedéis atrás... Con él.

Ni se molestaba en disimular su desprecio. Y Falcó podía comprenderlo perfectamente. Pero el desprecio o la admiración de Ginés Montero no eran asunto suyo. No eran naipes que entraran en ese juego.

—Tenía una idea equivocada de ti —añadió el joven.

—No me digas.

—Sí te lo digo —Ginés enseñaba los dientes en una sonrisa que no lo era—. Esto no es como matar a Juan Portela, ¿verdad?... Como torturar a un hombre y luego pegarle un tiro en la cabeza.

Comprendió Falcó que Eva no les había dicho quién ejecutó realmente al traidor. Que aún pensaban que había sido él.

—Claro que no —respondió con suavidad—. Lo de esta noche es una acción de guerra, ¿no es cierto?... Requiere héroes y gente así. Dispuesta a hacer guardia sobre los luceros.

La alusión —una estrofa del *Cara al sol* referente a los falangistas muertos— no pareció gustar a Ginés, porque un relámpago de ira crispó su rostro. El joven se había aproximado más a Falcó y ahora estaba delante, muy cerca, inmóvil pero con expresión agresiva. Casi por instinto, Falcó llevó la mano derecha hasta el cigarrillo que tenía en la boca. Por si las moscas. El pitillo arrojado a la cara y un rodillazo en los testículos: defensa preventiva de manual. Un cabezazo no era oportuno: podía romperle los lentes al joven sobre la cara, y no era momento de complicar las cosas. Pero, por suerte, todo quedó allí. Sólo una mirada de desprecio muy recia y viril, muy escuadrista, por parte de Ginés. Dejándolo todo claro.

—Tú no tienes nada de héroe —comentó el joven—, por lo que veo.

Falcó expulsó una bocanada de humo. Por encima del hombro de Ginés miraba a Eva y a Cari. Sintió ganas de reír.

—Pues no, ya que lo dices. No tengo nada en absoluto.

11. Chocolate y café

Lorenzo Falcó reprimió una maldición. Seguía lloviendo. No de forma intensa, pero suficiente para que el agua resultara molesta y empezase a embarrar los caminos de tierra. Abrió la portezuela del Hispano-Suiza, se puso la gorra y se subió el cuello de la cazadora, y miró alrededor. La luz del coche destacaba las ráfagas de lluvia que caían entre los pinos.

—Apaga los faros —ordenó.

Ginés Montero cerró el contacto, el motor quedó en silencio y cesó el ruido de las escobillas en el parabrisas.

—Mala suerte, con esta lluvia —dijo Cari a espaldas de los dos hombres. Estaba en el asiento trasero, con Eva Rengel. Nadie había despegado los labios en la última media hora, mientras el coche, tras esquivar el control militar de El Altet, recorría el camino secundario para atravesar el pinar.

—Mejor así —dijo Falcó—. La lluvia tendrá a todo el mundo a cubierto y con pocas ganas de curiosear.

Bajó del automóvil y anduvo unos pasos, sintiendo el agua gotearle sobre el rostro desde la visera de la gorra. Entre los árboles, la pista de tierra iba a morir en un suelo arenoso por el que la pinada se extendía hasta la orilla del mar, que se encontraba a unos doscientos metros. Allí la arena formaba dunas que casi alcanzaban la altura de un hombre y el repiqueteo del agua en el suelo era más blando y amortiguado. Todo estaba oscuro y Falcó anduvo a ciegas, al principio, hasta que sus retinas se acostumbraron a la oscuridad.

—Como boca de lobo —comentó Ginés Montero.

Caminaba detrás de él, hundiendo los pies en la arena. En la negrura, a la derecha, se oyó el sonido inconfundible de una pistola al montarse. Falcó sacó la suya —también llevaba la Luger del cónsul metida en el cinturón, a la espalda— y se agachó despacio, con los sentidos alerta. Sintió que Ginés hacía lo mismo.

—¿Quién va? —interrogó una voz masculina.

—Café —dijo Ginés.

Tres siluetas se destacaron en la oscuridad, acercándose sobre el fondo claro de las dunas. Falcó mantuvo el dedo en el gatillo hasta que estuvieron junto a ellos y hubo apretones de manos y saludos en voz baja. Eran los primos Balsalobre y el guardia de asalto Torres, que llevaban allí media hora y tenían el camión —un Opel Blitz de seis cilindros, dijeron— escondido algo más lejos, entre los pinos. Traían las pistolas y las bombas de mano. Falcó no podía verles el rostro, pero los primos tenían voces juveniles y excitadas. En cuanto al guardia de asalto, venía provisto de su Mauser de reglamento y era de poco hablar: un par de monosílabos, como mucho. Voz de hombre cuajado. Tranquilo. Falcó supuso que era el único profesional de todo el grupo. Uno de los primos llevaba en la boca el punto rojo de la brasa de un cigarrillo.

—Apaga eso —ordenó Falcó, seco.

—¿Por qué?

—Porque es el jefe —repuso Ginés, sarcástico—. De momento.

La brasa se extinguió en el suelo, bajo los pies del primo. Falcó les dijo que esperasen allí y anduvo un poco hacia la playa. Primero oyó el ruido del agua en la orilla y luego alcanzó a distinguir la masa extensa y oscura más allá del borde claro de las dunas. La marejada parecía ser poca, como si la lluvia aplanase el mar, y eso facilitaría el desembarco. No se veía ninguna luz, excepto el lejano destello periódico del faro de Santa Pola, a la derecha de la ensenada, encendido pese a la guerra. Debía de faltar, calculó Falcó, una hora para que el *Iltis* se acercase a la playa, si es que de verdad nadie cancelaba la operación y todo seguía adelante. Sin duda su comandante mantenía el torpedero al pairo mar adentro, sin luces en la noche, esperando la hora con la gente preparada en cubierta. Seguramente estaría cerca, a menos de una milla, aunque invisible en la oscuridad. Falcó se volvió a observar la mancha oscura del pinar mientras se preguntaba dónde iban a montar los rojos la emboscada. Ojalá, se dijo inquieto, no fuera demasiado cerca de allí.

Volvió sobre sus pasos marchando con dificultad por la arena, se reunió con el grupo y todos desanduvieron camino hasta donde aguardaban Eva y Cari. Había ahora otro coche junto al Hispano-Suiza, con el motor y las luces apagadas, y las dos mujeres le presentaron a Falcó al conductor: una sombra que respondía al nombre de Andrés Ricote, una voz juvenil, un nervioso apretón de manos. Ricote llevaba gabardina e iba bien protegido ante la lluvia, así que Falcó lo envió a vigilar el camino, al límite interior del pinar, tras asegurarse de que no iba armado y no se le iba a escapar un tiro con los nervios. Los primos Balsalobre y el guardia de asalto acercaron el camión sin encender las luces, agrupándolo bajo los pinos con los dos coches, y todos se guarecieron en ellos, los primos y el guardia en la cabina del camión y Falcó con los hermanos Montero y Eva en el Hispano-Suiza, oyendo caer la lluvia sobre el techo de chapa del automóvil. Esperando.

—Todos son buena gente —comentó Ginés, sentado tras el volante—. Fieles camaradas.

Falcó no dijo nada. Fumaba con la brasa del cigarrillo oculta en el hueco de la mano y adivinaba, en la penumbra, las ráfagas de agua deslizándose por el cristal del parabrisas. Notaba las perneras del pantalón húmedas de lluvia. Sentía a su espalda la presencia próxima y silenciosa de Eva Rengel. Tenía Falcó la cabeza ocupada en una compleja distribución de horarios y sucesos por venir, de problemas tácticos y soluciones prácticas: una vasta partida de ajedrez en la que la mayor parte de las piezas iban a ser sacrificadas mientras él procuraría que sobreviviesen un par de ellas. Tres, concluyó, si lograba salvar a Cari Montero.

—Dios mío —dijo Ginés—. Pensar que falta tan poco. Que, si todo sale bien, José Antonio estará libre dentro de un par de horas...

Falcó reconocía los síntomas. La locuacidad del joven falangista corría pareja con los nervios, la tensión de lo que iba a ocurrir. Decidió dejarlo hablar, para que se tranquilizara un poco. Soltara presión.

—Todo saldrá bien —dijo su hermana.

También a ella se le adivinaban los nervios. El peso de la emoción, a medida que se aproximaba el momento. Sólo Eva permanecía en silencio, y Falcó se preguntó cómo reaccionaría la joven cuando comprendiera que la operación era un fracaso y que Ginés y los otros, quienes para entonces ya habrían partido hacia Alicante, no iban a regresar nunca. Y que no le quedaba otra que escapar con él a bordo del *Iltis*.

—¿Cuánto falta? —preguntó Ginés.

Al breve resplandor de una cerilla, inclinándose bajo el salpicadero, Falcó miró su reloj de pulsera.

—Hay que ir ya —dijo.

Cogió una linterna que estaba en la guantera, abrió la portezuela y salió bajo la lluvia. Antes de cerrarla se incli-

nó de nuevo hacia el interior, sacó la Luger que llevaba en
la cintura y se dirigió a Eva.

—¿Vas armada?

—No. Las pistolas son para los que van a Alicante.

Le entregó el arma. Sus manos se tocaron en la oscuridad, en torno al metal frío.

—¿Recuerdas cómo funciona ésta?

—Sí.

—Tiene ocho balas en el cargador —montó el arma
con un chasquido del cierre articulado y le puso el seguro—. Ahora lleva siete, y una en la recámara. Quitas el seguro, disparas la primera y las siguientes van entrando solas... ¿Comprendido?

—Claro.

La voz de la joven sonaba serena, y eso tranquilizó a
Falcó.

—Decid a los primos y al otro que pongan el camión
y los coches listos para salir, mirando al camino. Estaremos de vuelta en media hora.

Cerró la portezuela, se subió el cierre de la cazadora y
echó a andar entre los pinos, en dirección a la playa. A su
espalda oía los pasos de Ginés. Se detuvo al llegar a la orilla, entre las dunas. A la izquierda, la ciudad y el puerto se
destacaban en trazos de sombras pese al oscurecimiento
antiaéreo. A la derecha, el faro lejano seguía dando pan-
tallazos periódicos. Miró la superficie negra del mar sin
ver nada. Sin oír más que el sonido de la marejada y el rumor de la lluvia amortiguado en la arena.

—Espero que estén ahí —susurró Ginés, preocupado.

Falcó alzó la linterna apuntándola en un ángulo de
noventa grados respecto al destello del faro, se quitó con
el dorso de la mano las gotas de agua de los ojos y emitió
en alfabeto morse cinco veces la letra T: cinco destellos
triples largos —una raya cada uno— con el significado

Estoy dispuesto a recibir. Y apenas hubo emitido el último, del mar oscuro respondieron con la letra L: un punto, una raya, dos puntos: *Tengo algo importante para usted.* Todo según lo convenido.

—Dios mío —exclamó Ginés, emocionado.

Un poco después, de las sombras del mar se destacó la de una lancha y hasta ellos llegó el sonido de remos en el agua. Con una mueca incómoda, lúgubre, Falcó pensó en la barca de Caronte. La que conducía las almas de los muertos a través de la laguna Estigia.

Chapoteo en la orilla, bajo la lluvia. Ruido de remos en la regala de madera o sobre los bancos de la embarcación, antes de que ésta se alejara de nuevo —Falcó se preguntó si en la lancha bogarían remeros alemanes o españoles—. Sonidos metálicos de armas y atalajes. Comentarios en voz baja y alguna orden casi susurrada.

—Que nadie fume.

Falcó había reconocido la voz de Fabián Estévez: tranquila, segura de sí. Voz de mando hecha a ejercerlo. Disciplina silenciosa, como respuesta. Obviamente, era gente adiestrada. Tropa de élite. Siluetas negras pasaban ahora furtivas, recortadas sobre la claridad de las dunas. Reflejos de armas e impermeables húmedos. Roce de cuerpos, ruido de pasos amortiguado por la arena y el goteo de la lluvia. Quince hombres que iban a morir.

—Rápido. Moveos rápido.

Un encuentro en la oscuridad, sin verse las caras. El trazo algo más claro de una gabardina reluciente de agua. Una mano de Estévez en un hombro de Falcó y otra estrechándole la diestra. Lo mismo para Ginés Montero, que estaba al lado.

—Gracias por todo.

Por suerte, pensó Falcó, era de noche. A la luz del día, tal vez ni siquiera él habría sido capaz de sostenerle la mirada. Había sido el de Estévez un apretón de manos recio, muy al estilo falangista. Casi romántico, se dijo con desasosiego. Algo del tipo arma al brazo y en el cielo los luceros, sobre la capa de nubes bajas que seguía derramando agua en la costa. Toda aquella retórica fascista, siempre argumentando entre la vida y la muerte. Volverá a reír la primavera, etcétera. Se preguntó si los recién llegados llevarían camisas azules con el yugo y las flechas bordados sobre el corazón o ropas civiles. Sin luz era difícil averiguarlo. Pero qué más daba.

—¿Dónde están los vehículos?

—Entre los pinos —dijo Ginés—. Seguidnos.

Los condujeron hasta la arboleda. Nadie pronunciaba palabras de más. En el último tramo, Estévez preguntó cómo estaba el camino hacia Alicante.

—Despejado —dijo Ginés—. Sólo hay que dar un rodeo para evitar el control del aeródromo.

—¿Y cómo se sienten los camaradas de aquí?

—Ahora los verás. Están tranquilos y a tus órdenes.

Falcó no decía nada. Recordaba la figura melancólica de Fabián Estévez cuando se despidieron en Salamanca, las manos en los bolsillos del largo abrigo oscuro y la cabeza descubierta, alejándose envuelto en el aura de los mártires predestinados. Ahora el héroe del Alcázar caminaba al fin por su Getsemaní, aunque no lo sospechara. O tal vez le fuera indiferente. Podía ser, incluso, que hasta lo buscara. Los hombres como aquél llevaban su última noche consigo a todas partes, como una mochila inseparable. Como una sentencia de muerte aplazada.

—Ya hemos llegado. Ahí están.

Los dos coches y el camión se encontraban ahora juntos, en un pequeño claro del pinar, con la lluvia repiqueteando sobre la chapa. La llegada del grupo de asalto suscitó algún emocionado arriba España, abrazos y más apretones de manos. Se respiraba excitación y patriotismo, observó Falcó con espíritu crítico. Todos daban por hecho que el Jefe Supremo iba a estar con ellos en pocas horas. Pan comido, repetía uno de los primos Balsalobre, lleno de ardor. Arriba España, camaradas. Pan comido.

—Infórmenos —pidió Estévez a Falcó.

—Claro. Venga aquí.

Subieron a la caja del camión, protegidos por la lona, Falcó, Estévez, Ginés y un par de hombres más. El resto se quedó afuera con las dos mujeres, guareciéndose de la lluvia en los coches y bajo los pinos. Falcó encendió la linterna y extendió los planos sobre el piso: carretera, ciudad, cárcel. Los rostros fatigados, grasientos por la vigilia y la estancia en el mar, se inclinaron sobre ellos. Discutieron a fondo los detalles de la operación. El recorrido, los horarios, la forma del ataque. Como estaba previsto, un grupo llegaría a la puerta de la cárcel en el Hispano-Suiza, con el pretexto de entregar a un detenido. El grueso de la fuerza atacaría en cuanto se franquease el portón, camino de la celda donde estaba José Antonio. También se intentaría liberar a su hermano Miguel, en el piso de arriba, celda número 10.

—Y a cuantos camaradas presos podamos soltar —apuntó Ginés Montero.

—No —dijo Estévez con calma.

—¿Por qué?

—Ésas son mis órdenes. Sacar a José Antonio y a su hermano, si es posible. No tenemos medios para traer aquí a otra gente.

La luz de la linterna hacía brillar los lentes de Ginés. Acentuaba el despuntar de la barba que empezaba a sombrearle el mentón. Su gesto de escándalo.

—Pero allí hay muchos más —protestó—. Falangistas, monárquicos, militares, gente de derechas... Los fusilarán como represalia si los dejamos atrás.

—No podemos perder tiempo —respondió Estévez—. Si acaso, les entregaremos las llaves para que se las arreglen por su cuenta. Pero no podemos traer a nadie.

—Eso es injusto.

—Injustas o no, las órdenes se cumplen. Y ésas son las nuestras.

Observaba Falcó, al fin, las facciones de Estévez a la luz de la linterna. El resplandor de ésta iluminaba su rostro desde abajo, surcándolo de sombras angulosas que lo hacían parecer más flaco que en Salamanca; o tal vez realmente lo estaba. Llevaba un cinto con pistola y dos granadas de mano italianas Breda, y había dejado a su lado, en el piso del camión, un subfusil Star RU35. Los dos que lo acompañaban —uno muy joven, pelirrojo, y otro más viejo, de bigote recortado, sin duda jefes de escuadra— iban equipados de forma similar; y por el cuello de sus gabardinas e impermeables mojados asomaba el azul de las camisas falangistas. Los profundos ojos oscuros de Estévez, advirtió Falcó, tenían un brillo apagado. Reflexivo. A veces alzaba la vista para consultar silenciosamente con sus dos compañeros y después volvía a mirar los planos con tranquila objetividad, como si no se hiciera extremas ilusiones sobre lo que aquellos trazos significaban en peligro, combate, vida o muerte. Éxito o fracaso. De vez en cuando esos ojos se detenían en Falcó, y éste debía hacer un esfuerzo interior casi doloroso, que le crispaba los músculos de la espalda y el cuello, para sostener aquella mirada sin apartar la suya.

—Todo el tiempo ha hablado usted en segunda persona —le dijo de pronto Estévez—. ¿Significa eso que no estará con nosotros en el asalto a la cárcel?

El esfuerzo interior se hizo mayor. Falcó miraba los ojos fatigados del falangista, sin pestañear.

—Me quedo aquí.

Estévez consideró aquello en silencio.

—¿Órdenes o decisión personal? —inquirió al fin.

—Órdenes.

—Él se queda aquí con las mujeres —dijo Ginés, con mal contenido rencor—. Ahora resulta que...

—Cállate, camarada —dijo Estévez.

Tragó saliva el joven.

—A tus órdenes —balbució.

Con gesto pensativo, Estévez seguía observando a Falcó.

—Las órdenes están para cumplirlas —dijo al cabo.

Miró a sus dos compañeros y volvió a mirar a Falcó.

—Claro —dijo éste, con calma.

—Usted no es falangista. No está bajo mi mando.

—Es cierto. No lo estoy.

El otro había doblado los planos y se los guardaba dentro de la gabardina.

—Asegurará nuestro reembarque, entonces —miró su reloj—. Dentro de una hora y media.

—Naturalmente.

—¿Necesita que le deje a alguien más?... Porque va a hacerme falta hasta el último hombre.

—Con Eva Rengel y Cari Montero bastará —lo tranquilizó Falcó—. Se trata de hacer señales al *Iltis* y controlar este lugar hasta que ustedes vuelvan.

—No me fío —dijo Ginés—. Debería quedarse alguien más.

—¿Tú? —preguntó Estévez.

—No, yo quiero ir. Debo ir. Digo alguien de confianza. Uno de mi grupo... Ricote, por ejemplo. Es el más joven y más nervioso. No va a ser muy útil en Alicante.

El otro lo pensó un momento.

—De acuerdo... ¿Está armado ese muchacho?

—Podemos dejarle una pistola y un par de granadas.

—¿Y las dos mujeres?

—Mi hermana no lleva armas, pero Eva tiene una Luger.

—¿Y usted?

Falcó se dio un golpecito sobre el bolsillo derecho de la cazadora.

—Estoy armado —dijo.

—Será suficiente —Estévez los miró uno por uno, reservando el último vistazo, aún pensativo, para Falcó—. ¿Está todo claro?... Pues vamos a ello.

Miraron los relojes sincronizando la hora, apagaron la linterna y abandonaron el camión, de nuevo bajo la lluvia. Estévez se llevó un poco aparte a Falcó.

—¿Hay algo que yo no sepa? —preguntó en voz baja.

—Nada en especial. Tengo nuevas órdenes, como le he dicho.

Un silencio. Sólo rumor de lluvia. Luego el falangista emitió un suspiro.

—Me sorprende. No es de los que se quedan atrás.

—Esta noche sí me quedo.

Otra pausa. La voz de Estévez sonó ahora fría. Distante.

—Sus motivos tendrá.

—Lo he dicho. Tengo órdenes.

—Por supuesto. Órdenes... Me deseará buena suerte, al menos.

Notó que la mano del falangista buscaba la suya, para estrecharla. Y entonces, sintiendo una profunda irritación hacía sí mismo, avergonzado hasta la médula, Falcó la apretó con firmeza.

—Pues claro —dijo—. Buena suerte.

Le ardían la mano y el rostro bajo las gotas de lluvia. Se separaron sin más palabras. El suelo ya estaba muy embarrado. Las sombras que se guarecían en los coches y bajo los árboles se congregaron en torno a Estévez. Las ropas y las armas mojadas relucían suavemente en la oscuridad.

—Nos vamos —dijo el falangista—. El primer grupo irá conmigo en el coche de cabeza, el grueso de la fuerza en el camión, y el segundo automóvil cerrará la marcha. Que nadie encienda los faros... Se quedan aquí las dos señoritas y el camarada Ricote.

Protestaron Cari y el joven, pero Estévez los hizo callar con sequedad. Eva fue a situarse junto a Falcó sin despegar los labios.

—En marcha —dijo Estévez—. Y arriba España.

Había dejado de llover, y de las copas de los pinos caían las últimas gotas. Falcó levantó el rostro y observó que por un desgarro del cielo negro asomaban las estrellas. Anduvo unos pasos hasta las primeras dunas de la playa, mirando la extensión sombría donde resonaba débilmente la marejada. Hacía frío, y sus ropas mojadas intensificaban esa sensación. Metió las manos en los bolsillos. Deseaba fumar, pero no se atrevía a encender un cigarrillo. No en aquel momento, desde luego. De todas formas sólo le quedaban dos, recordó. Y aún había noche por delante.

—Mirad —exclamó Eva Rengel.

De pronto, en algún lugar del mar oscuro, millas adentro frente a Alicante, brillaban fogonazos que se sucedían con rapidez. Relámpagos minúsculos, silenciosos al principio, que a los pocos segundos se dejaron oír como truenos lejanos, sincopados: bum-bum, bum-bum. Entre los estampidos llegaba también, amortiguado por la distancia, un ruido semejante al de tela que se rasgara: bum-bum, bum-bum, raaas, hacía. Raaas. Al instante, en la ciudad empezaron a verse resplandores y alzarse llamaradas. Los estampidos llegaron también con retraso, un poco después, en la distancia. Y como en un espectáculo irreal, la ladera del castillo de Santa Bárbara apareció iluminada a intervalos.

—Dios mío —murmuró Cari Montero.

—El *Deutschland* —dijo Falcó—. Puntual a su hora.

—Eso tendrá a los rojos entretenidos mientras llegan los nuestros.

—Supongo.

Ricote, el falangista joven al que habían dejado con ellos, se acercaba también.

—Qué barbaridad —comentó—. Nunca antes vi un bombardeo.

Tenía una voz casi adolescente. Falcó aún no le había visto el rostro: sólo distinguía su voz y la mancha clara de una gabardina. No sabía nada de él, excepto que era estudiante y había venido desde Alhama trayendo el segundo coche. Le habían dejado una de las Astra del 9 largo y dos granadas Lafitte, pero Falcó ni siquiera estaba seguro de que supiera usarlas.

—Deberías... —empezó a decir.

Lo interrumpió un disparo que sonó lejos, tierra adentro. Al otro lado del pinar y en dirección a la carretera de Alicante. Un ruido apagado por la distancia, tal vez a un par de kilómetros.

—Dios mío —exclamó Cari.

Al disparo aislado sucedía ahora un crepitar furioso de armas de fuego. Un tiroteo intenso, prolongado, que la lejanía amortiguaba.

—En la carretera —la voz de Eva parecía angustiada—. Cerca del aeródromo.

El ruido de disparos era ahora muy intenso, como una traca de petardos que estallasen a la vez durante mucho rato. A veces parecía interrumpirse unos segundos para empezar de nuevo. Y a intervalos lo punteaban otros estampidos más sordos y más secos, que Falcó reconoció como de bombas de mano. Se estaba combatiendo a corta distancia.

—Son ellos —gimió Ricote—. Los nuestros.

Cari Montero lanzó un chillido agudo, penetrante, que obligó a Falcó a agarrarla por los hombros y zarandearla con violencia.

—Cállate.

—¡No han llegado a Alicante!... ¡Los han descubierto!

—Calla, te digo.

—¡Mi hermano!... ¡Mi hermano y los demás camaradas!

La golpeó sin saña, en la sien. Una sola vez. La muchacha se desplomó en la arena.

—Hazte cargo de ella —le dijo a Eva.

—No has debido pegarle.

—Si vuelve a gritar, la mato.

—No digas barbaridades.

—No has entendido... La mato de verdad.

Mar adentro había cesado el fuego del *Deutschland,* y en la distancia se veían llamaradas en la ciudad. Sin duda ardían los depósitos de combustible alcanzados en el puerto. En cuanto al tiroteo de tierra adentro, ahora era esporádico. Los disparos sonaban más irregulares y espaciados, y no se oían estallar bombas de mano.

—¿Cómo estás de ánimo, muchacho?

Falcó se había vuelto hacia Ricote. La voz del joven falangista sonó indecisa.

—Estoy bien.

—Escucha. Los han descubierto, así que seguramente los supervivientes, si hay, se replegarán hacia aquí... ¿Estás en condiciones de cumplir con tu deber?

—Claro que sí.

—Bueno, pues monta la pistola y prepara tus granadas... ¿Sabes usarlas?

—Sí. Después de quitar las tapas, las tiro para que se suelten las cintas, lo más lejos que pueda.

—Eso es. Ve al otro lado del pinar, como hiciste antes, y quédate allí vigilando. Si alguien llega, pregunta primero y tira después, si no te convence lo que oigas. Pero cuida de no darle a nuestra propia gente... Aún falta un poco para que se acerque la lancha a buscarnos, y hay que esperar. Iremos a avisarte.

—¿Seguro?... ¿Vendrá esa lancha?

—Segurísimo.

Tenso, el joven lo agarró por un brazo.

—¿No me dejarán atrás?

—Tienes mi palabra de honor. Y ahora, vete para allá.

Resopló el otro, decidido.

—A sus órdenes.

La mancha clara de la gabardina desapareció entre los árboles. Buen blanco en la oscuridad, pensó Falcó de modo automático. Después se volvió hacia Eva y Cari. Las dos estaban al pie de una pequeña duna, dos sombras sobre la arena. Cari se quejaba con un lamento aturdido y largo. Al poco empezó a sollozar.

—Yo cuido de ella —dijo Eva.

—Bien.

—¿Cuánto falta para que venga la lancha?

La voz de la joven sonaba serena. Dueña de sí. Eso confortó a Falcó.

—No lo sé.

Sacó la linterna, apuntó hacia la negrura del mar y pulsó varias veces el interruptor. Un punto, una raya, dos puntos. Era demasiado pronto, pero el tiempo urgía. Aguardó un rato sin obtener respuesta. Ojalá, pensó, en los planes del Mando no estuviera previsto dejarlo también a él abandonado a su suerte, como a Estévez y al resto de hombres que a esas horas estarían muertos o a punto de morir.

Aunque era posible que el comandante del *Iltis,* como buen alemán, se atuviera a lo convenido y no enviase a recogerlos hasta que se cumpliera el plazo establecido. El problema, dado el curso de los acontecimientos, era que para entonces podía ser demasiado tarde. Si había supervivientes de la emboscada y los rojos venían detrás, aquella playa iba a convertirse en un infierno antes de que alguien los sacara de allí.

Se agachó en la arena hasta ponerse en cuclillas. Tiritaba bajo la cazadora y el pantalón de pana mojados. Estaba empapado por fuera e incómodo por dentro. Mucho. Su endurecimiento, su cinismo realista, fruto de años, de lances, de mujeres y de vida servían para mantener a raya muchas cosas, pero no lo solucionaban todo. En absoluto. No, desde luego, vilezas como aquélla. Para mantener la frialdad de juicio necesaria, Falcó se obligó a no pensar en la gente del grupo de asalto —ya no se oían disparos tierra adentro—: en Ginés Montero y sus gafas de miope, en los primos Balsalobre y el silencioso guardia de asalto Torres, en el joven pelirrojo y el jefe de escuadra del bigote que habían mirado los planos a la luz de la linterna. En el rostro melancólico de Fabián Estévez antes de subir a los vehículos y alejarse en la noche.

—¿Crees que se habrá salvado alguien? —preguntó Eva desde la oscuridad.

—No sé... No creo.

Soltó un escupitajo amargo. Puerco Dios, se dijo. Si es que lo hay. Y ojalá lo hubiera, para ir alguna vez a pedirle cuentas. Después se agachó un poco más, se puso el penúltimo cigarrillo en la boca y lo encendió ahogando la llama del fósforo en el hueco de las manos, al amparo de la duna. Al diablo todo.

Oyó un roce a su lado. Eva se había acercado a él. Se tumbaron sobre la arena húmeda, uno pegado al otro, estremeciéndose de frío —él sintió bajo las ropas de ella la dureza de la pistola Luger—. Mientras protegía la brasa entre las manos, Falcó acercó el pitillo a los labios de la joven, que aspiró hondo un par de veces. Después, consumido el cigarrillo, Falcó lo apagó con precaución y permanecieron abrazados e inmóviles, intentando darse calor, mientras en los desgarros del cielo negro se multiplicaban las estrellas.

Todo ocurrió casi al mismo tiempo: ruido de remos cerca de la orilla, la silueta oscura de la lancha acercándose en el mar y la noche; incorporarse Falcó dando unos pasos hacia la playa y oír en ese momento disparos de pistola muy cerca, en el camino, al otro lado del pinar. Un estremecimiento de alarma le sacudió el cuerpo.

—¡Trae a Cari, Eva!... ¡Corre!

El cielo se había despejado algo, y un poco de luna semioculta por las nubes permitía distinguir mejor los contornos del paisaje. La lancha estaba casi en la orilla, sombra negra en la que se advertían las formas de los tripulantes inclinados sobre los remos.

—¡Eva, Cari!

A los tiros de pistola —cinco, seis, iba contando Falcó— se unía ahora un tiroteo más potente, de armas largas. Fusilada y ráfagas de naranjero. De pronto sonó un estampido de bomba de mano. Puum-ba, hizo. Una Lafitte. Eso hizo cruzar una breve mueca de agradecimiento por la boca de Falcó. El joven Ricote estaba vendiendo cara su piel. Buen chico.

—¡Venid rápido!

La pistola del falangista disparó el último tiro del cargador y al instante resonó el estruendo de otra granada. Luego vino el silencio, y Falcó dedujo que el joven estaba muerto o venía huyendo hacia allí por el pinar, con los rojos detrás.

—¡Al bote!... ¡Id al bote!

Corrió hacia las mujeres, que ya iban a su encuentro. Dos sombras tropezando en la arena. Una de ellas pasó por su lado y la otra cayó al suelo. Falcó se agachó para levantarla. Era Cari. La agarró por los brazos y la puso en pie. Muy cerca de su cara pasó un zumbido violento y rápido, como el de un moscardón que volase en línea recta. El sonido del disparo procedía del pinar.

—¡Subid al bote!

Ahora los moscardones de plomo se multiplicaban. Ziaaang, ziaaang, hacían por todas partes; y en la linde del pinar, bajo las sombras negras de los árboles, resplandecían fogonazos de disparos. Falcó sostenía a Cari camino de la orilla. De pronto, la joven se estremeció mientras en su carne resonaba un chasquido, chas, apenas audible, y el cuerpo se desmadejó inerte, cayendo al suelo.

—¡Cari!... ¡Levanta, Cari!

Se agachó sobre ella, tirando de sus brazos para arrastrarla por la arena. La oía gemir. Miró angustiado hacia atrás, temiendo que con el tiroteo los remeros dieran media vuelta, y vio la silueta de Eva arrodillada junto a una duna, recortada en la claridad de ésta, alzando las manos juntas para disparar con la Luger. Pam, pam, pam. Tres fogonazos y tres estampidos. Después la joven retrocedió unos pasos cambiando de posición, volvió a arrodillarse y a disparar de nuevo con aparente calma, espaciando los tiros. Pam. Pam. Pam.

Del mar, de la lancha, surgió una voz: un grito por encima del tiroteo. Falcó no entendió lo que decía, pero sí el significado. Se iban a marchar. Sintió un agudo vacío en las ingles y su corazón se desbocó en latidos desordenados. Cari Montero continuaba quejándose débilmente. Seguía viva, pero pesaba demasiado. Así que la soltó y echó a correr hacia la orilla. Eva ya no disparaba y también corría delante de él. La alcanzó en el agua, chapoteando uno junto al otro hacia la sombra oscura de la embarcación, que ya parecía retroceder cabeceando en la marejada. Llegaron con el mar por la cintura. Un disparo desde tierra golpeó la madera de la regala cuando Falcó se impulsaba sobre ella, ayudado por unas manos que tiraban de su ropa empapada. El balazo levantó astillas que saltaron cerca de su cara. Se oyó una orden en alemán y los remos resonaron en los escálamos. Falcó ni siquiera miró atrás. Yacía exhausto sobre la tablazón del fondo, entre las piernas de los remeros. Tenía los ojos cerrados y la boca abierta en boqueadas ávidas, intentando recobrar el aliento. Los pulmones le quemaban, y a su lado sentía temblar el cuerpo mojado y frío de Eva Rengel.

12. Nada es lo que parece

—Ha sido una desgracia —dijo Ángel Luis Poveda.

El jefe de Información e Investigación de Falange vestía camisa azul, traje marrón y pistola bajo la chaqueta. Sus ojos pequeños y desconfiados estaban fijos en Lorenzo Falcó: llevaban veinte minutos estudiándolo con suspicacia tras los cristales redondos de las gafas, atentos a todo detalle mientras el agente —había llegado a Salamanca la noche anterior— completaba el relato de los hechos: el informe de un fracaso.

—Una desgracia —repitió con pesadumbre el falangista.

Estaban en el despacho del Almirante. Al otro lado de la mesa cubierta de expedientes, con una pipa humeante en la boca, éste permanecía en silencio, recostado en su silla como un árbitro imparcial. Vestía de paisano con la habitual chaqueta de punto. Por la ventana, detrás, el viento mecía las ramas desnudas de los árboles ante la cúpula de la catedral.

—¿Cree que hubo una delación? —preguntó Poveda.

Falcó le sostenía la mirada sin pestañear. Notaba en él la del Almirante, recomendando cautela. Mucho ojo, muchacho. Mucho ojo con ése.

—No lo sé —respondió—. Es posible que los rojos los descubriesen de forma casual. Había un control militar junto al aeródromo, y pasaban cerca... Pudo ser simple mala suerte.

—¿Pero los esperaban, o no?

—Yo no estaba allí. No puedo saberlo.

—Han pasado cinco días.

—Pues sé todavía menos que usted.

—Tuvo mucha suerte —Poveda le dirigió una ojeada antipática—. De no ir con ellos.

—Eso creo. Sí.

—Ha sido un desastre —desolado, el falangista se pasaba una mano por la cara—. Ayer por la noche me llegó el informe. Los rojos lo han publicado en el *Diario de Alicante:* doce muertos sobre el terreno, en la emboscada, y nueve fusilados al día siguiente.

—¿También la mujer?

—Sí. Caridad Montero. Ejecutada junto a su hermano... El camarada Fabián Estévez cayó en el combate, con los otros. No se dejó coger vivo.

Un chispazo de melancolía. Incómoda. Quizá era remordimiento. Cruzó Falcó las piernas y miró hacia la ventana.

—Algo de esperar —dijo.

—En Falange estamos seguros de que hubo un chivatazo. Que fue una emboscada.

Volvió a mirarlo Falcó.

—Ya lo ha insinuado antes. Pero a mí qué me cuenta.

—Usted escapó con la otra mujer.

—Tuve esa suerte, sí. Y mi trabajo me costó conseguirlo.

Soltó el Almirante una densa bocanada de humo de pipa. El ojo derecho miraba a Poveda, malhumorado, a través de la nube azulgrís que se deshacía ante él.

—¿No estará dudando de la lealtad de mi agente?

—Yo no dudo de nada —se replegó el otro—. Pero me atengo a los hechos. Mis camaradas están muertos, y su hombre sigue vivo.

—También esa joven, Eva Rengel, es de los suyos —objetó el Almirante—. Y pudo escapar. Habrá dado su versión.

—Sí —admitió Poveda—. Coincide en todo con la de ustedes.

—¿Y dónde está ahora?

—Alojada en un piso de la Sección Femenina de Falange.

—Hasta que se le asigne destino, supongo.

—Eso es —dijo el falangista.

—Ya.

Había algo extraño, advirtió Falcó, en el tono del Almirante. Una reticencia singular. Como si al mirar a Poveda viese cosas que Falcó no veía.

—Este desastre nos deja en muy mala situación —se lamentó el falangista—. Tememos por la vida de José Antonio. Por lo visto lo están juzgando ya en Alicante... Una pantomima pseudo legal, por supuesto.

—No esperará usted un juicio justo —dijo el Almirante—. A estas alturas.

—Claro que no. Pero nuestra intervención parece haber precipitado el asunto —el otro miró a Falcó con mal disimulado rencor—. Todo esto pone las cosas muy feas.

El Almirante señaló a Falcó con un movimiento del mentón.

—Él hizo lo que pudo —puntualizó.

Se levantó Poveda sin responder a eso. Huidizo, incómodo. Metió las manos en los bolsillos de la chaqueta y encogió los hombros. El ademán descubrió más la pistola que llevaba al cinto en una funda de cuero.

—Ha sido terrible... Un golpe terrible. Me dicen que Franco está desolado.

Sonrió el Almirante a medias, con gesto de exagerada condolencia.

—Es natural —dijo.

Se fue Poveda sin darles la mano ni despedirse. Ni Falcó ni el Almirante se movieron de sus asientos. Se quedaron mirándose en silencio.

—Desolado —repitió el Almirante con una mueca sardónica.

Falcó miraba el retrato del Caudillo.

—¿Cómo llegó la información a los rojos?

El Almirante entornó los párpados, fatigado.

—Les llegó. No importa cómo.

—¿Fue Paquito Araña?... ¿O lo hicieron desde aquí, directamente?

No hubo respuesta. El Almirante comprobaba la correcta combustión de la pipa.

—No entiendo para qué me mandaron allí —insistió Falcó—. Al fin y al cabo apenas intervine en nada. Podían haberlo hecho sin mí.

—Hubo un cambio de planes a media operación.

—¿Qué cambio?

—Eso no importa. Pero de pronto dejaste de ser necesario. Por eso te mandé a Paquito Araña. Descubrimos algo de interés. Algo que cambiaba las cosas.

—¿Qué descubrieron?

—Eso no te importa. En el cuartel general están satisfechos de cómo fue todo, y es lo que cuenta.

—Su amigo Nicolás Franco, supongo. Señor.

La insolencia arrancó al Almirante un chispazo de cólera.

—Cierra esa boca estúpida. No te metas en lo que no entiendes.

—A la orden.

—Pues sí, coño, a la orden... Más te vale.

Siguió un silencio incómodo. El Almirante había encendido un fósforo y aplicaba la llama a la cazoleta de la pipa. Su ceño adusto desaparecía poco a poco.

—¿Cómo te encuentras? —se interesó al fin, en otro tono.

—Cansado.

Sucesivas bocanadas de humo. Nuevo silencio.

—Y triste, supongo —añadió Falcó al cabo de un momento.

El ojo derecho y el ojo de cristal, ahora perfectamente alineados, lo estudiaban con fijeza. La expresión del Almirante era más suave. Con un punto de consideración. Quizá, pensó Falcó, de afecto.

—Tómate unos días. Salamanca es más fúnebre que un ciprés... Ve a descansar a Biarritz. Ya te contactaré allí.

—Quizá lo haga —a Falcó le despuntó una mueca dura, llena de ironía—. ¿Tiene interés en que desaparezca por una temporada?

Eso no estaría de más, admitió el Almirante. A José Antonio, añadió, lo iban a fusilar con toda seguridad. Mucho más, después de lo ocurrido. Y en Salamanca se exigirían responsabilidades de cara a la galería. Los mandos de Falange se iban a matar entre ellos por el liderazgo: había una facción dura, radical, y otra dispuesta a ponerse bajo el mando de Franco. Camaradas todos, pero según y cómo. Se avecinaban tiempos revueltos, ajustes de cuentas de retaguardia. Consolidación del poder y eliminación de los que se opusieran al mando único. Al mismo Poveda, que era de la línea dura, le olía la cabeza a pólvora. El día menos pensado, los falangistas se liaban a tiros entre ellos.

—El Generalísimo y su hermano mueven los hilos —concluyó—. Y esos dos no se paran en detalles. Así que esfúmate. Prefiero que no te pillen en medio.

—¿Y qué hay de Eva Rengel?

Tres chupadas a la pipa y un largo silencio. El Almirante no miraba a Falcó.

—Ahora esa joven es asunto de otros —dijo al fin—. Mantente lejos.

—¿Qué quiere decir?

Malhumorado, el ojo sano volvió a posarse en Falcó.

—Digo que ya no tiene nada que ver contigo... Suponiendo que hayáis tenido algo que ver.

Falcó golpeó con los nudillos el borde de la mesa.

—Pues claro que tuvimos —protestó—. Corrimos muchos peligros juntos, y se portó de maravilla. Es una mujer sólida, de fiar... Ejecutó a un delator, y en la playa actuó muy bien. En vez de salir corriendo hacia la lancha, me cubrió disparando desde la orilla.

—¿Te acostaste con ella?

El Almirante lo miraba, inexpresivo. Falcó se echó atrás en la silla.

—Con el debido respeto, señor, eso no es asunto suyo.

—Depende.

—¿A qué se refiere?

El otro seguía observándolo de forma extraña.

—Olvídala —dijo tras un momento—. Te he dicho que ahora es cosa de ellos... De sus camaradas, y de los que no son sus camaradas.

Falcó se quedó con la boca abierta. Algo ocurre, dedujo. Algo que este retorcido hijo de mala madre no quiere contarme. Algo que él sabe y yo ignoro. Y sea lo que sea, es algo serio.

—No entiendo.

—Ni falta que hace. Lárgate de aquí.

Falcó se devanaba la cabeza. Intentaba pensar. Extraer conclusiones claras de todo aquello.

—Almirante...

Señaló el otro, imperativo, la puerta con la boquilla de la pipa.

—Que te largues, he dicho. Bórrate. Ya.

El edificio residencia de la Sección Femenina de Falange estaba en la cuesta de la Encarnación. Tenía balcones de hierro —en uno pendía una bandera roja y negra— y una deslucida fachada de piedra con un zaguán ancho y oscuro donde un portero manco le salió al paso a Falcó.

—Vengo a ver a la señorita Rengel —dijo éste, mostrando su documentación.

El otro lo miró suspicaz, cogió la cédula y la examinó detenidamente. Después, sin pronunciar palabra, desapareció en el interior de una garita acristalada. Al cabo de un momento regresó y le devolvió el documento.

—Ahora bajan —dijo.

Esperó Falcó al pie de una escalera de gastados peldaños de piedra. De algún lugar llegaba olor rancio a cocina, tipo rancho cuartelero. Patatas hervidas, pensó. Y bacalao sin desalar. Aquello no abría demasiado el apetito.

—La señorita Rengel ha salido —dijo la mujer.

Había bajado despacio por la escalera, observando desde arriba al visitante. Era de mediana edad, con abundantes canas que le salpicaban el pelo corto y ondulado, grasiento, que precisaba, apreció Falcó, un lavado enérgico. Tenía los labios muy finos y unos ojos duros en el rostro prematuramente envejecido, sin rastro de maquillaje. Larga falda gris y zapatos sin tacón. Habría podido tomarse por una monja de paisano de no ser por la camisa azul con el yugo y las flechas bordados en rojo sobre el bolsillo izquierdo.

—¿Y cuándo volverá?

La línea de los labios se hizo aún más estrecha.

—No creo que vuelva.

Falcó se la quedó mirando desconcertado. Había un tono desagradable en la voz de la mujer.

—Pero ella acaba de llegar. Se aloja aquí.

—Ya no.

—¿Y adónde ha ido?

—No lo sé.

A un lado, siguiendo la conversación, el portero manco miraba al visitante con hostilidad.

—No comprendo —dijo Falcó—. ¿Qué es lo que pasa?

Advirtió que la mujer cambiaba una mirada silenciosa con el portero.

—Pasa —dijo tras un momento— que tendrá usted que buscarla en otra parte.

Había hablado en tono extrañamente triunfal, cual si disfrutara con su desconcierto. La mueca taimada del portero indicaba que éste no disfrutaba menos.

—Por favor —insistió Falcó—. ¿Podría explicarme qué ocurre?

Ahora la mujer lo estudiaba de arriba abajo, desconfiada. Y no parecía gustarle lo que veía.

—¿Es amiga suya?

Asintió Falcó, y apenas lo hizo vio que los labios mezquinos se abrían en una sonrisa de satisfacción. De sospechas confirmadas.

—Pues debería tener cuidado con sus amistades, porque se la ha llevado la policía.

—¿Detenida?

—Claro.

Falcó se había quedado con la boca abierta.

—Eso es un disparate —reaccionó al fin.

—¿Disparate?... No sé. Usted y ella sabrán.

—¿Quién la detuvo?

—Vinieron dos agentes —intervino el portero, que estaba deseando meter baza—. Y había otro afuera, en un coche.

Se calló cuando la mujer le dirigió una ojeada imperiosa y malhumorada. Falcó preguntó qué clase de policías eran, pero apenas obtuvo más detalles. Policías, resumió la mujer, recobrando el control de la conversación. Se identificaron con una placa.

—¿Y adónde la han llevado?

—Afortunadamente, eso no es asunto nuestro.

La cabeza de Falcó ardía, buscando explicación a todo aquello. Policía, en Salamanca y en aquellos tiempos, podía ser cualquiera: servicio de información de Falange, agentes carlistas, servicio de seguridad, servicio de información militar, incluso gente del SNIO. De pronto recordó las reticencias del Almirante durante la última conversación. Su tono extraño al referirse a Eva Rengel. Sus camaradas, había dicho, y los que no son sus camaradas.

—Pero, ¿por qué detenida? —insistió—. ¿Dieron alguna razón los que se la llevaron?

La mujer emitió una risa dura y maligna.

—Aquí no hacen falta razones, oiga... Si se la llevó la policía, es que algo habrá hecho.

El Almirante vivía en la calle de la Compañía, en el principal de un edificio con miradores acristalados que a esas horas reflejaban la luz cárdena del crepúsculo. Cuando Falcó llamó a la puerta le abrió Centeno, el asistente: un suboficial de la Armada menudo, pelirrojo y con pecas. Estaba en mangas de camisa y con el nudo de la corbata flojo. Era un subalterno disciplinado y silencioso. Según sabía Falcó, llevaba con el Almirante desde los tiempos de los Balcanes. O desde antes.

—¿Está en casa? —preguntó Falcó.

—Sí. Entre.

Al fondo del pasillo sonaba un gramófono. Al Almirante le agradaban los tangos y la copla española. Me gusta todo lo que cuenta historias en música y palabras, solía decir. Y a veces tarareaba estrofas enteras. Ahora era la melodía de *Ojos verdes* y la voz de Miguel de Molina. Caminó Falcó hasta el salón: aparador con cerámica y libros, cuadros en las paredes, reposabrazos de ganchillo en sofá y sillones tapizados de terciopelo. El piso era convencional, burgués, requisado tras el fusilamiento de su propietario, un ex diputado socialista. El Almirante estaba sentado en una mecedora junto a la chimenea donde ardía un grueso tronco de encina. Vestía un jersey de lana, un pantalón de franela muy arrugado y zapatillas de felpa. Tenía un flexo eléctrico encendido cerca, sobre una mesita, y un libro en las rodillas. Sentada enfrente, en una silla, su esposa hacía punto con un gato a los pies.

—Ah, eres tú —dijo el Almirante.

No parecía sorprendido de ver allí a Falcó. Saludó éste a la mujer —edad mediana, aún remotamente atractiva, sonrisa amable— y ella se levantó, retirándose igual que Centeno. El gato fue a frotarse contra los zapatos de Falcó y éste se quedó en pie frente al Almirante, que lo miraba desde la mecedora. Tenía una pipa apagada entre los dientes. Tras un instante se la quitó de la boca y señaló con ella la silla vacía.

—Siéntate, anda... ¿Quieres tomar algo?

—No. Gracias.

El Almirante cerró el libro tras introducir un marcapáginas entre las hojas y lo puso junto al flexo. Miraba a Falcó, jugueteando con la pipa entre los dedos.

—Horas raras para una visita —dijo al fin.

El ojo de cristal se mostraba ligeramente vago, pero el otro estudiaba a Falcó con suma fijeza. Éste se había sentado, próximo a la chimenea encendida. Pensativo, el Almirante se pasó la boquilla de la pipa por el bigote gris manchado de nicotina.

—¿Qué han hecho con ella? —inquirió Falcó, a bocajarro.

El otro parecía no haber oído la pregunta. El gato había saltado a sus rodillas con naturalidad y el Almirante lo acariciaba. Seguía mirando con interés a Falcó. Tras un momento largo se echó un poco atrás en la mecedora, dejó ir al gato y miró el fuego.

—¿Cuánto hace que nos conocemos? —preguntó—. ¿Cinco años?

—Seis.

—Eso es, seis —alzó la vista hacia él—. En Estambul, después de tu asunto en Bucarest. Aquella cena en casa del embajador húngaro; con cuya mujer, por cierto, andabas liado... Por esa época vendías excedentes militares a los revolucionarios mejicanos e irlandeses, entre otros, y varios servicios secretos querían tu pellejo... ¿Te acuerdas?

—Claro.

—Poco después de aquello tuve que elegir entre liquidarte o reclutarte. Opté por la segunda posibilidad, y no me he arrepentido nunca.

Se quedó callado, mirando la cazoleta de la pipa. Después, inclinándose un poco, la vació dando golpecitos sobre el zócalo de la chimenea.

—Esto no es una sublevación, ni un golpe de Estado que se enreda y se complica —añadió—. Es una guerra. Y va a ser larga... Larga y muy dura. Lo está siendo ya. Posiblemente, la antesala de otra guerra más grande. Mundial, tal vez. Como la de hace veinte años.

El Almirante se había puesto en pie, dejando la pipa sobre la mesita. La música del gramófono había cesado, así que fue hasta él, retiró el disco y puso otro bajo la aguja.

Sonaron los primeros compases de *La cumparsita* y luego la voz lánguida de Carlos Gardel.

—Todos están metiendo mano en esto —siguió diciendo—. Por suerte, las democracias europeas se mantienen a la expectativa, sin intervenir. En el fondo desean que ganemos nosotros, pero juegan a la equidistancia. Los otros no se andan con complejos: Hitler, Mussolini... Esto se está llenando de italianos y alemanes, e irá a más. Por su parte, los rojos tienen detrás al Komintern. Y a Rusia.

—Cuénteme algo que no sepa —se impacientó Falcó.

El Almirante lo miró con agria censura.

—Te cuento lo que quiero, y como a mí me da la gana. ¿Entendido?... Estás en mi casa, zopenco. Si tienes prisa, coges esa puerta y te vas.

Los dos se sostuvieron la mirada en silencio. Al fin parpadeó Falcó.

—Sí, señor.

—Pues claro que sí, señor. Faltaría más.

Volvió el Almirante a la mecedora, se balanceó un momento observando el fuego y después alzó la vista hacia Falcó.

—Eva Rengel es una agente rusa.

Durante un largo silencio, en la habitación sólo se escuchó la voz de Gardel y el crepitar del tronco en la chimenea. Falcó estaba inmóvil. Estupefacto. Como si una sacudida eléctrica le hubiera recorrido el cuerpo.

—¿Perdón?... ¿Quiere decir que trabaja para los rojos?

El Almirante hizo un ademán de impaciencia.

—Quiero decir exactamente lo que he dicho. Su nombre real es Eva Neretva: padre ruso y madre española... No trabaja para los rojos, sino para el NKVD: el servicio de información y espionaje soviético. Y no informa a Madrid o Valencia, sino a Moscú.

—Pero ella... Lo de Falange...

—Se infiltró entre esa gente con mucha sangre fría. Y ahí ha estado todo el tiempo, espiando para el otro bando. Su jefe directo es Pavel Kovalenko, alias Pablo, asesor soviético en España y jefe local de la Administración de Tareas Especiales... Un absoluto hijo de mala madre.

Falcó se alegraba de estar sentado, porque de pie habría hecho mal papel. Sentía un desagradable vacío en el estómago. Por Dios. Él era un hombre de temple, pero aquello superaba cuanto había podido imaginar. Su fría lucidez habitual se había ido al diablo.

—¿Qué ocurrió en Alicante?

Pues que todo iba según lo planeado, respondió el Almirante. Que Falcó estaba allí para, aun sin saberlo todavía, entorpecer la operación; y que nadie quería realmente a José Antonio fuera de la cárcel, salvo algunos ingenuos. El Caudillo y su hermano Nicolás habían dado hilo a la cometa, pero sabiendo desde el principio que no iba a funcionar. Y a medio camino se produjo un cambio importante. Gracias a una filtración —un agente de la República que se pasó a los nacionales en Francia—, los servicios secretos franquistas supieron que el NKVD también estaba interesado en el asunto. Ni ellos, ni los rojos, ni los rusos, querían a José Antonio Primo de Rivera libre y molestando en Salamanca. Así que se pusieron en contacto y llegaron a un acuerdo. Un trato equitativo. Ya sabía Falcó, de sobra, cómo eran esas cosas.

—Tú ya no nos hacías falta, pero estabas allí... La primera idea fue sacrificarte y que te arrastrara el desastre general, pero me opuse a ello y mandé a Paquito Araña a prevenirte.

Falcó intentaba ordenar ideas. Relacionar unos hechos con otros. Su cabeza era una enloquecida jaula de grillos. El Almirante lo contemplaba con aire comprensivo.

—Ya sabes cómo son estas cosas —repitió—. Cómo es el juego... A menudo nada es lo que parece ser.

—¿Por qué me detuvieron en Alicante?

—Porque los rojos ya sabían quién eras. Hubo que decírselo.

—Joder.

—No había otra.

—¿Y por qué me dejaron ir cuando me estaban interrogando?

—Siempre fuiste un tipo con suerte —el Almirante se permitió una leve sonrisa—. Esa joven hizo que te soltaran.

—¿Ella?

—Claro.

Carlos Gardel había enmudecido hacía mucho rato. La proximidad de la chimenea sofocaba a Falcó. Sentía el cuerpo mojado de sudor. Se puso en pie y dio unos pasos por la habitación. El gato, que dormitaba sobre la alfombra, alzó la cabeza para mirarlo con interés. Al otro lado de la ventana, la ciudad anochecía despacio.

—Fue la Rengel, o la Neretva, como prefieras llamarla —dijo el Almirante—, la que se puso en contacto con Kovalenko y consiguió que te dejaran en libertad. Ignoro con qué argumentos... De no ser por eso, nunca habrías salido de allí.

Falcó apoyó la frente en el cristal de la ventana. El frío lo alivió un poco. Recordaba ahora las voces confusas a su espalda, cuando cesaron de golpearlo en la checa de Alicante. No había visto quiénes hablaban, porque tenía la cabeza sujeta al respaldo de la silla con una ligadura de alambre. Tal vez a propósito, para que no pudiera volverse a mirar. Quizá todo el tiempo ella había estado allí.

—¿Y por qué lo hizo?

—No tengo ni idea. La verdad es que ya no eras útil a ella ni a nadie, pero no cabe duda de que así fue. Gestionó tu libertad —lo miró con sorna pensativa—. Quizá le caías simpático, quizá te la trajinaste más de lo que me dices. El hecho indudable es que te salvó la vida.

—No sólo eso. En la playa, cuando huíamos, antes de subir al bote se detuvo a disparar, cubriéndome la fuga. Hasta pudo matarme, de haber querido.

—Sus motivos tendría. El alma de las mujeres es insondable —miró hacia el pasillo—. Es la mía propia, figúrate, y no me entero de nada... Y si además son espías, ni te cuento.

Falcó seguía junto a la ventana. Un carro pasó por la calle, entre las sombras crecientes. Oía, apagado, el ruido de los cascos de la mula sobre los adoquines.

—¿Y por qué vino conmigo a la zona nacional? —se preguntó en voz alta—. ¿Por qué embarcó en el *Iltis,* arriesgándose de este modo?... Habría sido más seguro para ella desaparecer antes, dejándonos a todos en manos de los rojos.

El Almirante se mostró de acuerdo.

—Ahí ya no tenemos certezas, aunque sí conjeturas. Es probable que tuviera órdenes de venir aquí. Dado lo profundamente que se había infiltrado, puede que Kovalenko le ordenase seguir adelante y establecerse en nuestro cuartel general.

—¿Y cómo supieron ustedes que era una espía rusa?

—El fulano que se nos pasó en Francia no habló de ella al principio. Sólo dijo que había un agente rojo en vuestro grupo, y nosotros creímos que se refería a ese infeliz al que liquidasteis allí...

—Juan Portela.

—Ese mismo. Pero resulta que no. Al fin el desertor acabó de contarnos toda la película, y supimos que ejecutasteis a un inocente. ¿Cómo se te queda el cuerpo?... El tal Portela era falangista intachable. Fue Eva Rengel quien lo arregló todo con documentos falsos, inculpándolo para desviar sospechas.

Torció Falcó la boca en una mueca amarga. El recuerdo lo asaltó violento, con la viveza del fogonazo que había iluminado un instante la nuca del falangista. Con el estampido del disparo y el olor de la pólvora, rápidamente disipado en el aire. Antes de eso, él había torturado a aquel hombre.

—También fue ella quien lo mató —dijo casi en voz baja.

Asintió el Almirante, ecuánime.

—Sí. Al parecer tiene un par de huevos.

—¿Y cuándo supieron que era agente del NKVD?

—Ayer por la noche. El desertor concluyó su historia y el nombre salió a relucir. Ya la teníamos aquí, así que discutimos qué hacer con ella.

—¿Quiénes?

—Un pequeño gabinete de crisis formado por el coronel Lisardo Queralt, jefe de policía y seguridad, a quien ya conoces, y yo mismo. Queralt es quien le había sacado la sopa al desertor. Dijo que él se encargaba, y a mí me pareció bien.

—¿Por qué no me dijo usted nada esta mañana?

—¿Por qué iba a hacerlo?... Esa muchacha no es asunto tuyo. En realidad nunca lo fue.

Falcó se apartó de la ventana.

—Todo esto es una inmensa mierda, Almirante.

—Me sorprende que te sorprenda.

—¿Dónde está ella ahora?

—Qué más te da.

—Dónde, Almirante. Tengo derecho.

Había ido hasta la silla, pero permanecía de pie. Desde la mecedora, el otro hizo un movimiento de irritación.

—Tú no tienes derecho a un carallo —respondió irritado—. Saliste de Alicante con el cuello intacto, cosa que no pueden decir los demás. Date con un canto en los dientes y no remuevas el fango.

—¿Qué han hecho con ella?

—La tienen los hombres de Queralt, te he dicho. Y ya conoces sus métodos. A estas horas no sé en qué estado se encontrará... Ese cabrón dijo que se la llevaban para sacarle cuanto supiera, que debe de ser bastante. Pero si como parece es una chica dura, eso va a llevar su tiempo. ¿No?

Había vuelto a balancearse suavemente en la mecedora. Alargó una mano para coger el libro de la mesita, como si diera por terminada la conversación y se dispusiera a seguir leyendo. Pero se limitó a sostenerlo entre las manos, pensativo. Al fin lo devolvió a donde estaba.

—Por eso quiero que te quites de en medio —añadió—. Que hagas un viajecito hasta que se calmen las cosas. Ese cerdo de Queralt es capaz de pringarte a ti también. De darme una patada en tus pelotas.

—¿Dónde la tienen?

—Oye. Sabes que te aprecio, así que no abuses de tu suerte. Tómate esas vacaciones que te aconsejé y no molestes más.

Falcó movió la cabeza. Había metido las manos en los bolsillos del pantalón y contemplaba el fuego.

—Puede que sí —dijo tras un instante—. Pero salvó mi vida en Alicante... Hizo que me soltaran cuando podía haber dejado que siguieran torturándome como a un animal. Y luego me cubrió pegando tiros en la playa.

El Almirante parecía casi sorprendido.

—Te veo muy delicado de sentimientos —apuntó—. No te reconozco. Acabas de echarte veintitantos muertos sobre tus espaldas, con ese Estévez y los demás falangistas... No me digas que te preocupa esa perra bolchevique.

—Ella me salvó la vida una vez y media.

—¿Y qué? Algo ganaría con eso. Así que olvídalo y dormirás mejor. Lo que, por otra parte, nunca fue un problema para ti. Que yo sepa, los remordimientos nunca te dieron insomnio... Suponiendo que conozcas la palabra remordimiento.

13. La sonrisa del coronel Queralt

Cuando Falcó llegó al Gran Hotel aún faltaba una hora y media para el toque de queda. Dejó el sombrero y el abrigo en el guardarropa, fue derecho al bar, que estaba animado, y se apoyó en la barra americana ocupando uno de los taburetes. El barman empezó a mezclar un *hupa-hupa* en la coctelera, sin preguntar. Falcó acercó un cenicero, sacó la pitillera y encendió un Players. Luego miró alrededor: había pocas mujeres. La clientela habitual se veía salpicada por uniformes de oficial de toda clase: regulares, legionarios, requetés, falangistas. Le sorprendieron algunos uniformes alemanes e italianos. Debían de haber llegado a Salamanca en los últimos días, pues era la primera vez que los veía allí. Ya se guardaban menos las apariencias, se dijo con ironía. Un apuesto capitán italiano, con bigotito recortado y camisa negra bajo la guerrera gris, se acercó a pedirle fuego y agradeció con una ancha sonrisa el chasquido perfecto y la llama del Parker Beacon de Falcó. Pensó éste en las recatadas señoras de la nueva y católica España de novena, misa y rosario. En las viudas de guerra y en las que tenían al novio o al marido en el frente; o en las que simplemente tenían hambre, hijos o familiares a los que alimentar, y la suerte de contar entre las piernas con algo que ofrecer: el recurso eterno de las mujeres en todas las miserias y todas las guerras, desde que el mundo tenía memoria. Los tipos como aquel capitán, razonó objetivo, iban a ponerse las botas.

—Su cocktail, don Lorenzo.

—Gracias, Leandro.

—Me alegra verlo de nuevo por aquí.

—Yo también me alegro de que me veas.

Procuraba no pensar. O más bien, para no pensar en lo que no debía, se esforzaba en pensar en otras cosas. Por ejemplo, se dijo dirigiendo una mirada circular mientras se ajustaba el nudo de la corbata, en sacar su propio beneficio inmediato de lo que las mujeres disponibles en su radio de acción podían ofrecerle. Greta Lenz y su marido —la alemana había dedicado a Falcó un leve saludo con la cabeza al verlo entrar— estaban en una de las mesas del fondo, sentados con un par de tipos rubios a los que él no conocía, uno de ellos con uniforme de la Luftwaffe. Territorio *verboten,* por tanto. Al menos en aquel momento, con el marido cerca. Así que siguió mirando alrededor. Y entonces vio a Lisardo Queralt.

El coronel de la Guardia Civil, jefe de policía y seguridad, también lo había visto a él. Vestía de paisano y estaba al final de la barra, de charla con un grupo de individuos bien trajeados. Falcó conocía de vista a un par de ellos: un marqués de algo, poseedor de grandes fincas en la raya de Portugal, y un negociante gallego que se estaba forrando con el suministro de latas de conserva a las tropas de Franco. Todos reían y fumaban cigarros habanos. Al encontrarse las miradas, Queralt, que sostenía una copa de anís en la que humedecía el extremo del puro, la alzó en forma de irónico brindis en dirección a Falcó. Luego bebió un sorbo, la puso con mucha flema en la barra y vino hacia él.

—Vaya, vaya. Quién está aquí... El jabatillo del Jabalí.

Los labios gruesos y pálidos seguían sonriendo en el rostro sombrío, de ojos peligrosos. Una sonrisa porcina y satisfecha de sí misma, pensó Falcó mientras el otro apoyaba su corpulenta humanidad en el taburete contiguo. Queralt llevaba un anillo de oro con una gruesa piedra azul en el meñique de la mano izquierda, donde lucía una uña demasiado larga. Por un momento, Falcó se preguntó qué haría aquel hijo de puta con esa uña.

—Todavía no hemos hablado usted y yo —dijo Queralt.

Falcó mojó los labios en su copa y luego dio una chupada a su cigarrillo.

—No tenemos nada de qué hablar —dijo, dejando escapar el humo con las palabras.

—Se equivoca. Había pensado en convocarlo de manera oficial, pero supongo que se refugiaría en el regazo calentito de su jefe. Y no quiero complicaciones, por ahora. Pero le aseguro que tarde o temprano hablaremos.

—Suena como una amenaza.

—Huy. Pues no era mi intención. Sólo es un propósito.

—¿Y de qué querría hablar conmigo?

El otro chupaba su puro. Miró la ceniza y volvió a chuparlo.

—De la mujer, por supuesto.

—¿Qué mujer?

Lo miraba Queralt, sardónico. Seguro de sí. De su poder y posición.

—¿Ya le han contado quién es en realidad esa Eva Rengel?

—Nadie me ha contado nada.

Los labios porcinos se dilataron en una sonrisa malévola.

—Está mintiendo. Claro que se lo han contado. Lo sabe de sobra. Mi curiosidad es desde cuándo lo sabe. Ésa es una de las preguntas que querría hacerle. Que me propongo hacerle, claro, en cuanto tenga ocasión. Una ocasión más favorable que ésta... Más íntima.

Falcó no respondió. Miraba las botellas alineadas en los estantes, al otro lado de la barra.

—¿De verdad no quiere saber qué estamos haciendo con ella? —insistió Queralt.

Seguía mirando Falcó las botellas, impasible. Pero su impasibilidad iba sólo por fuera. Con sumo gusto, pensaba, cogería una de ésas para rompérsela en la cara a este cabrón. Incrustarle el puro en las encías. Por imaginar, que no quede.

—Los engañó a todos bien, ¿eh?... A usted, a su jefe. A los falangistas. Los engañó a todos.

Con un golpecito del dedo índice, Falcó dejó caer ceniza del cigarrillo en el cenicero.

—Pierde el tiempo conmigo —dijo al fin, señalando con el mentón a los amigos de Queralt—. Vuelva a sus negocios.

—Usted y el Jabalí son imbéciles... Se dejaron torear por una puta espía roja. Por una rusa.

Falcó se giró a medias en el taburete, encarando al otro. Sentía los músculos tensos, previos al ataque. Pero sabía que eso era imposible. Con aquel fulano. Y menos en ese lugar. Con tanta gente alrededor. Así que se tragó la cólera como si fuera una cucharada de bilis.

—¿Ha venido a provocarme, coronel?

El rostro se le había endurecido, y Queralt se dio cuenta. Por un momento miró las manos de Falcó, como intentando prever si algo debía temer de ellas. Pero fue sólo un instante. El poder propio y el lugar lo tranquilizaban, sin duda. Daban aplomo a su vileza.

—Ahora empezamos a saber cosas sobre esa mujer —dijo despacio, administrando con deliberada malicia las palabras—. Gracias a algunos amigos franceses, y siempre previo pago de su importe, porque en esto nadie regala nada, nos ha llegado del Deuxième Bureau un expediente bastante completo, dentro de lo que cabe... ¿Quiere que se lo resuma?

—Haga lo que le plazca.

Queralt se puso a ello. A resumirlo. A pesar de su juventud, Eva Neretva —alias Eva Rengel— tenía una amplia experiencia como agente ilegal soviético. Su padre era un ruso anticomunista exiliado, y la madre, española, profesora de literatura en Londres. Por lo visto las relaciones con el padre no habían sido buenas, y la joven se pasó al otro lado. Cuando era estudiante estuvo repartiendo propaganda comunista a los marineros en los muelles. Eso hizo que se fijaran en ella. Con diecinueve años viajó a la Unión Soviética, donde fue reclutada por el NKVD y recibió entrenamiento. Luego estuvo en París, infiltrada en círculos de rusos blancos; y como allí se condujo con eficacia, pasó a la Administración de Tareas Especiales. Que, como Falcó debía saber de sobra, era el departamento soviético especializado en infiltración, asesinatos y operaciones negras en general. Gracias a ella, varios destacados trotskistas fueron secuestrados en Francia y llevados a Moscú, donde les dieron lo suyo en un sótano de la Lubianka. Y cuando empezó a agitarse lo de España, la mandaron con el primer y pequeño grupo de agentes dirigido por Pavel Kovalenko. Llevaba cinco meses activa cuando el Alzamiento.

—Ésa es la perla —concluyó Queralt— que usted se trajo de Alicante.

Falcó había consumido el cigarrillo. Lo aplastó muy despacio en el cenicero, y aún tardó varios segundos en hacer la pregunta.

—¿Qué están haciendo con ella?

El otro se mostró encantado con su curiosidad. Soltó una carcajada grosera y agria, y la ceniza del habano le cayó sobre el chaleco.

—¿Le interesa eso? ¿Lo que estamos haciendo?... Pues verá. La he puesto en manos de mis mejores elementos: unos chicos tranquilos, pacientes, profesionales, de los que saben tomarse su tiempo. Subalternos con experiencia, capaces de que cualquiera les cuente lo que ha hecho; e incluso, en caso necesario, lo que ni siquiera imaginó hacer. Les he ordenado que no tengan prisa, y que le saquen todo cuanto puedan, nombres, lugares, operaciones, contactos, antes de que llevemos a esa puerca al paredón... Y en ello están. Jugando a preguntas y respuestas, como en los concursos de la radio.

—¿Dónde la tienen?

—Ése no es asunto suyo.

Queralt se levantó del taburete. Ahora su sonrisa era sombría.

—Lo mismo, entre todos esos nombres, esa joven pronuncia el de usted —añadió—. Entonces no tendré más remedio que conseguir autorización oficial para interrogarlo también... No es nada personal, entiéndalo —pareció meditarlo un momento—. O tal vez sí lo es. En fin. Son las cosas de la vida.

Falcó le sostenía la mirada, inexpresivo.

—No hay nada que ella pueda decir que me inquiete.

—Usted sabrá.

Le dio Queralt con brusquedad la espalda y regresó con sus amigos, dejando esa sonrisa suya, despectiva y siniestra, impresa en las retinas de Falcó. Le ardía a éste la cabeza con una cólera fría, tranquila. Con ganas —reconocía con facilidad sus propios síntomas— de hacer daño, o de matar. De borrar con violencia aquella sonrisa. Entonces, transcurrido un momento, le pidió al barman otro cocktail, ingirió con él dos cafiaspirinas, encendió un nuevo cigarrillo y se puso a pensar.

Seguía pensando cuando subió a su habitación, tumbado sobre la cama sin desvestirse, fumando cigarrillo tras cigarrillo mientras miraba el techo, inmóvil, y luego cuando se puso en pie y anduvo de un lado a otro, parándose ante la ventana para mirar la calle convertida en un foso de tinieblas, oscurecida ante posibles ataques aéreos. La noche es neutral, se dijo. No toma partido por uno ni por otros, y ayuda a quien la pone de su lado. A quien la utiliza.

Las cafiaspirinas y la adrenalina bombeada en su sangre por la sonrisa de Lisardo Queralt le daban una extrema lucidez. Una aguda percepción de las cosas, del espacio y del tiempo, de la noche oscura y sus posibilidades. Hizo cálculos, consultó papeles que tenía en los cajones, cogió alguno de ellos. También le quitó la funda a la máquina de escribir portátil Underwood que estaba sobre la mesa. La habitación tenía teléfono conectado con una centralita, de modo que descolgó el auricular y para sorpresa de la telefonista, a esas horas de la noche, pidió un par de huevos duros. Llegaron en quince minutos, aún tibios. Dio una propina al camarero y se sentó con ellos en la mesa situada junto a la ventana, peló las cáscaras y con una cuchilla de afeitar cortó limpiamente una sección por la parte más espesa de la clara cuajada. Después aplicó la sección sobre el sello de un documento con membrete del Cuartel General que había preparado mientras aguardaba, y tras comprobar que parte de la tinta había quedado allí impresa la trasladó a modo de tampón sobre la hoja de papel que acababa de mecanografiar. Quitó el capuchón a la estilográfica, firmó con un garabato y dejó secar la tinta antes de doblar el papel y guardárselo en un bolsillo. Ahora era él quien sonreía cuando, tras meter en el abrigo y la chaqueta cuanto necesitaba —incluido un sobre con dinero que tenía escondido sobre el armario—, cerró la puerta a su espalda y se alejó por el pasillo.

—¿Qué demonios quieres a estas horas?

El Almirante lo recibió malhumorado. Centeno, el asistente, había dudado esta vez en franquear el paso a Falcó. Pasaban las once de la noche y el dueño de la casa estaba en batín, con las mismas zapatillas de felpa. Bajo el batín llevaba un pijama a rayas grises y blancas.

—Hablar, señor.

—¿Y no puedes esperarte a mañana?

—No.

La escueta negativa pareció despertar la curiosidad del Almirante. El ojo de cristal y el ojo sano convergían sobre Falcó, el último a un tiempo irritado y alerta. Con un gesto indicó a Centeno que se retirase. Luego miró otra vez a Falcó, pensativo.

—¿Quieres tomar algo?

—Nada, gracias.

Pasaron al salón. Estaba a oscuras. El Almirante corrió las cortinas del balcón y encendió el flexo.

—Siéntate.

—Prefiero estar de pie.

Ocupó el otro la mecedora, balanceándose en ella unos instantes. Después se quedó quieto.

—Tiene que ser importante —dijo al fin— para que vengas a incordiarme a estas horas.

—Lo es.

—Más te vale.

Miró Falcó la chimenea. Estaba casi apagada, con sólo unas cenizas humeantes. Al gato no se lo veía por ninguna parte.

—He estado hablando con el coronel Queralt. Lo encontré en el bar del Gran Hotel... Fue él quien se me acercó.

El Almirante le dirigió una mirada crítica.

—¿Y has venido a sacarme de la cama por eso?

—Ese tipo sonreía, señor. Sonreía todo el tiempo, con esa mueca suya. Parecía encantado de la vida.

—¿Y?

—No puedo quitarme de la cabeza esa sonrisa.

El Almirante lo miraba como si no diera crédito a lo que estaba oyendo. Al cabo exhaló un bufido de enfado.

—Vete a dormir. Qué sé yo. Tómate una copa, o veinte... Busca una mujer.

—Tenía que haberlo visto sonreír, señor.

—Lo he visto otras veces. Tiene poder, lo sabe y le encanta. Lo dejaron fuera en lo de Alicante y ahora se toma el desquite. Es natural —indicó el pasillo con gesto malhumorado—. Y ahora vete de aquí.

Falcó no se movió. Seguía de pie junto a la chimenea, desabotonado el abrigo y el sombrero entre las manos.

—¿Dónde la tienen a ella, Almirante?

El otro lo miró casi con asombro. Su expresión oscilaba entre la incredulidad y la cólera.

—Qué más da dónde la tengan. Esa mujer ya no es asunto nuestro.

—Dígame dónde está.

—Ni hablar.

—¿Lo sabe usted?

—Claro. Pero no pienso decírtelo.

Falcó buscó con la mirada el ojo sano de su interlocutor.

—Nunca le he pedido nada, señor... Desde hace cinco años hago cuanto me ordena, y nunca le he pedido nada.

—Me importa un carallo lo que pidas o no —el Almirante cerró los puños con impaciencia—. Te digo que

Eva Rengel pertenece a otros. Por el amor de Dios, hombre. Es una puñetera bolchevique. Una espía de los rojos.

Torció Falcó la cabeza, inclinándola un poco. Luego miró alrededor lentamente, de forma casi circular, cual si buscara nuevos argumentos en la penumbra de las paredes. Al cabo de un instante encogió los hombros.

—¿Recuerda usted cuando me reclutó?

—Claro.

—Estábamos en aquel café de Constanza, el Venus. ¿No es cierto?

—Sí... Junio de mil novecientos treinta y uno.

—Eso es. Estábamos los dos sentados en la puerta mirando el paisaje, y usted dijo algo que no he olvidado nunca: «He servido a una monarquía y a una república, y no sé a quién serviré en el futuro. Este trabajo sería insoportable si no hubiera en él ciertas retorcidas reglas. Quizá no sean reglas convencionales, ni siquiera dignas, pero son las nuestras. Aunque la principal de todas sea, precisamente, la aparente ausencia de reglas»... ¿Recuerda que dijo eso?

—Lo he dicho otras veces.

—Las otras veces no me importan. Sé que me lo dijo a mí.

—Supongamos que lo recuerdo —se había suavizado la expresión del Almirante—. ¿Adónde nos llevaría eso?

Sonrió un poco Falcó. Casi con melancolía.

—¿Sabe lo que me decidió a aceptar su oferta?

—No.

—La palabra *aparente,* sólo eso. Pronunciada por usted. La aparente ausencia de reglas.

Siguió un silencio absoluto y muy largo. El Almirante movía despacio la mecedora, el ojo sano clavado en Falcó.

—Es cierto —dijo al fin—. A poco que vivas, la vida les quita la letra mayúscula a palabras que antes escribías con ella: Honor, Patria, Bandera...

La sonrisa de Falcó se tornó agradecida.

—Exacto, Almirante. Y entonces sólo queda eso: la aparente ausencia de reglas. Que, entre gente como nosotros, es una regla tan buena como otra cualquiera.

El otro había dejado de balancear la mecedora. Su expresión era distinta.

—¿Qué pretendes hacer? —preguntó.

—Borrarle esa puerca sonrisa a Lisardo Queralt.

Lo había dicho con sencillez. Con espontánea franqueza, y el otro se dio cuenta de ello.

—Estás loco —protestó—. ¿Pretendes que yo te ayude en eso?

—Pretendo que me lo ponga fácil. Nada más. El resto es cosa mía. Sabe que en ningún momento lo implicaré a usted.

—Te juegas un piquete de fusilamiento. Y algo peor mientras llegas al paredón.

—Ella no está en la cárcel, sino en un lugar de detención privado. El propio Queralt se pavoneó de eso... ¿Dónde la tienen detenida?

Se levantó el Almirante con brusquedad, casi haciendo caer hacia atrás la mecedora. Dio tres pasos hacia las cortinas corridas, como si fuera a abrirlas, y se detuvo ante ellas.

—Es una espía rusa, coño.

—Que me salvó una vez y media la vida, recuerde.

—Quítate de mi vista.

—No.

El Almirante seguía dándole la espalda a Falcó.

—Eres un irresponsable. Nos vas a meter en un lío a todos.

—A todos no. Sólo a mí. Y a lo mejor salgo de él.

—Te creía un cabrón templado, pero eres idiota.

—Puede ser... Nunca le he pedido nada, dije antes. Siempre fui un buen soldado. Pero ahora se lo pido...

Sólo un lugar, señor. Una dirección. Eso es cuanto necesito.

El otro se volvió despacio. Había metido las manos en los bolsillos del batín.

—La tienen en una casa que usa Queralt para sus interrogatorios privados —dijo al fin—. Un hotelito de la carretera de Madrid, al otro lado del río. Cosa de dos kilómetros, junto a una casilla de peones camineros... Una casa de dos pisos pintada de blanco. Villa Teresa, se llama.

Falcó sonreía, luminoso. Como un muchacho con buenas notas escolares.

—Gracias, Almirante.

—¿Qué piensas hacer?... No puedo darte nada, ni a nadie. No puedo mezclarme en eso. En semejante disparate.

—Ni se lo pido, ni debe hacerlo. Con lo que acaba de contarme ha hecho suficiente.

El Almirante miraba la pipa sobre el libro que estaba en la mesita junto al flexo, pero no la tocó. Al cabo hizo un ademán de impotencia.

—Tienes una ventaja: todo es provisional, estos días. Militares, falangistas, requetés... La gente va y viene, nada está claro. La España nacional está por definir, y muchas veces nos vemos en el caos. Poco a poco se irá organizando mejor, pero aún hay zonas de sombra. Agujeros en la red.

—De eso se trata, precisamente.

El Almirante se le había acercado mucho. Alzó un dedo índice hasta darle con él golpecitos en el pecho. Tres golpecitos, uno tras otro. Toc, toc, toc. Su expresión era dura de nuevo.

—Pues si te atrapan con el cuello metido en uno de esos agujeros —dijo a un palmo de la cara de Falcó—, negaré cualquier cosa que tenga que ver contigo. Incluso contribuiré a que te despedacen.

Enseñaba los colmillos, justificando su apodo. Chispearon risueños los ojos de Falcó.

—Naturalmente, señor.

—Es más. Lo haré yo mismo. En persona.

—Me parece justo.

—Me importa un carallo lo que te parezca.

Tras decir aquello emitió un gruñido de aparente malhumor. Un gruñido excesivo. Casi cómplice.

—¿De verdad esa mujer merece tanto la pena?

Movió Falcó la cabeza, sincero.

—No es ella, señor. Tiene mi palabra... Es la sonrisa de Lisardo Queralt.

Sonó un timbre eléctrico al otro extremo del pasillo. El Almirante miró hacia allí, extrañado.

—¿Quién puede ser, a estas horas?

Se oyeron los pasos de Centeno en el vestíbulo. La puerta de la calle se abrió y se volvió a cerrar. Un poco después, el asistente se detuvo respetuoso en la entrada del salón. Tenía un sobre cerrado en las manos.

—Acaban de traerlo, señor. Del cuartel general del Caudillo.

—Dame.

El otro le entregó el sobre.

—¿Ordena usted alguna cosa?

—Nada. Puedes irte.

Centeno salió de la habitación. El Almirante dirigió una rápida mirada a Falcó y abrió el sobre. Tras un momento se pasó los dedos por el bigote, movió la cabeza y arrugó la frente.

—Mierda —dijo.

—¿Malas noticias? —se interesó Falcó.

—Depende para quién. Esta mañana, en el patio de la cárcel, los rojos han fusilado a José Antonio.

14. La noche es neutral

La casa estaba sin luces, una leve mancha clara en la oscuridad a un lado de la carretera. Era fácil distinguirla aunque no había luna. La sombra densa de un bosquecillo de chopos ennegrecía el otro lado, entre el asfalto y la corriente invisible del Tormes. Tras detener el coche en la cuneta —había recorrido el último medio kilómetro con los faros apagados—, Lorenzo Falcó sacó la pistola de un bolsillo del abrigo, y del otro un tubo de acero cilíndrico, de un palmo de largo y tres centímetros de diámetro, que ajustó despacio, atornillándolo con tres vueltas en la boca del arma. Se trataba de un modernísimo supresor de sonido Heissefeldt, en uso desde hacía sólo tres años por la policía secreta alemana: un complemento que amortiguaba los gases del disparo, reduciendo a más de la mitad el ruido de éste a cambio de perder precisión más allá de los ocho o diez metros. Falcó lo había conseguido en Berlín dos meses atrás, en los lavabos del hotel Adlon, de manos de un subcomisario de la Gestapo y como pago de doscientos gramos de cocaína. Era la primera vez que iba a usarlo en una acción real.

Sintió deseos de fumar un cigarrillo, pero alejó la tentación. No era momento para eso. Con la pistola en el regazo y las manos en el volante permaneció inmóvil un rato muy largo, mirando la casa hasta que sus ojos se habituaron a las sombras y pudo distinguir mejor los contornos, el bosquecillo cercano y la cinta más negra de la carretera. El coche era un Citroën 7 Pato del SNIO, cuyas llaves le había entregado Centeno por orden del Almirante —«Siempre podré decir que lo robaste», había comentado éste con displicencia—. Falcó tenía el abrigo y el sombrero en el asiento del copiloto y vestía un traje de tweed oscuro, con calcetines negros y zapatos cómodos muy deportivos, de suelas de caucho. Un pañuelo de seda le disimulaba el blanco de la camisa. Sin corbata. Al cabo de un momento se palpó los bolsillos para comprobar que todo estaba en su sitio y no hacía ruido: un juego de ganzúas envuelto en un pañuelo, dos cargadores para la Browning con seis balas cada uno, además del que estaba en el arma, y la navaja automática en el bolsillo derecho del pantalón. La pitillera, la estilográfica, la billetera, el encendedor, las cafiaspirinas y los cigarrillos los dejó con el abrigo.

Intentó ver las manecillas del reloj, pero con aquella oscuridad resultaba imposible. Calculó que serían las dos de la madrugada. Todavía esperó un poco más, atentos los ojos a la noche, y al fin empuñó la pistola, acerrojó una bala en la recámara, abrió la portezuela y salió afuera. Orinó a tres pasos del coche. Hacía frío, aún más húmedo y desagradable por la proximidad del río, de modo que se subió el cuello de la americana. Avanzaba despacio, con la mente vacía de todo cuanto no fuese estudiar el terreno que pisaba, la casa cada vez más cercana, las sombras que anegaban el campo y el bosque. Iba concentrado en mirar alrededor, atento por instinto a un principio fundamental: antes de entrar en un sitio había que saber por dónde se iba a abandonar. Tener previsto siempre el camino mejor; el más corto y seguro para irse luego con discreción y rapidez, según el viejo código del escorpión: mira, pica y vete.

Eligió las sombras más espesas de los árboles para acercarse a la casa. Frente a la puerta había una verja de hierro que se prolongaba en tapia no muy alta. Tanteó la verja, que estaba cerrada, y después salvó la tapia sin dificultad, encaramándose de un salto para dejarse caer al otro lado. Anduvo entre la maleza de un jardín descuidado y llegó hasta el muro de la casa, que permanecía silenciosa, sin rastro de vida. Espero, pensó por un momento, que el Almirante no me la haya jugado. O que no esté en un error.

Dobló la esquina mientras exploraba el edificio, y fue entonces cuando oyó un gruñido cercano y bajo, procedente de un bulto que se movía. Un perro, pensó. La hemos regado. Ojalá esté atado y no suelto. Se le erizó el vello mientras, de modo automático, alzaba la pistola. El primer ladrido sonó fuerte, amenazante y desgarrador, a menos de un metro. El segundo se cortó en seco cuando Falcó apretó el gatillo y la Browning saltó en su mano derecha con brusco retroceso, como si tuviera vida propia, alumbrando con un breve fogonazo las fauces abiertas, los colmillos desnudos y los ojos desorbitados del animal. El ruido del disparo, ya muy amortiguado por el supresor, se perdió en aquel segundo y truncado ladrido, y todo quedó en silencio.

Falcó permaneció inmóvil, la espalda contra la pared, calculando los efectos de lo ocurrido. Después, recobrada la calma, se movió con rapidez y cautela. Podía ser que los ladridos hubieran despertado a alguien, si es que alguien había en la casa. O podría ser que ese alguien siguiera durmiendo. Anduvo pegado a la pared en dirección a la puerta principal, y en ese momento advirtió que en el piso superior se iluminaba una ventana. La certeza lo inundó al fin con una oleada de tensión y placer simultáneos, y el pulso que le bombeaba ruidosamente en los oídos, bum-bum, bum-bum, se serenó, regularizándose hasta un ritmo normal. Todo iba bien, se dijo. O casi. Estaba en el buen camino. Listo para hacer lo que había ido a hacer, y asumir sus consecuencias. Todas.

La entrada tenía tres peldaños y una especie de porche. Buscaba la ganzúa en el bolsillo cuando vio iluminarse la rendija del umbral y oyó el ruido de la cerradura accionada desde dentro. Levantó la pistola, se abrió la puerta y en ella, en el leve contraluz de una lámpara eléctrica de pocos vatios encendida en el vestíbulo, se recortó la silueta de un hombre. Falcó disparó a bocajarro; y esta vez, sin ladridos que lo disimularan, el ruido del tiro sonó como un trozo grueso de madera al romperse. Crac, hizo, y la silueta se desplomó desmadejada, sobre las rodillas, antes de caer al suelo con la cabeza a un palmo de los zapatos de Falcó. Por un momento —una vez más en su vida— pensó éste que la gente se equivocaba con quienes recibían un disparo. Solía creerse que iban al suelo haciendo aspavientos dramáticos, o llevándose una mano a la herida, como en las películas. Pero no era así. En realidad se limitaban a desmayarse. Para siempre.

Pasó por encima del cadáver —con aquella poca luz sólo pudo ver que vestía pantalón y camisa e iba en calcetines— y entró en la casa con la pistola por delante. El salón, alumbrado por la débil claridad de la lámpara, estaba amueblado de forma convencional. Olía a cerrado, rancio, a alfombras y cortinas poco aireadas, como los cines y lugares públicos. Tenía aspecto de ser una casa de recreo para fines de semana, sin duda requisada a sus dueños, utilizada por gente de paso con poco interés por la limpieza. Falcó reconocía esa clase de lugares. Aquél era un sitio discreto para interrogatorios y prisioneros especiales de los hombres de Lisardo Queralt, le había dicho el Almirante. Discreción e impunidad garantizadas. Y todo encajaba en el relato. Al fondo había una escalera que se bifurcaba hacia el piso superior y hacia un sótano. Falcó decidió dejar el sótano para el final y ocuparse antes del piso de arriba. Por precaución, sustituyó el cargador, donde sólo quedaban tres balas —la cuarta había entrado automáticamente en la recámara después del segundo disparo—, por otro con seis. Se pasó los dedos por la pernera del pantalón y volvió a empuñar el arma. Tenía calor. Le sudaba un poco la mano y el pañuelo de seda le sofocaba el cuello. Se lo quitó, dejándolo caer.

Entonces oyó una voz, arriba. Una interrogación masculina, malhumorada, que no llegó a entender del todo. Parecía haber pronunciado un nombre, tal vez el del individuo que estaba tirado en la puerta. Con mucha precaución, procurando pisar primero con el talón de los zapatos y después con el resto de la suela, Falcó fue hasta la escalera, miró arriba y vio una barandilla de madera recortada en la penumbra de una luz allí encendida, quizá la de la puerta de un dormitorio que acababa de abrirse. Alzó la pistola, apuntando al hueco, y ascendió muy despacio, del mismo modo, conteniendo el aliento. Uno, dos, cinco peldaños. Había un pequeño rellano y se detuvo en él, siempre con el arma hacia lo alto. Respiró despacio, hondo, oxigenándose los pulmones, y se dispuso a continuar. En ese momento la voz masculina sonó de nuevo, una sombra se proyectó en la barandilla y un rostro apareció asomado sobre ella. Esta vez Falcó sí pudo verlo bien: moreno, mediana edad, aspecto fornido, bigote. Vestía calzoncillos y camiseta de tirantes. Disparó dos veces, porque la primera levantó astillas de la barandilla y no estaba seguro de haber acertado. El segundo balazo hizo desaparecer al hombre de la vista de Falcó. Subió éste con rapidez los peldaños que faltaban y lo vio tirado de espaldas en el suelo, los brazos y las piernas abiertos como si estuviera descansando. Tenía un balazo en el pecho —un agujero en la camiseta, sin sangre a la vista— y otro en el cuello, por el que se le derramaba a borbotones un chorro intermitente de color rojo intenso. Parecía muerto; pero cuando Falcó llegó a su lado, el caído removió las piernas y emitió un quejido prolongado y ronco. Tenía los ojos abiertos, vidriosos, fijos en Falcó. Entonces éste se agachó un poco y, apretando la boca del supresor de sonido contra el corazón del otro, a fin de silenciar aún más el disparo, apretó el gatillo.

Fue abriendo las puertas con precaución, una tras otra. Había cinco, y una era la de un cuarto de baño. En el dormitorio del hombre muerto en la escalera no había nadie más, y otro estaba vacío. Al fondo del pasillo había una puerta doble esmerilada, como si se tratase del dormitorio principal, y Falcó se aproximó a ella. La única luz provenía del cuarto del hombre muerto, que seguía iluminando la escalera y parte del pasillo. Falcó se detuvo ante la puerta, puso la mano en el picaporte y abrió despacio. Dentro estaba oscuro. Con la pistola lista en la mano derecha, tanteó con la izquierda la pared en busca del interruptor de la luz, y cuando ésta se encendió vio a Eva Rengel tendida boca arriba sobre un somier del que habían retirado el colchón. Se encontraba atada al somier por las muñecas y los tobillos, y estas últimas ligaduras mantenían sus piernas muy abiertas, en una postura al mismo tiempo indefensa y obscena. Estaba desnuda, había alzado un poco la cabeza y lo miraba con ojos aturdidos, vacíos, mezcla de sueño, desconcierto y espanto.

Reprimió el primer impulso de acercarse a ella. Aún quedaba otro dormitorio por revisar, y abajo estaba el sótano. Tenía que asegurarse de que en la casa no había nadie más. Así que giró sobre sus talones para dejar la habitación, y al hacerlo casi se dio de bruces con un hombre que salía del cuarto contiguo, descalzo y remetiéndose con una mano la camisa en el pantalón. En la otra llevaba un revólver, y durante dos segundos, antes de sobreponerse a la sorpresa y actuar —demasiado cerca para usar la pistola con aquel maldito tubo largo—, Falcó pensó que si en la casa había aún más esbirros de Lisardo Queralt, todo podía muy bien estarse yendo al diablo. Con aquel tercer adversario acababa de tocar el límite. De sus posibilidades.

—¿Qué cojones...? —empezó a decir el hombre.

Lo miraba con los ojos muy abiertos, desconcertado, todavía soñoliento. Era delgado, moreno, con pelillos de barba a medio crecer oscureciéndole el mentón. Y más bien fuerte, advirtió desolado Falcó cuando, al golpear su muñeca para hacerle soltar el revólver, encontró la resistencia de un brazo musculoso. Consciente de que no había nada que hacer con la pistola, la dejó caer, siguió procurando con la mano izquierda que el otro soltase su arma, y utilizó la derecha para aferrar con fuerza al enemigo por la nuca, el tiempo preciso para sujetarle la cabeza mientras le asestaba un violento cabezazo en la cara. Sonó fuerte, croc, con un crujido de huesos y cartílagos al romperse, y el otro retrocedió trastabillando con torpeza, manoteando para mantener el equilibrio mientras un chorro de sangre le brotaba instantáneamente de la nariz, que parecía ahora torcida de modo grotesco hacia un lado. Pero no soltaba el revólver, así que Falcó atacó de nuevo con la urgencia de la desesperación, sabiendo que si aquel cañón se volvía hacia él, sus oportunidades eran mínimas. Por fortuna el adversario estaba descompuesto por el golpe y la sangre, tan aturdido que no opuso demasiada resistencia cuando Falcó le pegó un rodillazo en un muslo junto a la cabeza del fémur, haciéndolo caer al suelo, y se le echó encima.

El disparo del revólver sonó muy próximo al costado izquierdo de Falcó, que por un momento, ensordecido por el estruendo, creyó que acababa de encajar una bala en el cuerpo. Pero no sentía nada, ni siquiera la quemadura del fogonazo. Sólo el olor áspero de la pólvora. Así que volvió a golpear la cara del caído, sistemáticamente, esta vez con el puño derecho cerrado, de arriba abajo, buscando siempre acertar en la nariz maltrecha, hasta que el otro empezó a aullar como una bestia y tras un forcejeo soltó el revólver. Entonces, aferrándolo con una mano por la garganta, Falcó buscó la navaja automática en el bolsillo del pantalón, apretó el botón y al desplegarse la hoja puso la punta bajo el mentón de su enemigo. Adivinando lo que iba a ocurrir, los ojos desorbitados de éste lo miraron con horror entre la sangre que le teñía el rostro. Después Falcó hundió la hoja con un golpe seco, hacia arriba, y un chorro de sangre escupida le saltó a la cara.

Se secó el rostro con el faldón de la camisa del muerto, limpió la navaja y volvió a metérsela en el bolsillo. Tras unos momentos empleados en recobrar la lucidez y las fuerzas, se incorporó sobre el cuerpo inmóvil, cogió su pistola, le quitó el supresor de sonido —el disparo del revólver liquidaba ya toda esperanza de discreción— y se lo guardó en un bolsillo de la chaqueta. Daba la espalda a la puerta iluminada del dormitorio donde estaba la mujer, y deliberadamente no quiso mirar atrás. Ya habría tiempo para eso. Lo urgente era asegurarse de que no había nadie más en la casa, así que bajó al sótano y echó un vistazo. No era un lugar agradable; incluso se parecía mucho al cuarto de la checa de Alicante donde los rojos lo habían interrogado a él. En realidad, pensó, todos los cuartos de interrogatorio del mundo se parecían. Había estado en varios de ellos, tanto a un lado como a otro de las preguntas, y era fácil reconocerlos: la silla donde sentaban a los prisioneros, la mesa en la que los ataban, las porras, los vergajos para palizas y otros instrumentos de tortura. Aquel sótano, en particular, tenía dos grandes focos ahora apagados, orientables hacia la silla de interrogatorios para deslumbrar al eventual prisionero. El cine de gánsters de Hollywood daba buenas ideas. Sobre la mesa había un cenicero repleto de colillas viejas, y en un rincón del cuarto, un cubo sucio y maloliente con lo que parecían vómitos —se estremeció Falcó pensando que fueran de Eva Rengel— bajo un retrato del Caudillo y una bandera nacional roja y gualda clavada con chinchetas en la pared.

De regreso a la planta baja, fue hasta la puerta, agarró por las piernas el cadáver atravesado en el umbral y lo metió en la casa, trazando un largo reguero de sangre en el suelo. Lo dejó así, boca abajo como estaba, sin mirarle siquiera el rostro. Luego cerró la puerta. Tenía la boca tan seca como si le hubieran frotado lengua, encías y paladar con estropajo, así que fue a la cocina. Encontró una botella de coñac, de la que no hizo caso, y otra de vino junto a una lata de mantequilla holandesa y unos trozos de pan. Vertió vino en un vaso grande, mezclado con agua del grifo, y lo bebió sin respirar, con verdadera ansia. Después se dirigió al piso superior. Los otros dos cadáveres estaban en el pasillo, uno junto a la barandilla y otro al fondo, cerca de la puerta esmerilada del dormitorio principal. El de la camiseta de tirantes —ahora tenía un charco de sangre debajo, cinco litros largos que goteaban por los primeros peldaños de la escalera— llevaba al cuello una cadena de oro con una medalla del Sagrado Corazón. Tenía los ojos entreabiertos y cara de estupor, como si antes de morir hubiera pensado que aquello no podía estar pasándole a él. Solía ocurrir. En cuanto al otro, no tenía expresión ninguna, al menos visible, porque su rostro era una máscara roja. Falcó se preguntó cuántos de ellos, si no todos, habían violado a Eva Rengel. Entró en los dormitorios, registró las carteras de los muertos —eran agentes de la Dirección de Policía y Seguridad— y se guardó los documentos de uno con el que tenía cierto parecido físico. Nunca se sabe, pensó, y hay controles y fronteras donde todos los gatos pueden ser pardos. También les cogió el dinero. Sobre una mesita de noche había un paquete de Ideales y un mechero, así que se sentó sobre las sábanas arrugadas por el hombre al que había matado y fumó durante cinco minutos, sin prisas. Con la mente en blanco. Al fin dejó caer la colilla al suelo, la aplastó con un pie y se incorporó, camino del dormitorio principal.

Cortó las ligaduras de Eva Rengel con la navaja y la cubrió con una manta. La joven lo miraba sin decir palabra, y sólo emitió un leve quejido cuando la manta le rozó las quemaduras de cigarrillo que tenía en los pechos. Estaba muy pálida, y eso resaltaba más las señales de golpes que tenía en la cara y el resto del cuerpo. Al tocar la piel desnuda advirtió Falcó que estaba fría, recubierta de una fina capa de humedad; un sudor apenas perceptible que parecía helar cada uno de sus poros. Bajo el tejido espeso de la manta temblaba como si acabaran de sacarla de un baño de hielo. Tenía el labio inferior medio partido, con una gruesa costra de sangre, los párpados hinchados y cercos violáceos bajo los ojos. Olía a orines y suciedad. Con aquel pelo corto y rubio, que el sudor frío hacía parecer mojado, se veía aún más indefensa y más joven.

—No podemos quedarnos aquí demasiado tiempo —dijo Falcó.

Ella lo miraba como si le costase trabajo reconocerlo. Al fin parpadeó, aturdida. Parecía una afirmación. Tras reflexionar un momento, Falcó bajó a la planta baja y regresó con la botella de coñac, la de vino y la lata de mantequilla que había visto en la cocina. Después se sentó en el somier y con mucho cuidado vertió algunas gotas de coñac en la boca de la joven. Ésta negó con la cabeza al principio, pero él insistió e hizo que bebiera un sorbo hasta que ella gimió de nuevo por el escozor de la herida del labio. Entonces Falcó retiró un poco la manta y le lavó la herida y los pechos con coñac diluido en vino, aplicando después mantequilla sobre las quemaduras. Todo el tiempo sentía sus ojos fijos en él.

—Tardaste demasiado —articuló ella con dificultad.

Su voz era débil y ronca al mismo tiempo. Tenía, concluyó él, que haber gritado mucho.

—No estaba previsto —respondió.

—No... No lo estaba.

Miró Falcó alrededor. Había ropa de la joven en un montón, en el suelo. Se levantó a recogerla.

—¿Podrás caminar?

—No lo sé.

—Habrá que intentarlo.

Retiró la manta y empezó a vestirla con mucho cuidado. Tenía cardenales en la cara, el vientre y los muslos, y restos de sangre seca entre el vello púbico. La ropa estaba sucia y muy arrugada, la blusa rota y las medias inservibles, pero no encontró otra cosa. La habían traído así desde la residencia de la Sección Femenina, sin maleta. Sin nada más que lo puesto. Ni abrigo había. La hizo incorporarse un poco y le puso la combinación y la falda. A veces ella emitía un quejido sordo, bajo, contenido.

—¿A cuántos has matado? —preguntó de pronto.

—A tres.

—Yo sólo vi a dos. Me... interrogaron dos.

—Da igual. Ahora ya son tres.

Aquello le dio una idea. Fue mirando por las habitaciones y regresó con una camisa de hombre y unos calcetines razonablemente limpios. Sentó a la joven en el borde del somier, le quitó la blusa rota y acabó de vestirla con eso. Añadió el abrigo de uno de los muertos, el más delgado, y un sombrero masculino de fieltro.

—Tenemos que irnos.

La había ayudado a ponerse en pie, sosteniéndola mientras ella daba unos pasos torpes, crispado el rostro de dolor al retornar la circulación a sus piernas entumecidas.

—Tengo un coche abajo... ¿Podrás llegar hasta él?

—Creo que sí.

—Pues vamos. Con cuidado, poco a poco... Apóyate más en mí. Eso es... Bien.

La joven reposaba la cabeza en el hombro de Falcó.

—¿Adónde me llevas?

Él hizo un ademán ambiguo.

—Lejos.

Pasaron junto a los dos muertos del pasillo, bajaron la escalera muy despacio y llegaron a la planta baja. Al acercarse a la puerta, ella miró el cuerpo tendido en el suelo y el reguero de sangre que iba hasta la calle.

—¿Por qué haces esto?

Falcó seguía sosteniéndola por la cintura. Había abierto la puerta y metido la mano en el bolsillo de la pistola mientras escudriñaba la oscuridad, intentando adivinar si escondía nuevas amenazas. Pero todo parecía tranquilo.

—Para borrarle la sonrisa —respondió— a un miserable.

Condujo durante todo el resto de la noche con Eva Rengel dormida en el asiento de atrás, protegida del frío con el abrigo del muerto y con el de Falcó. Manejó éste el volante manteniéndose despierto mientras fumaba cigarrillo tras cigarrillo, los faros del automóvil iluminando las franjas blancas pintadas en los árboles y el resplandor en su rostro, marcado el duro perfil en la penumbra de la cabina. Conducía seguro, cambiando de marchas y atento al volante. Conocía bien aquella ruta. Por eso de vez en cuando se desviaba por carreteras secundarias, caminos de tierra y gravilla entre los campos sombríos, a fin de evitar poblaciones y controles militares. A veces abría un termo que llevaba en el asiento de al lado para beber un trago de café ya casi frío. Recorrió así ciento treinta kilómetros en cinco horas hasta la frontera, deteniéndose a dos tercios de camino para llenar el depósito con tres latas de gasolina que había previsto en el maletero. Eva Rengel no se despertó mientras lo hacía, pues reposaba en un sueño largo y profundo —él le había dado aspirinas para mitigar el dolor— que sólo alteraban gemidos breves, entrecortados. Parecía una niña con pesadillas, y Falcó supuso que en el sueño aún se veía atada al somier en aquella casa.

Llegaron a la frontera cuando el cielo se abría en una línea rojiza por el lado de la España que dejaban atrás. Era un puesto secundario: un pequeño puente sobre el río Duero sin otro tráfico habitual que el de contrabandistas y gente de los pueblos cercanos. Aquel momento era el más temido por Falcó, aunque para su sorpresa todo fue inesperadamente fácil. El carnet del SNIO y el pasaporte, auténticos, y el documento falsificado en el que el propio Falcó había mecanografiado una orden del cuartel general para dirigirse con urgencia a Portugal, acompañando a una persona cuyo nombre debía permanecer secreto, obraron de eficaz salvoconducto ante el bigotudo y soñoliento cabo de la Guardia Civil, jefe del puesto, que con la primera claridad del alba se acercó a comprobar la identidad de los viajeros. Sin duda el cabo estaba acostumbrado a tráficos extraños, y más en aquellos tiempos, con refugiados y contrabandistas yendo y viniendo de continuo. Falcó ni siquiera tuvo que recurrir a las quinientas pesetas que tenía previstas como segundo argumento —el tercero era la pistola, a la que había vuelto a colocar el supresor de sonido—. Tras mirar los documentos, el otro se limitó a devolverlos, cuadrarse con una mano en el charol del tricornio y levantar la barrera. Del lado portugués, que estaba a un centenar de metros, pasado el puente, el aduanero de guardia ni siquiera miró los papeles. Se limitó a meterse el dinero en el bolsillo mientras se frotaba las legañas y volvía a su garita.

La luz opaca se rasgó súbitamente entre algunas nubes bajas, tornándose espléndida con un rayo de sol horizontal que iluminó la sonrisa fatigada y tranquila de Falcó, su mentón sin afeitar y los párpados entornados ante la claridad naciente. Estaba apoyado en el capó del coche, inmóvil, viendo amanecer. Tenía el sombrero echado para atrás, subido el cuello de la chaqueta y las manos en los bolsillos. Junto a la carretera se prolongaba el muro de piedra de una dehesa, y al otro lado, más allá de unas pocas encinas dispersas, había toros de color negro y cárdeno tumbados en el suelo o pastando. Falcó miró las nubes lejanas, el cielo que azuleaba sobre los prados verdes, y cerró un momento los ojos, satisfecho. Iba a ser, pensó, un hermoso día.

Oyó la portezuela del automóvil, y cuando se volvió a mirar, Eva Rengel estaba a su lado. El abrigo le venía grande, se lo sujetaba en el pecho con las manos, y bajo los faldones se veían los zapatos con los calcetines del hombre muerto. Seguía pálida, pero parecía haber recobrado la vida.

—Quédate dentro —dijo él—. Aún estás muy débil.

—Estoy bien aquí.

Fue a apoyarse en el capó, a su lado. Falcó sacó la pitillera y le ofreció un cigarrillo, pero ella negó con la cabeza.

—Hay una venta a ocho o diez kilómetros —dijo él con naturalidad—. Podremos desayunar allí.

—Sí.

Estuvieron un rato callados, rozándose hombro con hombro, acariciados por la luz cada vez más intensa y cálida.

—¿Qué harás conmigo ahora? —dijo al fin ella.

—Nada —Falcó hizo un ademán indiferente—. Estaremos en Lisboa por la tarde.

—Ah.

Se volvió a observarla.

—¿Conoces gente allí?

Ella mantenía la vista en la dehesa. En los animales que se movían despacio cerca de las encinas.

—A alguien conozco, desde luego —respondió en voz baja.

Contempló Falcó su rostro demacrado, los ojos rojos de fatiga e irritados por los golpes, el labio medio partido. Era sorprendente, pensó, que aún la sostuvieran las piernas. Tras la cura de urgencia le había puesto sobre la herida de la boca un trocito de papel de cigarrillo a modo de parche; pero ahora, al hablar, la herida se había abierto de nuevo y un hilillo de sangre le corría por la barbilla. Falcó sacó un pañuelo y lo enjugó con delicadeza, sintiendo ahora la mirada de la joven fija en él.

—Tiene que verte un médico.

—Supongo que sí.

Falcó se puso un Players en la boca, lo encendió y fumó en silencio. Fue Eva Rengel la que al cabo de un rato habló otra vez.

—Cada uno tiene sus lealtades —dijo con suavidad.

—Claro.

—De todas formas, nunca supe muy bien cuáles son las tuyas.

Sonrió Falcó, los ojos entornados y el cigarrillo en la boca.

—Anoche sí lo supiste.

Ella estuvo callada un momento.

—Es cierto —murmuró al fin.

Se removió un poco, dolorida. Se había llevado un dedo al labio y lo miraba manchado de sangre.

—Ahora conoces también las mías —murmuró, melancólica.

Falcó seguía mirando el resplandor del horizonte. Era más intenso y le hería la vista. Apartó los ojos.

—En asuntos militares es vergonzoso decir «no lo había pensado» —recordó.

Ella sonreía levemente, pero no dijo nada.

—Estabas allí, detrás de mí —añadió Falcó—. En la checa de Alicante. Casi oí tu voz.

La joven tardó en responder.

—Puede ser.

—¿Y por qué hiciste que me soltaran?

—No sé... O sí lo sé. No era necesario que murieras. No de aquel modo, al menos.

Falcó dejaba salir el humo por la nariz.

—Somos peones en un juego de otros.

—Tú —lo corrigió ella—. Yo sí tengo fe... Creo en lo que hago.

—Vaya. Eres afortunada.

La oyó reír quedo, torcidamente. Una risa muy poco feliz.

—Hoy no me siento afortunada en absoluto.

—Has podido morir. Y lo que es peor, morir despacio.

—Cada día mueren muchos pájaros y mariposas —ella contemplaba el paisaje—. También muchos seres humanos.

—Como los hermanos Montero y los otros —apuntó él con mala intención.

La vio encoger los hombros con naturalidad.

—Sí.

Se miraban ahora. No era tan hermosa en ese momento, pensó él. Con aquel cuerpo torturado y la inmensa fatiga que le abolsaba los párpados. El rostro de la mujer que sería dentro de veinte años. Pensó en su carne cálida y húmeda la noche del bombardeo y sintió una extraña ternura. Lástima y ternura. Desesperadamente, buscó algo que atenuase aquel sentimiento.

—Mataste a Portela sabiendo que era inocente —dijo, seco.

Ella hizo un ademán neutro.

—Tenía que asegurarme ante ti y los demás —respondió con calma—. Además, nadie es inocente. Acaso los niños, y los perros. Y de los niños no estoy segura. Siempre acaban creciendo.

—¿Por qué luchas, entonces? No es una clase de vida...

Lo miró casi con desprecio.

—¿Una clase de vida?

—Claro. Esta sucia Europa de fronteras peligrosas, manifestaciones vigiladas por los fusiles de la policía, tiroteos en las esquinas, escuadras de choque, mítines callejeros y cervecerías que huelen a humo y sudor, donde se conspira en voz baja para asaltar estaciones de radio, ministerios y centrales telefónicas...

—¿Así de sórdido lo ves?... Yo lo veo luminoso.

Seguía observándolo, crítica. Superior.

—¿No es vida para una mujer, quieres decir? —añadió de pronto.

Falcó no respondió. Dio una última chupada y arrojó la colilla lejos, impulsada por el pulgar y el índice. El sol ya estaba alto, iluminando con intensidad el ganado, los prados y las encinas. Se reflejaba en los cristales del automóvil.

—Se acerca la hora —comentó ella—. Todo va a derribarse para reconstruirlo de nuevo. Vienen tiempos de caos —sonrió, irónica—. De ruido y de furia.

—¿Y después?

—No sé. Aunque dudo que algunos de nosotros lleguemos a ver el después.

—Ese toque trágico... ¿Tu padre ruso?

Había acompañado el comentario con una mueca sarcástica que a ella no pareció gustarle. O quizá fuese la alusión al padre. Lo miraba entre recelosa y sorprendida.

—Me hablaron de ti —dijo él, como justificación.

Se acentuó el recelo.

—¿Quiénes?

—No importa quiénes... Dijeron que elegiste bando siendo muy joven.

Ella no dijo nada. Volvió a tocarse el labio herido y a mirarse el dedo. Ya no sangraba, observó Falcó.

—¿Qué te llevó a eso? —quiso saber.

La joven tardó unos instantes en dar una respuesta.

—Al principio —dijo— fueron intelectuales de café que me explicaban las leyes del materialismo histórico, la plusvalía y la dictadura del proletariado mientras intentaban acostarse conmigo antes de volver a mecerse, satisfechos, en brazos de su propia clase... Nada tenía en común con ellos, así que busqué a otros hombres y mujeres: los silenciosos. Los que actúan... Los que, entre otras cosas, dan caza a esos estúpidos teóricos que no renuncian, en el fondo, a ser pequeños burgueses con pretensiones.

—Te refieres al NKVD. La Administración de Tareas Especiales.

Otra vez lo miró con sorpresa, aún más suspicaz que antes, como si oír aquel nombre en su boca fuese algo inesperado y peligroso. Al cabo de un instante movió la cabeza con aparente indiferencia.

—Es necesario un brazo de acero del comunismo internacional... Soldados para una guerra inmensa, justa e inevitable —lo miró con significativa frialdad—. Sin concesiones y sin sentimientos.

Hubo un silencio.

—De acuerdo —dijo Falcó, al fin—. Contador a cero... Tú y yo estamos en paz, entonces.

Ella suspiró, y el suspiro salió de su pecho como un melancólico y suave gemido.

—Sí —murmuró—. Estamos en paz.

15. Epílogo

Lorenzo Falcó no se encontró con el Almirante hasta dos semanas después. Y fue de modo inesperado. Se hallaba en la puerta del hotel Palacio de Estoril, frente al casino donde la noche anterior había tenido una buena racha doblándose, con tenacidad y cierta osadía, al rojo y al negro en la ruleta. Era una mañana fresca, soleada y agradable, y Falcó había decidido dar un paseo antes de comer en un restaurante de la cercana Praia do Tamariz, donde estaba citado con un confidente. Se trataba de un asunto banal: un simple control rutinario de descarga de material militar, camuflado como civil, de un barco holandés amarrado en el puerto de Lisboa. Durante aquellas semanas, por instrucciones del jefe del SNIO, Falcó había mantenido un perfil bajo, discreto, sin complicarse demasiado la vida. De Salamanca apenas habían llegado noticias; sólo órdenes y algún dinero para gastos. Y ahora, cuando salía del hotel con un Borsalino gris perla estudiadamente inclinado sobre el ojo derecho, vio al Almirante bajar de un automóvil entre los varios estacionados en el aparcamiento. El chófer abrió la portezuela, y el Almirante, de paisano con traje y sombrero oscuro, paraguas y botines grises, dejó el coche y caminó hacia la entrada del hotel. Entonces Falcó giró sobre sus talones y fue a su encuentro.

—Buenos días, señor.

—Coño. ¿Qué pintas tú aquí?

—Estoy alojado.

—¿Desde cuándo?... Te creía en Lisboa.

—Nada, sólo paso dos días.

—Ya veo.

El Almirante había torcido el gesto tras dirigir un vistazo al casino y a dos mujeres elegantes y atractivas que salían del hotel. Después miró el pañuelo cuyas puntas asomaban por el bolsillo superior de la americana de Falcó, suspicaz, como si esperase ver manchas de carmín en él. Sonrió éste.

—He de verme con alguien —se justificó—. El asunto del *Alkmaar.*

—Ah, sí. Ese barco... ¿Algún problema?

—Ninguno. Todo va sobre ruedas.

—Me alegro.

Se quedaron mirándose, indeciso Falcó, serio el Almirante. Tenía, dijo con desgana, una reunión importante en el hotel: don Juan de Borbón, un par de consejeros suyos y gente del círculo monárquico. Como príncipe de Asturias, el hijo de Alfonso XIII pretendía ir a España y alistarse con las tropas nacionales. Acto patriótico y demás etcéteras. La misión del Almirante era disuadirlo con mucho tacto. No embrollar las cosas. Con los falangistas descabezados y el hijo del destronado rey en el exilio, Salamanca estaba mucho más tranquila mientras el Caudillo afianzaba su poder absoluto.

—¿Y qué hay de lo mío? —preguntó Falcó.

El ojo de cristal se desvió del sano. Después los dos convergieron en Falcó.

—Aún tengo tiempo —el Almirante había sacado un reloj de oro, con cadena, de un bolsillo del chaleco—. Ven... Vamos a dar un paseo.

Anduvieron por el sendero de gravilla que se internaba en el parque, bajo las palmeras.

—Después..., bueno, de lo que hiciste, Queralt pasó varios días pidiendo a gritos tu cabellera.

—Nadie puede probar que fui yo. Ni usted puede.

Acariciándose el mostacho, el Almirante balanceaba el paraguas.

—Eso mismo dije cuando Nicolás Franco nos convocó a los dos para poner las cosas en claro. Pero lo evidente resultaba imposible de ocultar —el ojo sano volvió a entrar en acción—... ¿De verdad tenías que liarla de esa manera, animal? ¿Tres policías y padres de familia?

Falcó no dijo nada. Era difícil responder a eso de modo razonable. Además, nadie esperaba respuesta. El otro lo miraba de reojo, con irritación.

—Aguanté el chorreo lo mejor que pude —prosiguió—. Al fin y al cabo tenía unas cuantas cartas en la manga, y poco a poco pude irle dando la vuelta a la cosa. Lo planteé como una jugada del propio Queralt para hacerle la cama al SNIO; y para mi sorpresa, el hermano del Caudillo hizo como que lo tomaba en cuenta. Supongo que trata de tenernos a los dos servicios controlados, de una u otra forma, y todo esto le va bien para jugar con eso. Palo y zanahoria.

—¿No preguntaron por qué me fui de Salamanca?

—Pues claro que lo preguntaron. Varias veces y de muy malas maneras. Y allí estaba yo, capeando con rizos en la mayor y en el foque. Ciscándome mentalmente en tus muertos.

—Lo siento.

—¿Sentirlo? ¡Tú qué vas a sentir!... Tú no sientes un carallo, hombre. Haz el favor de no tomarme por idiota.

Se detuvieron ante uno de los bancos de madera del parque, entre las medias rotondas. El Almirante lo tanteó con la contera del paraguas, como si comprobara su solidez. Después sacó un pañuelo para sacudir el asiento.

—En fin. Cuando aquellos dos preguntaron por qué te habías largado, si nada tenías que ver, dije que porque te había dicho un pajarito que Queralt te quería liquidar también. Y bueno. La cosa quedó en tablas.

Se había sentado con el paraguas entre las piernas y las manos cruzadas sobre el mango de caña. Invitó con un gesto a Falcó a hacer lo mismo; y éste, obediente, se quitó el sombrero y fue a sentarse a su lado.

—Al final —siguió contando el Almirante—, tras mucho discutir y mucha bronca, con Nicolás Franco de árbitro, nos pusimos de acuerdo en la versión oficial... Una espía soviética se nos había colado en la operación de Alicante, Queralt le echó el guante con mucha eficiencia, pero ella se escapó durante los interrogatorios, matando pérfidamente a tres policías. Punto. Fin de la historia.

—¿Y yo?

—Tú pusiste pies en polvorosa porque yo mismo te previne; y estás en algún lugar indeterminado, cumpliendo con tu deber patriótico de espía y subordinado mío. O sea, colaborando con fervor en el nuevo amanecer de España.

—¿No habrá más consecuencias? —se sorprendió Falcó.

El otro le dirigió una mirada torva.

—Hombre... Si la gente de Queralt logra echarte el guante, se las van a arreglar para hacértelo pagar caro. De eso, que no te quepa. Pero a efectos formales, todos amigos. Ya sabes cómo son estas cosas del querer.

—Sí, ya sé.

Se quitó el Almirante el sombrero, pasándose una mano por el cabello gris. Miraba a unos niños que jugaban cerca, empujando un aro, vigilados por sus ayas.

—Durante una temporada —dijo tras un instante— guárdate no sólo de los agentes rojos, sino también de los nuestros. Por si acaso.

Se puso el sombrero y siguió mirando a los niños, la barbilla apoyada en el puño del paraguas.

—¿Saben algo de ella? —se decidió al fin a preguntar Falcó.

—Ni rastro. Creí que algo sabrías tú.

Falcó no había vuelto a ver a Eva Rengel. Y así lo dijo. Después de cruzar la frontera, en una venta de la carretera que tenía teléfono, ella había hecho una llamada. Falcó no sabía a quién. Tenía intención de llevarla hasta Lisboa, pero pidió que la dejara en Coímbra, frente a la estación del ferrocarril.

—No subió a ningún tren. Había un automóvil esperándola con dos personas dentro, pero no les vi la cara. Se limitó a bajar de nuestro coche e irse con ellos.

—Así, por las buenas... —el Almirante estaba asombrado—. ¿Sin decirte nada?

—Pues no. La verdad es que no dijo nada. Bajó y se alejó sin volverse.

—¿Y la dejaste ir, tan tranquilo?

—Dígame qué otra cosa podía hacer.

La mirada del otro se tornó desconfiada. Hizo una mueca desagradable.

—No me lo creo.

—Le doy mi palabra.

—Tu palabra no vale una mierda.

Estuvieron callados otro rato. El Almirante seguía con la barbilla apoyada sobre el mango del paraguas. Tamborileaba en él con los dedos. Al fin se volvió a mirar con curiosidad a Falcó.

—En serio... ¿No has vuelto a verla ni a saber nada de esa mujer?

—Como se lo estoy diciendo.

—¿Después de la hombrada que hiciste?

—Estábamos en paz. Ella y yo.

El Almirante soltó una carcajada sardónica. Casi teatral.

—Pusiste patas arriba Salamanca por esa perra bolchevique.

—No fue por ella, señor.

—Ya —ahora el otro reía entre dientes, malévolo—.
La sonrisa de Lisardo Queralt...

—Eso es.

—No fastidies, hombre. No pudo ser sólo por eso.

—Qué más da.

Con aire resignado, el Almirante volvió a mirar el reloj y se puso trabajosamente en pie.

—En un par de semanas todo habrá vuelto a la normalidad, dentro de lo que cabe... Al menos en lo que a ti se refiere. Están llegando alemanes e italianos a espuertas, pero los rojos aguantan bien. Ellos tienen sus brigadas internacionales, y a los soviéticos detrás.

Falcó también se había levantado. Se puso el sombrero.

—Va a ser largo, ¿verdad?

—Mucho. Y tú sigues haciéndome falta. Estaría bien que de momento volvieras al sur de Francia, a infiltrarte entre los que están allí buscando ayuda para la República. En Biarritz también hay casino.

Caminaron de vuelta al hotel, bajo las palmeras.

—¿De verdad no has vuelto a verla? —insistió el Almirante.

Falcó entornó los ojos. Recordaba a Eva Rengel alejándose frente a la estación de Coímbra, envuelta en aquel abrigo del hombre muerto que le estaba grande. No era cierto que ella no se hubiera vuelto a mirar atrás. Lo hizo sólo una vez, antes de entrar en el coche que la esperaba. Se detuvo, seria, sin una sonrisa, y lo miró un buen rato antes de desaparecer de su vista y de su vida.

—No, Almirante. No he vuelto a verla.

—Bueno. Nunca se sabe, ¿no?... Estáis en el mismo negocio, y el mundo es pequeño. Al final todos nos tropezamos con todos continuamente. Podría ocurrir que la encontraras otra vez, no sé dónde.

—Sí. Podría ocurrir.

El Almirante soltó un gruñido. Miró de nuevo el reloj y se detuvo. El ojo sano centelleaba, irónico.

—Pues entonces, si como dices ya estáis en paz, procura que esa vez no te mate ella a ti. Por lo menos mientras me sigas siendo útil.

—Lo intentaré, señor —Falcó alzó tres dedos juntos, como los boy scouts—. Le prometo que lo intentaré.

—Más te vale, truhán... Y ahora, piérdete de vista.

Señalaba con el paraguas, malhumorado, un punto sin determinar del horizonte. Falcó dio un exagerado taconazo marcial y se inclinó el ala del sombrero, chulesco. Sonreía como un muchacho travieso ante un profesor benévolo.

—A sus órdenes, Almirante.

Y cualquier mujer se habría prendado de aquella sonrisa.

Estoril, abril de 2016

Índice